Andreas Schmidt
WeserTod

Bibliografische Information der Deutschen Nationalbibliothek
Die Deutsche Nationalbibliothek verzeichnet diese Publikation in der Deutschen Nationalbibliografie; detaillierte bibliografische Daten sind im Internet abrufbar über http://dnb.ddb.de

www.niemeyer-buch.de

Umschlaggestaltung: Brigitte Mück, Carsten Riethmüller
Druck und Bindung: AALEXX Buchproduktion GmbH, Großburgwedel
Printed in Germany
ISBN 978-3-8271-9409-1

Hessisch Oldendorf, 13. Oktober 2001

Er fuhr am Rande des Limits. Die Scheibenwischer schafften es kaum, mit den Wassermassen fertigzuwerden, die ein eisiger Wind gegen die Windschutzscheibe des Golf GTI peitschte. Angestrengt starrte er in die Lichtlanzen, die dem Wagen vorauseilten und es schwer hatten, die Regenwand zu durchdringen. Das Gebläse lief auf der höchsten Stufe, und trotzdem beschlugen die Scheiben und erschwerten ihm zusätzlich die Sicht. Doch er war in Eile. Vielleicht, so hoffte der athletische Mann hinter dem Steuer mit mahlenden Kieferknochen, vielleicht schaffte er es rechtzeitig nach Grohnde, um die drohende Katastrophe im Atomkraftwerk zu verhindern.

Rechts sah er immer wieder den Flusslauf der Weser. Als die Bundesstraße 83 an Hessisch Oldendorf vorüberführte, ging er ein wenig vom Gas und spähte in den Rückspiegel. Kein Zweifel, sie verfolgten ihn immer noch. Schon seit einigen Kilometern hing der schwere Wagen, wahrscheinlich ein Mercedes oder ein BMW, ihm an der Stoßstange. Er war sicher, dass ihn die beiden Männer, die er im Gegenlicht entgegenkommender Fahrzeuge ausgemacht hatte, von seinem Vorhaben abbringen wollten. Doch so weit wollte er es nicht kommen lassen, dachte er grimmig, und schaltete in den vierten Gang herunter, um dem Motor wieder die volle Leistung abzuverlangen. Kurz schlitterte der Wagen über die nasse Straße, und er umklammerte das Lenkrad fester, während er über den Rückspiegel beobachten konnte, dass der Abstand zu seinen Verfolgern wieder wuchs.

Nein, dachte er, ein BMW scheidet aus. Die bauen in den modernen Modellen ein neuartiges Abblendlicht ein, das vorausfahrenden und entgegenkommenden Fahrzeugen besonders grell erschien. Also doch Mercedes.

Die Reifen des GTI wirbelten Gischt auf, die sich wie ein nasses Netz auf die Seitenscheiben legte und die Lichtreflexionen von außen vervielfachte. Seit einigen Kilometern kämpfte er mit einem peitschenden Wind, der immer wieder die Karosserie des Golf ergriff und sie beutelte. Es war schwer, den Wagen auf der Straße zu halten, und dennoch fuhr er auf volles Risiko. Es ging um viel, und er wollte in dieser Nacht den Coup seines Lebens landen. Dafür musste er Grohnde aber unbeschadet erreichen. So setzte er auf den neuen Golf, einem Jubiläumsmodell anlässlich des 25. GTI-Jubiläums der Wolfsburger Autobauer. Das Fahrwerk bot ihm eine ideale Mischung aus Komfort und Sportlichkeit – so schien der Golf trotz des Wetters an der Straße zu kleben. Nur die Motorleistung des V5-Turbomotors mit seinen 180 Pferdestärken verführte ihn immer wieder dazu, das kompakte Fahrzeug auf Höchstleistung zu bringen.

Vor der langgezogenen Kurve schaltete er einen Gang herunter. Die Vorderräder untersteuerten leicht, doch dann hatte er den Wagen wieder unter Kontrolle. Er blickte nach rechts, dort glitzerte des Flusslauf der Weser wie ein schwarzes Band in der Landschaft. Mit einem Blick in den Rückspiegel stellte er fest, dass seine Verfolger aufgeholt hatten. Er trat auf das Gaspedal und konzentrierte sich auf die Kurve. Hier wäre ein Fahrfehler fatal.

Ein harter Schlag an der Vorderachse riss ihn aus seinen Gedanken. Es war, als wäre der rechte Vorderreifen weggeflogen. Nun schien der Golf über die Vorderachse zu schieben. Ein Ruck ging durch das Lenkrad, und er spürte, wie ihm das rechte Handgelenk brach. Ein schriller Schmerzenslaut kam über seine Lippen, und er versuchte den Wagen mit der unverletzten Hand wieder unter Kontrolle zu bringen. Doch er konnte die Katastrophe nicht verhindern. Der Wagen schob sich unaufhaltsam auf die Böschung zu, die das Weserufer und die Straße voneinander trennten. Ein erneuter Ruck durchlief den Wagen, und er wurde in seinen Sicherheitsgurt gepresst. Ohnmächtig musste er mit ansehen, wie sich das Heck des Golf in die Luft hob und der Wagen sich überschlug. Ein letztes Mal riss er das Lenkrad herum, als er glaubte, der Wagen würde sich wieder in der Waagerechten befinden. Doch es war zu spät. Der Golf raste nahezu ungebremst auf das Ufer der Weser zu.

Die Windschutzscheibe barst, und er war durch ein milchiges, spinnennetzartiges Gebilde blind. Blech kreischte, und irgendwo hinter ihm ging eine Scheibe zu Bruch. Der Scherbenregen erwischte ihn und fügte ihm unzählige kleine Schnittwunden zu. Es fühlte sich an, als würde sein Gesicht verbrennen. Dann wurde es still um ihn herum. Der Wagen dümpelte auf der Weser, Sekunden nur, die ihm wie eine Ewigkeit vorkamen. Dann tauchte die Motorhaube ins Wasser ein, und er kurbelte mit der linken, unverletzten Hand eine Seitenscheibe herunter, versuchte den Sicherheitsgurt zu lösen, doch das Ding schien zu klemmen.

Panik ergriff ihn. Er war wie ein Zuschauer eines tragischen Films und musste tatenlos zusehen, wie der Wagen unter die Wasseroberfläche sackte. In dem Moment, als ihm das Wasser im Wageninneren bis zum Kinn stand, wusste er, dass er den Kampf verloren hatte. Die Kälte, die nach ihm griff, spürte er bereits nicht mehr.

Gegenwart
Hameln, Wasserschutzpolizei Rosenbusch, 7.30 Uhr

Der erste Kaffee des Morgens schmeckte bescheiden, dachte Polizeioberkommissar Günter Permes frustriert und pustete in die Tasse mit dem verblichenen Logo der Polizeigewerkschaft. Es lag sicher nicht nur an der neuen Kaffeemarke, die Fritz gestern mitgebracht hatte. Der Beschluss der Landesregierung, die Wasserschutzpolizei in Hameln in Kürze aufzulösen, ging Permes gehörig an die Nieren. Und sinnvolle Alternativen gab es nicht, denn mit der Auflösung des Standortes Hameln hatte der Landtag gleichzeitig beschlossen, auch Oldenburg, Hannover, Braunschweig, Papenburg und sogar Norddeich aufzulösen. Wo sollte er dann Dienst schieben?

Man hatte ihm und seinen beiden Kollegen versprochen, dass sie sich einen neuen Einsatzort wünschen konnten. Pure Augenwischerei, denn unterm Strich würden die Beamten künftig dort eingesetzt werden, wo man sie benötigte.

Permes trat mit der Kaffeetasse ans Fenster der Wache und blickte nachdenklich hinaus auf den Fluss. Die Sonne stand schon hoch über der Weser und tauchte den Fluss in ein warmes, anheimelndes Licht. Herbstsonne, dachte er. Die Fenster waren halbrund in einer Art Erker angeordnet und erlaubten ihm einen Panoramablick von der Umgebung. Die Straße Rosenbusch verlief u-förmig zwischen der Pyrmonter Straße und dem Torbayufer. Während rechter Hand die ausrangierte Eisenbahnbrücke vor sich hinrostete, blickte er nach vorn auf die Schleuse und konnte links die Münsterbrücke erkennen, auf der dichter Verkehr Richtung Innenstadt herrschte. Ein typischer Herbsttag. Doch dieser Herbst war anders als die 46 bisherigen, die er erlebt hatte. Er fühlte sich kälter an, jedenfalls bildete er sich das ein. Vielleicht lag das aber auch an der beruflichen Ungewissheit, die ihm bevorstand. So versuchte er die Schönheit des Herbstes zu genießen, so gut es ging. Das Laub der Bäume am Ufer verfärbte sich und schillerte in allen Farben. Am Torbayufer wagten sich zwei Enten an Land, während im Himmel eine Möwe über dem Becken der Schleuse kreischend ihre Bahn zog. Ein Ausflugsdampfer tuckerte flussaufwärts. Unwillkürlich fragte er sich, ob die Menschen auf dem Ausflugsschiff ähnliche Sorgen hatten wie er. Der Beschluss, dass die kleine Wache am Rosenbusch dicht gemacht werden sollte, bereitete ihm schlaflose Nächte. Und so hatte er sich in den Morgenstunden unausgeschlafen und schlecht gelaunt auf den Weg hierher gemacht. Er war mehr Schiffer als Polizist, und doch hatte die Kombination beider Berufe den Reiz des Jobs ausgemacht. Wie viele seiner Kollegen stammte auch Günter Permes aus einer Schifferfamilie. Er liebte die Weser, nannte sie liebevoll seinen Fluss und hätte nie im Leben daran geglaubt, hier einmal wegziehen zu müssen. Jetzt, wo die beiden Töchter Lisa und Jenny aus dem Gröbsten heraus waren und Ausbildungsplätze in Hameln bekommen hatten. Jetzt, wo das Haus an der Sollingstraße in Holzminden fast abbezahlt war und als Altersvorsorge diente. Ausgerechnet jetzt.

Es war zum Kotzen, dachte Permes verbittert und schüttelte den Kopf. Er hatte keine Ahnung, wie es weitergehen sollte. Wahrscheinlich, damit hatte er sich schon abgefunden, würde er arbeitslos werden. Und was das in seinem Alter zu bedeuten hatte, war ihm klar: Ein Jahr Arbeitslosengeld einstreichen, bevor er in Hartz IV rutschte. Einen Job würde er mit 46 Jahren wohl nicht mehr bekommen. Unternehmer stellten junge Leute ein, die zum einen körperlich belastbar waren und zum anderen andere Lohnvorstellungen äußerten. Und ob Permes die letzten Raten für das Haus von seinem Arbeitslosengeld bestreiten konnte, daran zweifelte er schon jetzt. Er fühlte sich, als würde er am Abgrund stehen.

Unweit der Schleuse lag die Pamir, das blauweiße Streckenboot, auf dem er in den letzten Jahren Dienst verrichtet hatte. Die gute alte W9 würde man nach dreißig Jahren treuen Dienstes nach Leer in Ostfriesland schaffen, um sie dort zu verkaufen. Niemand wusste so wirklich, wann die drei Polizisten die Wache am Rosenbusch zum letzten Mal abschließen würden, wann es ernst wurde für sie. Auch die Gespräche der Hamelner Oberbürgermeisterin mit dem Ministerpräsidenten hatten nichts gebracht. Das Aus für die Wasserschutzpolizei Hameln war beschlossene Sache, daran hatte auch das in letzter Minute eingelegte Veto der Sozialdemokraten im vorigen Winter nichts ändern können.

Danke Hannover, dachte Permes verbittert, als das Telefon auf seinem Schreibtisch anschlug. Scheiß Hannover!

Als er sich umdrehte und zu seinem Arbeitsplatz blickte, starrte er auf die DEWEZET, die neben dem Telefon auf seinem alten Schreibtisch lag. Wie immer hatte er sich die Zeitung auf dem Weg zum Dienst an der benachbarten Westfalen-Tankstelle besorgt. Jeden

Morgen hielt er dort an – der Mann an der Kasse kannte ihn bereits mit Namen, was wahrscheinlich auch daran lag, dass er in Uniform kam und ein kleines Namensschild auf der Brust trug. Permes besorgte sich hier immer eine Packung Zigaretten und eine Zeitung; manchmal auch ein Croissant, wenn ihm danach war.

Man titelte auf der Zeitung mit einer neuen Horrormeldung aus dem japanischen Fukushima. Mein Gott, dachte Permes, die armen Menschen dort. Nicht nur, dass ihr Lebensraum durch die verheerenden Erdbeben zerstört worden war; durch den Supergau im Atomkraftwerk war die Gegend jetzt völlig verstrahlt. Auch an der Weser gab es ein AKW mit einem eigenen Zwischenlager – in Grohnde. Dort befand sich am Flussufer auch die Verladestelle, eine wichtige Durchlaufstrecke bei Castortransporten. Mit der Auflösung der Wasserschutzpolizei war eine Durchführung des bestehenden Weser-Alarmplans nicht mehr möglich, und Permes betete, dass in Emmerthal nie etwas annähernd verheerendes wie in Japan geschehen möge.

Er wandte sich um und spielte sekundenlang mit dem Gedanken, es einfach klingeln zu lassen. Bald schon würde es auch ohne die Wasserschutzpolizei gehen. Warum sollte er also noch Einsatz zeigen?

Schließlich wurde er doch von seinem Pflichtgefühl übermannt und trat an seinen Schreibtisch. Er stellte die Tasse ein wenig zu schnell ab – der Kaffee schwappte über und bildete einen unansehnlichen Rand auf der Schreibunterlage. Permes unterdrückte einen Fluch, griff nach dem Hörer, umrundete den Tisch und ließ sich auf den Stuhl sinken, während er sich meldete.

Am anderen Ende der Leitung war Horst Sickelmann, stellvertretender Leiter des Wasser- und Schifffahrtsamtes, das im gleichen Gebäude wie die Polizei untergebracht war. „Moin, Herr Nachbar. Herzliches Beileid", murmelte Sickelmann betroffen.

„Kannst du dir sparen", gab Permes bissig zurück und angelte nach seiner Tasse. Während er trank, verzog er das Gesicht, was Sickelmann am anderen Ende der Leitung natürlich nicht sehen konnte.

„Ich mein' das ernst. Das stand doch jetzt in der DEWEZET. Hameln ohne Wasserschutzpolizei – wie soll das denn funktionieren?"

„Dann müssen die 55.000 Sportboote im Jahr auf dem Fluss halt ohne uns klarkommen. Oder man wird sich an Streifenwagen mit Bootsanhänger gewöhnen müssen", erwiderte Permes sarkastisch.

„Wenn ich mich recht erinnere, gibt es die WSP Hameln schon seit 1922."

„Kannst du mal sehen, wie alt du schon bist." Nun musste Permes doch grinsen. Und auch der Kaffee schmeckte einen winzigen Deut besser. „Aber du rufst bestimmt nicht an, um mir dein Beileid zu bekunden", schob er in sachlichem Ton nach.

„Allerdings. Unser Bagger hat an der Kiesverladestelle in Hessisch Oldendorf ein Auto aus dem Fluss geholt. Solltest du dir mal ansehen."

„Ich habe einen gut erhaltenen Gebrauchtwagen – danke."

„Solltest trotzdem mal kommen und dir den Mist ansehen, ich meine es ernst."

Sickelmann war offenbar nicht zum Scherzen aufgelegt. Die Männer kannten sich seit über zwanzig Jahren und gaben sich allzu gern liebevollen Frotzeleien hin. Wenn er rummuffelte, dann hatte das wohl einen Grund.

„Nun gut, ich komme raus. Bist du auch vor Ort?"

„Sicher, ich melde mich aus Hessisch Oldendorf. Hau rein, die Sache ist ziemlich heiß." Ohne eine Antwort abzuwarten, hatte Sickelmann aufgelegt.

„Blödmann", brummte Permes und legte ebenfalls auf. Während er seinen Kaffee leerte, fragte er sich, was an einem Autowrack in der Weser so heiß sein konnte. Vermutlich, dachte Permes im Hinausgehen, hat wieder einer seine Schrottkarre im Fluss versenkt, um die Entsorgungskosten zu sparen. Routine. Fahrgestellnummer feststellen, Halteranfrage und Anzeige an den Halter. So einfach war das. Nichts, weshalb man schlechte Laune schieben musste, so wie Sickelmann es tat.

Wenn hier einer Grund zu schlechter Laune hat, dann bin ich das wohl, dachte Günter Permes, als er zum Streifenwagen marschierte, der neben der kleinen Wache parkte.

Holzminden, 7.45 Uhr

Ihm wurde ziemlich heiß, als er sich an die letzte Nacht erinnerte. Das Blut wanderte abwärts in seinen Schoß, und ein lüsternes Grinsen stahl sich auf sein Gesicht. Er bedauerte es, dass er damit nicht vor seinen Freunden prahlen durfte. Alles, was in der letzten Nacht geschehen war, musste geheim bleiben. Und so war es die Erinnerung, an der er sich jetzt verzehrte. Sie hatte sehnsüchtig in der luxuriösen Wohnung auf ihn gewartet. Bis zu dem Moment, als er sie in den Arm genommen hatte und sie ihm den Mund mit einem leidenschaftlichen Kuss verschlossen hatte, der keine Fragen zulassen sollte, und sie unbekleidet auf den Fußboden des großen Wohnzimmers gesunken waren,

waren nur wenige Sekunden vergangen. Es hatte nur sie gegeben, und so hatten sie sich der Kleidungsstücke entledigt. Er hatte sich ihr hingegeben, als sie ihre Lippen auf Wanderschaft geschickt hatte und ihre Lippen seine Männlichkeit umschlossen hatten und ihm auch den letzten Rest Vernunft geraubt hatten. Irgendwann, als er kurz davor gewesen war, den Verstand zu verlieren, hatte er sich revanchiert, sie sanft fortgedrückt und ihr süße Qualen bereitet; hatte ihre Haut mit seinen Küssen bedeckt und dabei keinen Zentimeter ausgelassen, hatte seine Hände auf Wanderschaft geschickt und sie wahnsinnig gemacht. Als er seinen Kopf in ihren Schoß gelegt hatte, waren ihre Hände durch sein Haar geglitten, sie hatten sanft daran gezogen und er hatte es geliebt, ihre Lust zu schmecken, während sie seinen Kopf sanft gedrückt gehalten und ihm so signalisiert hatte, nicht aufzuhören. Als es kein Zurück mehr für sie gab und auch ihr halbherziges „Wir dürfen das nicht tun, wir dürfen das nicht" einem lüsternen Keuchen gewichen war, war er schnell und tief in sie eingedrungen und hatte ihr das gegeben, wonach sie sich offenbar schon viel zu lange gesehnt hatte. Tief hatte er ihr dabei in die Augen geblickt, hatte ihren Atem in seinem Gesicht gespürt und ihr zugesehen, wie ihr Blick glasig wurde und winzige Schweißperlen auf der Stirn ihm verrieten, dass sie so weit war. Erst, als sie sich stöhnend unter ihm gewunden und ihm das Becken entgegengehoben hatte, war es auch für ihn so weit gewesen, dass es kein Zurück mehr gab.

Das alles erschien ihm jetzt, mit Einbruch des neuen Tages, wie der Traum eines pubertären Teenagers, der mit dem Testosteronüberschuss nicht umzugehen wusste. Sie hatte ihn um Jahre verjüngt, hatte sich nach ihm verzehrt, und sie hatte ihm genau das gegeben, was er schon viel zu lange entbehrt hatte.

Er verdrängte die Gedanken und atmete ein paar Mal tief durch, als er die Hitze in seinen Lenden spürte. Er durfte sich heute keine Schwäche leisten. Heute galt es, die Weichen in Richtung Zukunft zu stellen. Und ob sie in seinem neuen Leben noch einen Platz haben würde, das musste die Zeit zeigen. Seine Hände zitterten leicht, als er den Achtzylinder des BMW startete und losfuhr. Heute würde sein Tag der Entscheidungen werden.

Hessisch Oldendorf, 7.55 Uhr

Die Stelle, an der sie den Wagen aus dem Wasser gezogen hatten, sah Permes schon von Weitem. Kollegen vom örtlichen Streifendienst hatten alle Hände voll zu tun, die versammelten Schaulustigen auf Distanz zu halten. Rotweißes Absperrband flatterte im Wind. Permes ließ den Streifenwagen am Straßenrand stehen. Frustriert verzichtete er darauf, den Streifenwagen Pamir 5-11-0 abzuschließen. Demnächst würde der alte Polizeiwagen bei einer Versteigerung unter den Hammer kommen – benötigt wurde er von der Wasserschutzpolizei ja nicht mehr. Permes versuchte seine düsteren Gedanken zu verdrängen und näherte sich der Fundstelle an der Weser. Der Schwimmgreifer Bodenwerder lag am seicht abfallenden Ufer und zog die Blicke der Neugierigen auf sich. Obwohl es recht früh am Morgen war und die Leute eigentlich an ihrem Arbeitsplatz sein müssten, standen sie herum und gafften, was das Zeug hielt. Scheinbar hatte es sich schnell herumgesprochen, was geschehen war.

Am Ufer das Autowrack, bis zur Unkenntlichkeit zerstört und verwittert. Permes wunderte sich über den Sichtschutz, den die Kollegen aufgestellt hatten. Was war so besonders an einer alten Karre, die man aus der Weser gezogen hatte? Permes fragte sich zum stellvertretenden Leiter des Wasser- und Schifffahrtsamtes Hameln durch. Sickelmann, ein drahtiger Mittfünfziger mit silbergrauen Haaren und einer Brille, war in ein Gespräch mit der Besatzung der Bodenwerder vertieft. Die drei Männer standen ziemlich betroffen am Ufer und schüttelten immer wieder die Köpfe. Als Sickelmann kurz aufblickte, erkannte er Permes. Er ließ die Arbeiter alleine zurück und näherte sich Permes mit ausladenden Schritten.

Sein Händedruck war fest – so mochte es der Wasserschutzpolizist.

„Das ist ein ziemlich dicker Hund", wurde er von Sickelmann begrüßt.

„Ist die Karre geklaut, oder weshalb macht ihr so ein Bohei?"

„Da sitzt einer drin", entgegnete Sickelmann unbeeindruckt.

„Bitte?" Permes konnte sich nicht vorstellen, dass der stellvertretende Leiter des Wasser- und Schifffahrtsamtes ihn auf den Arm nehmen wollte.

„Es befindet sich noch eine unbekannte Person in dem Fahrzeug, die wir bislang nicht identifizieren konnten", wiederholte Sickelmann in bestem Behördendeutsch. Dann grinste er schief. „Abgesehen davon, ist das dein Job."

„Falsch. Für Tötungsdelikte bin ich auch nicht zuständig", murmelte Permes und zückte das Handy.

„Willst du ihn nicht erst mal sehen?" Sickelmann deutete mit dem kantigen Kinn zu dem Autowrack.

„Kann nicht schaden", erwiderte Permes und folgte Sickelmann mit dem Telefon in der Hand. Der Wagen bot einen schaurigen Anblick. Das zerdrückte Blech war irgendwann einmal schwarz oder anthrazit gewesen. Von der Form her hatte es sich um einen Kompaktwagen gehandelt - ein Astra, vielleicht auch ein Citroën oder ein Japaner, Permes konnte das nicht beurteilen. Die Karosserie war bis zur Unkenntlichkeit zerstört.

„Ein Golf war das", brummte Sickelmann, der offenbar die Gedanken des Polizisten erraten hatte. „Siehst du an den Alufelgen; entweder ein GTI oder die frisierte Karre eines Spinners, der sich die GTI-Felgen nachträglich montiert hat."

„Warum ist der so zerbeult?" Permes hatte Mühe, seine Fassungslosigkeit zu verbergen.

Sickelmann lachte humorlos auf. „Hast du eine Ahnung, wie viele Schiffe bei Niedrigwasser über das Wrack gerumpelt sind? Wir können froh sein, dass da nichts passiert ist."

„Nichts passiert ist gut. Willst du mir sagen, der Wagen war über einen längeren Zeitraum im Fluss?"

„Guck dir die Leiche an und bilde dir selbst ein Urteil - du bist der Polizist."

Die Männer näherten sich dem Wrack, und Permes wagte einen zaghaften Blick in den Fahrzeuginnenraum.

Tatsächlich hockte eine verweste und skelettierte Leiche hinter den Resten des Lenkrads. Es war ein Anblick wie in einem schlechten Horrorfilm: Leere Augenhöhlen schienen ins Nichts zu starren, die Zähne erinnerten an ein Raubtier; sie fielen Permes sofort ins Auge. Knochen und Kleidungsfetzen auf dem Fahrersitz jagten Permes einen Schauer über den Rücken. Auf dem Fahrzeugboden stand das Wasser knapp zehn Zentimeter hoch.

„Das sieht man nicht alle Tage, was?" Sickelmann betrachtete Permes nachdenklich.

Der Polizist schüttelte den Kopf und wählte die Nummer des Ersten Fachkommissariats der Polizeiinspektion Hameln-Pyrmont/Holzminden. Dies war definitiv nicht seine Baustelle.

ZWEI

Er hatte die Anfahrt genossen. Als er im Morgengrauen in Wuppertal losgefahren war, hatte es geregnet, doch als er am Autobahnkreuz Wuppertal-Nord im ersten Stau gestanden hatte, war Ulbrichts Laune schlagartig gesunken. Am Westhofener Kreuz hatte die Sonne die tief hängenden Wolken verdrängt, und Norbert Ulbricht hatte die windschiefe Sonnenbrille mit den verstaubten Gläsern aus dem Handschuhfach gekramt, die er schon seit gefühlten zwanzig Jahren besaß. Nichts Besonderes, die Brille stammte aus einem der unzähligen Billigläden in der Barmer Innenstadt, doch das Ding passte ihm und war einigermaßen bequem. Es schien ein warmer Tag zu werden, einer der vielleicht letzten angenehmen Herbsttage in diesem Jahr. Der Sommer war vorbei, und Norbert Ulbricht war froh, dass die unerträgliche Bullenhitze erst mal überstanden war.

Bullenhitze ist gut, dachte er grinsend. Als Erster Kriminalhauptkommissar im Wuppertaler Polizeipräsidium hatte er bis letzte Woche an einem rätselhaften Tötungsdelikt gearbeitet und das schon seit längerem geplante freie Wochenende im Weserbergland in weite Ferne rücken sehen. Doch alles hatte geklappt, man hatte einen Tatverdächtigen festnehmen können, und er hatte sich in den letzten Tagen mit dem Einsatztagebuch herumärgern können. Das lange Wochenende hatte er sich also redlich verdient.

Und er war unterwegs nicht alleine. Sie war jetzt immer bei ihm. Linda, die sympathische Stimme seiner neuesten Errungenschaft: Rechtzeitig vor der Abfahrt hatte sich Ulbricht im Elektrogroßmarkt eines dieser kleinen transportablen Navigationssysteme gekauft. Nach vielen Jahren hatte er es satt, Landkarten zu studieren, wenn die Fahrt einmal über die Grenzen des Bergischen Landes hinausführte. Und obwohl er technischen Neuerungen gundsätzlich eher skeptisch entgegenstand, so hatte er Linda bereits ins Herz geschlossen. Sie sagte ihm immer brav, wann er sein Ziel erreichte und mahnte ihn höflich, wenn er Geschwindkeitsbegrenzungen überschritt. Und das Wichtigste: Sie gab keine Widerworte – und das war nach Ulbrichts Ansicht für eine Frau ein sehr seltenes Attribut.

Er hatte es nicht eilig, und so war er über Bielefeld und Bad Oeynhausen gefahren, um bei Buchholz die Autobahn 2 zu verlassen, so hatte es ihm Linda mit ihrer angenehm warmen Stimme empfohlen. Von hier aus führte die Bundesstraße 83 bis nach Hameln. Ja, er freute sich auf das Treffen mit Maja Klausen, da machte er sich nichts vor. Die Kriminalhauptkommissarin hatte er im Frühjahr während seiner Kur in Bad Pyrmont kennengelernt, als er bei einem seiner Ausflüge eine Leiche auf Burg Polle bei Bodenwerder gefunden hatte. Natürlich hatte er die Kur innerlich gleich abgehakt und sich auf die Suche nach dem Mörder gemacht. Dabei war er mit Maja Klausen aneinander geraten, die in dem Tötungsdelikt die Ermittlungen geleitet hatte. Nach anfänglichen Reibereien hatten sie festgestellt, dass sie mehr Gemeinsamkeiten hatten, als ihnen beiden lieb war. Und so hatte sich eine Freundschaft zwischen Ulbricht und Maja Klausen entwickelt. Nichts Festes, schließlich waren sie keine Teenager mehr und standen mit beiden Beinen im Leben, aber schließlich sprach nichts dagegen, die knappe Freizeit gemeinsam zu verbringen. Und Ulbricht war sich darüber im Klaren, dass er wohl den Rest des Lebens ohne Frau auskommen musste. Daran änderte die Freundschaft zu Maja auch nicht viel. Die Möglichkeit, sich zu den niedersächsischen Kollegen versetzen zu lassen, kam für ihn nicht infrage - zu verwurzelt war er mit seiner Heimatstadt Wuppertal. Und Maja schien es genauso zu gehen. Ihm fiel auf, dass sie über diese Dinge noch nie gesprochen hatten. Was hielt sie in Hameln? Hatte sie Kinder aus einer geschiedenen Ehe, von denen er noch nichts wusste? Gab es einen Mann in ihrem Leben, den sie ihm vorenthalten hatte, aus welchen Gründen auch immer? Ulbricht erschrak ein wenig, als er den stechenden Schmerz in der Brust spürte. War das Eifersucht? Unsinn, wischte er den Gedanken fort.

Wir sind freie erwachsene Menschen und sind uns keinerlei Rechenschaft schuldig. Und doch fühlte er, dass ihm der Gedanke, Majas Herz könnte einem anderen Menschen gehören, die Laune verdarb. Schnell drehte er die Lautstärke höher - genau im richtigen Augenblick, um die Werbung vor den Nachrichten in voller Lautstärke zu hören. Egal, dachte er aufgebracht, scheißegal. Hauptsache, ich muss mir keine kindischen Gedanken über Majas Leben machen. Das geht mich nichts an, und das wird auch so bleiben. Ganz sicher.

Hastenbecker Weg, Hameln, 8.35 Uhr

Träumen dürfen wird man ja wohl, dachte Maja Klausen ein wenig beschämt, als ihre Hände beinahe zärtlich über den knallroten Lack des nagelneuen Opel Astra GTC glitten.

So glatt wie ein Kinderpo, durchzuckte es Maja verzückt. Das Blech fühlte sich angenehm kühl an. Die schnittige Karosserie ruhte auf Breitreifen mit glänzenden Alufelgen und schien förmlich darauf zu warten, den Kampf mit dem Gegenwind aufzunehmen. Die Weichspülermusik aus den versteckten Lautsprechern des Verkaufsraums drang kaum noch an ihre Ohren. Sie trat auf die linke Seite des Wagens und warf einen Blick in den Fahrzeuginnenraum. Innenraum ist gut, dachte sie. Das ist ein Cockpit!

Ja, das wäre ein Auto für sie. Auch, wenn sie Autos unter normalen Umständen als reine Gebrauchsgegenstände betrachtete, so hatte sie sich heute morgen gleich verliebt, als ihr der nette Händler einen Kaffee angeboten und vom Wartebereich der Opel-Werkstatt in seinen Verkaufsraum entführt hatte, um ihr dort die aktuellen Modelle vorzustellen. Während sie zunächst ein wenig unschlüssig zwischen all den teuren Autos gestanden und die technischen Daten, die ihr allesamt nicht viel sagten, geduldig über sich ergehen lassen hatte, war sie froh, als das Telefon des Autoverkäufers geklingelt und er sich mit einer Entschuldigung auf den Lippen aus dem Staub gemacht hatte. Nun stand sie hier wie ein ausgesetztes Tier an der Autobahn, fühlte sich unwohl, da sie kein Geld für ein neues Auto hatte. Ihr alter Corsa stand auf der Hebebühne der angrenzenden Werkstatt. Sie hatte frei und freute sich auf ein paar ruhige Tage, in denen sie dem alten Grummelbär Norbert Ulbricht die Schönheiten ihrer Heimat zeigen wollte. Eigentlich, dachte sie, ist er ganz nett. Wenn auch ein schrecklich sturer Hund. Aber war sie das nicht auch?

Die freie Zeit vor seiner Ankunft hatte sie genutzt, um einen längst fälligen Werkstatttermin einzuschieben. Und jetzt stand sie hier zwischen den glänzenden Neuheiten der Automobilindustrie und hatte sich in den neuen Astra verliebt. Na toll, dachte sie. Dem Verkäufer dürfte der erste Schritt, ihre Abneigung gegen diese seelenlosen Neuwagen zu verdrängen, geglückt sein.

Sie sah vor ihrem geistigen Auge, wie sie abends mit dem neuen Astra GTC durch die prächtigen Straßen von Bad Pyrmont rollte, während die Menschen in den Biergärten und Straßencafés ihr neidvoll hinterher blickten.

„Oh, ich sehe, er gefällt Ihnen?"

Der Traum wurde mit dem Auftauchen des verbindlich lächelnden Autoverkäufers abrupt unterbrochen. Sie öffnete die Augen und drehte sich zu dem untersetzen Mittdreißiger im schlecht sitzenden Anzug um.

Warum duften eigentlich alle Autoverkäufer nach billigem Aftershave, fragte sie sich und sagte: „Gefallen ist gut. Das wär schon was für mich, aber leider reicht mein Sold nicht für einen Neuwagen."

„Oh, darüber lässt sich reden." Der Autoverkäufer, F. Müller, so stand es an dem kleinen gelbschwarzen Namensschild auf seiner Brusttasche, winkte jovial ab. „Null-Prozent-Finanzierung, sag ich da nur. Sie stellen sich Ihr Wunschauto zusammen, und ich werde Ihnen ein Angebot unterbreiten, dem Sie nicht widerstehen können!"

Das glaube ich dir gern, durchzuckte es Maja, und sie konnte in letzter Sekunde verhindern, spöttisch eine Augenbraue zu heben. Mich in den finanziellen Ruin stürzen und von der fetten Provision gut leben. Aber nicht mit mir! Sie wagte einen letzten Seitenblick auf den roten Astra, seufzte, dann winkte sie ab. Beinahe dankbar registrierte sie das sanfte Vibrieren in ihrer Tasche, zog das Handy heraus und murmelte eine Entschuldigung.

„Wir können gerne einen Termin für eine Probefahrt vereinbaren", fuhr F. Müller schwere Geschütze auf und brachte Maja damit zum Zögern. Sie wandte sich noch einmal zu ihm um, überlegte kurz, dann schüttelte sie den Kopf.

„Danke, nein. Mein alter Corsa wäre mit Recht beleidigt, wenn ich ihn nach all den Jahren…"

Sie brach ab, als sie merkte, dass sie von ihrem Auto sprach wie von einem Familienmitglied und meldete sich.

F. Müller stand eine Sekunde lang da und beobachtete sie, dann zog er sich mit einem Schulterzucken zurück.

„Grundmann hier. Ein Toter, bei Hessisch Oldendorf aus der Weser geborgen. Du solltest sofort losfahren, um …"

„Ich habe frei", fuhr sie dem Kollegen in die Parade. Jürgen Grundmann war unmöglich. Seine selbstherrliche Art, die Überheblichkeit, mit der er sich unter den Kollegen nur Feinde machte, und das mitunter cholerische Auftreten machten den Hauptkommissar nicht gerade zum Sympathieträger des 1. Fachdezernates. Immerhin war auch Maja Hauptkommissarin – insofern war Grundmann ihr gegenüber nicht weisungsbefugt. Wahrscheinlich hockte er im warmen Büro und hatte keine Lust, zum Tatort zu fahren. Sie würde einen Monatssold darauf verwetten, dass Grundmann längst selber gefahren wäre, wenn es fünfundzwanzig Grad und die Röcke der Mädchen in der Stadt waffenscheinpflichtig kurz gewesen wären. Doch bei Werten knapp über dem Gefrierpunkt zog er es vor, im

Büro sitzen zu bleiben. Daran änderte auch die Herbstsonne nicht viel.

„Sag das nicht mir", entgegnete Grundmann barsch. „Anweisung von Dauber."

„Und was machst du? Während ich frei habe, ist Alders dein Partner – also schwing dich mit ihm ins Auto und fahr nach Hessisch Oldendorf."

„Alders ist unterwegs, und ich muss gleich auf einen eintägigen Lehrgang."

Maja fragte sich, was das wohl für ein Lehrgang sein könnte, und kam zu dem Schluss, dass Grundmann Weltmeister im Kreuzworträtseln und Kaffeekochen war. Mehr tat er die meiste Zeit in der Polizeiinspektion nicht. Wofür dann also die Fortbildung?

„Hier ist Land unter, Dauber tobt und hat mich angewiesen, dich sofort loszuschicken. Der Einsatz-Streifendienst ist schon vor Ort. Das Tatort-Team hat jetzt Verstärkung angefordert."

„Was ist mit dem 5. Fachkommissariat?"

„Ist schon unterwegs, wegen der Spurensicherung. Aber dein Urteil ist den Kollegen auch wichtig. Also solltest du keine Zeit verlieren!"

„Prima, ich habe frei, mein Auto steht gerade ohne Öl auf der Hebebühne, und jetzt habe ich eine Mordkommission an der Backe?" Maja war außer sich und verließ den Verkaufsraum des Autohändlers, nicht, ohne den Astra GTC mit einem letzten wehmütigen Blick zu bedenken. An der frischen Luft angekommen, strich ihr ein sanfter Wind durch die kastanienbraunen Haare. Sie zog mit der freien Hand den Gürtel ihrer hüftlangen Jacke enger und betrachtete das bunte Laub der umliegenden Hügel. Vielleicht hätte sie bei dem Werkstatt-Termin gleich die Winterreifen montieren lassen müssen. Jetzt war es zu spät. Und wieder einmal würde sie, sobald der erste Schnee gefallen war, stundenlang beim Reifenhändler sitzen.

„Keine Ahnung, ob es sich dabei um ein Tötungsdelikt handelt. Aber du wirst es herausfinden."

„Sag mal, hörst du mir nicht zu?", rief Maja wütend. „Ich habe frei!"

„Ich kann's nicht ändern, Maja. Tut mir leid." Bevor sie widersprechen konnte, hatte Grundmann aufgelegt.

So einfach war das also. Am liebsten hätte Maja ihn angerufen, um ihm die Meinung über seine faule und arrogante Art zu geigen, doch das nutzte niemandem etwas. Sie ließ das Handy wieder in der Jackentasche verschwinden. Der Mann, mit dem sie sich das Büro teilte, war manchmal einfach unerträglich.

„Haben Sie es sich überlegt?" Lautlos war F. Müller hinter sie getreten.

Sie wandte sich zu ihm um.

Das Lächeln schien sich in seinem Gesicht festgemeißelt zu haben. „Das mit der Probefahrt, meine ich. Wir haben gerade einen Vorführwagen, und …"

„Rufen Sie mir ein Taxi?"

Nun war das Lächeln auf dem Gesicht des Autoverkäufers wie weggewischt. „Wie bitte?"

„Ob Sie mir ein Taxi rufen? Mein Auto ist noch nicht fertig, und ich muss dringend weg."

DREI

Am Ortsausgang von Hessisch Oldendorf zogen mehrere Polizeiwagen seine Aufmerksamkeit auf sich. Ulbricht ging vom Gas und verrenkte sich den Hals. An dieser Stelle konnte man von der Straße aus die Weser im Sonnenlicht glitzern sehen. Am Ufer war einiges los – er sah einen Notarztwagen und mehrere Streifenwagen. Kollegen waren damit beschäftigt, neugierige Bürger vom Ort des Geschehens fernzuhalten. In den vielen Dienstjahren hatte er eine derartige Szenerie schon oft genug gesehen; er wusste, dass dies ein Tatort war. Wie automatisch lenkte er den Vectra an den Straßenrand. Er kam hinter einem grünweißen Polizei-Passat zum Stehen und stieg aus.

Der Wind zerzauste sein Haar. Ulbricht streifte den beigen Mantel über und versenkte die Hände in den Hosentaschen, während er sich der Polizeiabsperrung näherte.

„Hier können Sie nicht durch", wurde er von einem jungen Streifenbeamten aufgehalten. Der Bursche schien noch nicht lange im Dienst zu sein – er wirkte ein wenig unsicher. „Oder sind Sie von der Presse?", setzte er nach und verrenkte sich den Hals. Scheinbar suchte er einen Fotoapparat an Ulbrichts Schulter.

Norbert Ulbricht schüttelte den Kopf und zog den Dienstausweis aus der Tasche, den er immer, auch in seiner Freizeit, mitführte.

„Oh, die Mordkommission." Der junge Beamte errötete auf der Stelle, und Ulbricht war sicher, dass dies sein erster richtiger Einsatz war. „Soll ich Sie bringen, oder finden Sie den Weg?"

„Ich komme klar", murmelte Ulbricht und stieg über das Absperrband. Am Weserufer standen einige Männer um ein Autowrack herum. Auf dem Fluss erblickte er ein flaches Schiff, auf dem sich ein Bagger befand. Er kombinierte, dass der Greifer offenbar das Auto aus der Weser gezogen hatte. So wie der Wagen aussah, hatte er die letzten Jahre unterhalb der Wasseroberfläche verbracht. Der Lack war so gut wie verschwunden, überall Rost und Schlamm. Von seiner beruflich bedingten Neugier angetrieben, trat er hinter das Wrack und betrachtete es nachdenklich. Zwei Männer in weißen Faseranzügen nickten ihm grüßend zu, dann widmeten sie sich wieder ihrer Arbeit.

Einer der Männer, er trug eine Polizeiuniform, erblickte ihn, löste sich aus der Gruppe und näherte sich Ulbricht. Er hatte ein rundes Gesicht, braune Augen und dunkle Haare, die bereits von einzelnen silbernen Strähnen durchzogen waren.

„Na endlich", rief er, während Ulbricht seinen Dienstausweis in der Tasche verschwinden ließ. „Ich warte schon seit einer Stunde auf Sie."

„Wie nett", brummte Ulbricht.

„Sie sind doch von der Mordkommission. Der sieht schrecklich aus, so was habe ich noch nie gesehen."

„Ist denn ein Mord passiert?" Ulbricht verstand nicht, worauf sein uniformierter Kollege hinaus wollte.

„Das sollen Sie ja herausfinden. Viel ist von dem armen Teufel hinter dem Steuer jedenfalls nicht mehr übrig. Ich hoffe, Sie haben noch nicht gefrühstückt?" Er holte tief Luft und reichte Ulbricht die Hand. „Entschuldigung, ich habe mich noch gar nicht vorgestellt: POK Permes, Wasserschutzpolizei. Noch."

„Ulbricht, Kriminalhauptkommissar." Er ahnte, dass hier eine Verwechslung vorlag, doch Ulbricht kommentierte den Redeschwall des Wasserschutzpolizisten nicht. Außerdem hatte ihn der Zusatz „noch" verwirrt. Doch er ging nicht darauf ein. Jetzt gab es Wichtigeres. Zum gegebenen Zeitpunkt würde er alles richtigstellen. „Was ist denn passiert?", fragte er und zeigte auf das Autowrack.

Permes berichtete ihm, was er von Sickelmann erfahren hatte. „So wie die Leiche im Auto aussieht, ist das schon ein paar Jahre her. Mich wundert nur, dass der Knabe wohl von niemandem vermisst wurde."

„Haben Sie die Datenbanken schon durchforscht?"

„Nein, ich dachte, das ist der Part des 1. Fachkommissariats, aber ich kann gerne …"

„Lassen Sie mal, dafür gibt es Leute", erwiderte Ulbricht und grinste. „Ich bin eigentlich …" Er spürte das Vibrieren seines Handys in der Manteltasche, murmelte eine Entschuldigung und entfernte sich ein paar Schritte von Permes. Mit einem Blick auf das Display stellte er fest, dass es sich um einen Anruf von Maja handelte.

„Ich fürchte, dass ich unser Treffen absagen muss", eröffnete sie ihm ohne Umschweife. Sie klang genervt und enttäuscht. „Ich hatte eben einen Anruf von Grundmann. Der Kriminaloberrat hat mich zu einem Einsatz geschickt, und ich habe die Befürchtung, dass ich das freie Wochenende vergessen kann."

„Das ist schade. Aber ich bin schon auf dem Weg nach Hameln, und ich …"

„Norbert, warte mal. Was machst du denn da?" Sie hatte einfach aufgelegt. Oder befand sie sich in einem Funkloch? Ulbricht stierte auf das Display, schüttelte den Kopf und steckte das Handy weg. Manchmal verstand er die Frauen einfach nicht.

Hessisch Oldendorf, 9.15 Uhr

Maja glaubte zu träumen, als sie den Mann im zerknitterten Columbo-Trenchcoat sah, der gerade zu den Männern am Weserufer zurückkehrte. Sie drückte dem Taxifahrer eilig einen Geldschein in die Hand, murmelte „stimmt so" und ließ sich eine Quittung ausstellen, die sie Kriminaloberrat Dauber präsentieren würde. Nun stand sie am Rand der Bundesstraße und betrachtete die Szenerie unweit der alten Kiesladestelle. Tuckernd entfernte sich das Taxi in Richtung Hameln. Sie legitimierte sich bei den uniformierten Kollegen, die den Tatort abgesichert hatten, und gesellte sich zu den Männern.

„Hallo Maja", sagte Ulbricht, als würden sie sich zufällig an der Kasse eines Supermarktes treffen. „Gut siehst du aus." Er strahlte und schien es ernst zu meinen. Dass er Maja damit an den Rand des Wahnsinns brachte, bemerkte er nicht.

„Kann ich dich mal einen Augenblick sprechen?", fragte sie mit spitzem Unterton in der Stimme. Sie spürte die Hitze in sich aufsteigen und hoffte, dass niemand ihre Wut bemerkte. Niemand, außer Ulbricht. Denn dem galt ihr Zorn. Immer wenn sie wütend und aufgebracht war, färbten sich ihre Wangen und das Dekolleté tiefrot.

„Natürlich." Ulbricht nickte und entschuldigte sich bei den Männern. „Mein Gott, bist du geflogen?"

Maja ging nicht auf die Frage ein. Sie zog ihn am Ärmel seines Mantels aus der Reichweite aller anwesenden Kollegen und funkelte ihn an. „Sag mal, was treibst du hier?"

„Ich bin hier vorbeigekommen und habe gesehen, dass hier offenbar etwas passiert ist. Dann hat meine

Neugier gesiegt, und die scheinen mich verwechselt zu haben. So einfach ist das." Er hob die Handflächen nach oben.

„Na schön. Aber jetzt übernehme ich das hier." Langsam legte sich ihre Wut. Er war unverwechselbar und ließ sich bestimmt nicht von ihr ändern. Also musste sie ihn so nehmen wie er war.

„Natürlich." Ulbricht hatte keine Einwände. Nun zog er Maja zu sich und drückte sie fest. „Schön dich zu sehen."

Sie löste sich aus der Umarmung. „Norbert - bitte nicht hier! Die gucken schon!" Als sie an der massigen Gestalt von Norbert Ulbricht vorbeiblickte, sah sie Permes, einen Kollegen der Wasserschutzpolizei, dämlich grinsen.

„Dann lass uns an die Arbeit gehen."

„Uns? Ich höre immer uns und wir. Norbert - du hast Urlaub!"

„Du aber auch." Er griente und zog eine Zigarettenpackung aus der Hemdstasche. Erst als er genüsslich paffte, bemerkte er Majas kritischen Blick.

„Und du hast das Rauchen wieder angefangen", stellte sie fest.

„Allerdings." Insgeheim verfluchte er sich. Warum hatte er die linke Manteltasche mit Hustenbonbons aufgefüllt? Immer dann, wenn er das Bedürfnis nach einer Zigarette verspürte, hatte er eigentlich stattdessen sein Hustenbonbon lutschen wollen. Doch irgendwie hatte er seine linke Manteltasche total verdrängt, als ihn die Nikotinsucht übermannt hatte. Er blickte betroffen auf seine Schuhe, dann lachte er. „Das ist aber Berechnungssache: Wenn ich wieder rauche, muss ich schon bald wieder zur Kur und bin bei dir. Ist das etwa nichts?"

„Du schaffst mich“, keuchte Maja und schüttelte den Kopf. „So, und nun mal zur Sache. Was geht hier vor?“

„Ich dachte, es ist dein Fall?“

„Das ist doch noch gar nicht raus. Muss erst mal mit den Kollegen vom 5. FK sprechen.“

„Vom ... was?“ Ulbricht verschluckte sich am Rauch seiner Zigarette und hustete.

„Vom 5. Fachkommissariat. Die machen die kriminaltechnischen Untersuchungen. Hast du wohl nicht in Wuppertal, was?“

„Nein, habe ich nicht. Das machen wir alles selber.“

„Na, das kann ich mir gut vorstellen.“ Maja ließ ihn stehen und gesellte sich zu der kleinen Truppe am Ufer. Sie erkannte Jochen Koch vom 5. Kommissariat. Koch war Ende vierzig, breitschultrig, hatte bereits erste graue Haare und strahlte eine beinahe stoische Ruhe aus – ein Attribut, das ihm in der Hektik, die an Tatorten oft herrschte, zugutekam.

„Und?“, fragte sie, als sie ihn zur Seite gebeten hatte. Zunächst wollte sie mit ihm unter vier Augen sprechen.

„Der Greifer hat das Wrack geborgen, war eher ein Zufall“, eröffnete Koch ihr. „Im Auto sitzt eine Leiche, ist allerdings unkenntlich. Und jetzt bist du dran, Maja.“

„Ist die Person denn ermordet worden?“

„Todesursache unklar“, erwiderte Koch. „Und das lässt sich nach der langen Zeit, die der Knabe unter Wasser verbracht hat, wohl auch kaum noch feststellen.“

„Dann müssen wir uns den Wagen ansehen.“

„Die Halteranfrage ist ergebnislos verlaufen, wahrscheinlich ist das Fahrzeug schon gar nicht mehr im Datenstamm erfasst. Wahrscheinlich muss das Straßenverkehrsamt jetzt alte Akten wälzen. Vielleicht sind die Kennzeichen auch gefälscht, das wird die Untersuchung zeigen, kann aber wohl dauern."

„Und was soll ich dann hier?"

„Der Verdacht, dass bei dem Unglück jemand nachgeholfen hat, drängt sich mir auf." Nun wirkte Koch ein wenig zerknirscht. „Ich bin schuld, dass du deinen freien Tag opfern musstest." Er deutete auf das Autowrack am Ufer. „Komm mal mit, dann zeig ich dir etwas."

Maja warf Ulbricht einen vielsagenden Blick zu, er zuckte die Schultern und sah ihr nach, wie sie mit Koch an das zerstörte Auto trat.

„Hier", sagte er und deutete auf die Stelle, an der sich das rechte Vorderrad befunden hatte. „Wie du siehst, sieht man nichts."

„Da fehlt die halbe Achse", bemerkte Maja und ging vor dem Wagen in die Hocke. Bislang hatte sie es tunlichst vermieden, einen Blick in das Innere des Autos zu werfen.

„Exakt, Frau Kollegin. Und hier kommst du ins Spiel. Da hat möglicherweise jemand nachgeholfen. Ich habe Taucher angefordert, die auf dem Grund des Flusses nach dem abgerissenen Federbein suchen sollen. Wenn die Achse allerdings damals schon an Land abgebrochen ist, dann haben wir ein Problem, denn ich weiß nicht, ob wir jemals herausfinden, ob mal einer ein Federbein mitsamt Rad im Bereich der Bundesstraße 83 gefunden hat."

„Wie lange war der Wagen im Fluss?"

„Schwer zu sagen. Vielleicht fünf Jahre, vielleicht auch länger."

Maja erhob sich. Nun wagte sie doch einen Blick in das Fahrzeuginnere. Der Anblick der verwesten und teils skelettierten Leiche jagte ihr einen Schauer über den Rücken. Die Überreste des Fahrers wirkten unrealistisch, fast wie die Nachbildung eines Zombies für einen drittklassigen Gruselfilm. Nur war dies die Realität. Nichts, was ihr künftig schlaflose Nächte bereiten würde, und doch unheimlich genug, um diesen Fall von allem anderen, was sie bisher gesehen hatte, zu unterscheiden.

„Okay", sagte sie dann an Jochen Koch gewandt. „Der wird uns wohl nicht mehr viel darüber erzählen können, wie es zu dem Unfall kam. Wir sollten trotzdem einen Suizid nicht ausschließen. Wer sagt denn, dass er es nicht selber war, der die entsprechenden Schrauben gelockert hat, um das Unglück herbeizuführen?"

„Sobald uns die Fahrgestellnummer und das Ergebnis der Halteranfrage vorliegt, können wir ansetzen und die Vermisstendateien durchsehen", schlug Koch vor. „Alles andere wäre Spekulation und würde zu nichts führen."

Maja nickte und blickte sich zu Ulbricht um, der gerade genüsslich an seiner Zigarette zog und wie ein alter Seemann auf das Wasser blickte. Wie gerne hätte sie jetzt auch geraucht. Doch sie hatte vor Kurzem endlich damit aufgehört und hoffte, dass sie nicht eines Tages wieder von der Nikotinsucht übermannt wurde.

„Ich lasse jetzt den Abschlepper kommen, dann untersuchen wir das Fahrzeug auf mögliche DNA, mal sehen, was davon noch übrig ist. Den Leichnam lassen wir nach Hannover zur Gerichtsmedizin bringen. Und dann steigen wir voll ein."

Maja hatte ein kleines Fünkchen Hoffnung. Vielleicht war sie erst mal raus aus der Nummer und konnte ein paar freie Tage mit Ulbricht verbringen.

„Dann machen wir es so", sagte sie an Koch gewandt und ließ ihn stehen. „Und halt mich auf dem Laufenden", rief sie ihm über die Schulter zu.

„Wer war der Kerl?", brummte Ulbricht, als Maja zu ihm zurückkehrte, missbilligend.

Er zog ein letztes Mal an seiner Zigarette und schnippte den Stummel in den Fluss, wo die Glut mit einem leisen Zischen erlosch.

„Koch, ein Kollege vom 5. Fachkommissariat", antwortete Maja ein wenig amüsiert. „Warum fragst du – kannst du keine gut aussehenden Männer in unserem Alter leiden?"

Seite an Seite verließen sie die Fundstelle am Ufer und begaben sich zur Bundesstraße. Die Kollegen vom Streifendienst nickten ihnen zu.

„Erstens ...", sagte Ulbricht, „ ...erstens sieht der nicht gut aus, und zweitens ist er nicht in meinem Alter."

„Wie du meinst. Er ist achtundvierzig, glaube ich."

„Und damit unwesentlich jünger", gab Ulbricht zurück. „Egal. Wie geht es denn jetzt weiter?"

„Ich bin erst mal raus aus der Nummer und muss auf die Ergebnisse der KTU warten."

„Wie schön – also doch ein freies Wochenende." Ulbricht grinste.

„Wie man's nimmt. Bin sozusagen auf Rufbereitschaft an dem Fall beteiligt. Und wenn sich rausstellt, dass da mehr dranhängt als ein Unfall, habe ich es mit einem Tötungsdelikt zu tun. Aber das müssen jetzt die Untersuchungen ergeben."

Sie waren am Rand der gut ausgebauten Straße angekommen. Maja tippelte von einem Fuß auf den anderen. „Sag mal, kannst du mich mit nach Hameln nehmen?"

Ulbricht blickte sich suchend um. „Wie bist du denn hergekommen? Doch nicht etwa zu Fuß?“

„Nein.“ Maja lachte und berichtete ihm, wie ihr Tag beim freundlichen Opelhändler begonnen hatte.

„Das ist schön“, bemerkte Ulbricht, während sie zu seinem alten Vectra gingen.

„Was ist schön?“

„Dass du deinem alten Auto die Treue halten willst.“ Er klopfte seinem Vectra auf das Blechdach. „So wie ich.“ Er hatte seinen ehemaligen Dienstwagen, kaum nachdem er ausgemustert worden war und in Düsseldorf versteigert wurde, zurückerworben und nutzte den in die Jahre gekommenen Opel nun privat. Ulbricht war ein zäher Kochen, doch er hing an der alten Kiste, war sie doch in all den Jahren, in denen sie gemeinsam im Bergischen Land Verbrecher gejagt hatten, ans Herz gewachsen. Außerdem fehlte ihm für ein neueres Auto sowieso das Geld.

„Du, das hat nichts mit Treue zu tun“, lachte Maja und öffnete die Beifahrertür, nachdem die Zentralverriegelung mit einem satten Klicken aufgesprungen war. „Das liegt an meinem schmalen Geldbeutel. Ich hätte nichts gegen einen neuen fahrbaren Untersatz einzuwenden.“

„Das unterscheidet uns voneinander“, behauptete Ulbricht und klemmte sich hinter das Steuer. Dass es Maja tief in ihrem Herzen nicht anders als ihm erging, ahnte er nur. Im Auto roch es nach kaltem Kaffee und abgestandenem Zigarettenrauch.

Der Aschenbecher im Armaturenbrett quoll über, also hatte er das Rauchen wieder angefangen. Nur der Umstand, dass sich in der Mittelablage Hustenbonbons befanden, hielt sie davon ab, ihn darauf anzusprechen.

„Was ist das?", fragte Maja, während sie sich anschnallte. Sie deutete auf das Navigationssystem, das mit einem großen Saugnapf an der Windschutzscheibe befestigt war.

„Oh, entschuldige. Darf ich vorstellen: Das ist Linda, meine neue." Er grinste schief und strich beinahe zärtlich über den kleinen flachen Monitor.

„So so", machte Maja und verzog das Gesicht zu einer Grimasse. „Linda heißt sie also." Und sie legte eine feine Nuance, die wie gespielte Eifersucht klingen sollte, in ihre Stimme. „Na, da muss ich wohl erst mal mithalten, oder?" Sie lachte, als er den Motor startete und sagte mit verführerischer Stimme: „Sie haben Ihren Bestimmungsort erreicht." Er blickte sie entgeistert an, sie antwortete mit einem lasziven Augenaufschlag: „Na, wie habe ich das gemacht? Ich bin doch mindestens genauso sexy wie deine Neue, oder?"

Ulbricht schüttelte nur den Kopf, während er sich in den vorbeifließenden Verkehr einordnete und die Fahrt in Richtung Hameln fortsetzte. Täuschte sie sich, oder drückte er mit seiner Miene so etwas wie ein schlechtes Gewissen aus?

Hameln, 9.45 Uhr

„Was sind das denn für Vögel?", fragte Ulbricht, als sich der Verkehr kurz vor dem Ortseingangsschild von Hameln staute. Lindas Bildschirm zeigte ihm an, dass es nur noch fünf Minuten bis zum Ziel waren, wenn nicht dieser Stau jede Zeitplanung zerstörte. Wenn Ulbricht eins hasste, dann war das Stau. Nirgendwo konnte man seine Zeit sinnloser vergeuden als in einer Reihe von Fahrzeugen, die keinen Meter vorankamen.

Und es war die Hilflosigkeit, der Umstand, der augenblicklichen Situation hilflos ausgeliefert zu sein, der ihn auf die Palme brachte. Normalerweise telefonierte er in solchen Augenblicken und gab Anweisungen, delegierte Aufgaben oder ließ bei seinem unfähigen Assistenten Dampf ab. Aber im Urlaub war Stau noch sinnloser als im Alltag. Ulbricht spürte die Sehnsucht nach Nikotin. Am liebsten hätte er sich eine Zigarette angezündet – einfach, um etwas zu tun. Doch Maja saß neben ihm. Sie hatte sich im Frühjahr das Rauchen abgewöhnt, und er wollte nicht Schuld daran sein, dass sie rückfällig wurde. Außerdem nörgelten ehemalige Raucher am meisten über die Nikotinsucht anderer Menschen, die den Absprung noch nicht geschafft hatten. Auf eine sinnfreie Diskussion über das Rauchen hatte er wahrlich keine Lust, also verzichtete er auf den Glimmstängel.

Nervös trommelte Ulbricht auf dem Lenkrad herum und sehnte sich nach einer Tätigkeit, die ihm die sinnlose Zeit des Wartens in der Autoschlange verkürzte. Er kurbelte das Seitenfenster herunter und sog die frische Luft tief in seine Lungen.

Menschen hatten sich auf der Straße aufgestellt und schwenkten Transparente und selbstgemalte Schilder. Durch das offene Fenster drangen Sprechgesänge in den Wagen.

„Ach, die Demo …“ Maja schlug sich mit der flachen Hand vor die Stirn, dass es klatschte. „Ich habe die Demonstration der Atomkraftgegner völlig vergessen.“ Sie warf ihm einen schuldbewussten Seitenblick zu.

Ulbricht hatte zugestimmt, als sie ihn gefragt hatte, ob sie kurz in der Polizeiinspektion vorbeifahren konnten, um den üblichen Bürokram zu erledigen. Dass bereits erste Ergebnisse vorlagen, war relativ unwahrscheinlich, deshalb würde es wohl bei einer Stippvisite im Büro bleiben.

„Atomkraftgegner?", nahm Ulbricht den Faden auf. Er verrenkte sich den Hals und versuchte, an den Fahrzeugen vor ihnen vorbei zu schielen. „Seid ihr hier auf einem Ökotrip?"

„Seit dem Unglück in Japan sind wir ein wenig ängstlicher geworden", erwiderte Maja. „Die Menschen haben Angst vor Atomkraftwerken. Das, was mal mit Atomkraft-nein-danke!-Aufklebern angefangen hat, hat inzwischen nicht mehr viel mit Öko zu tun. Und inzwischen lacht keiner mehr über die Spinner, die sich an Bahngleise ketten lassen, um den Transport ins Endlager zu blockieren. Es ist einfach nur noch unheimlich, und viele Menschen wissen nicht, was sie von der Atompolitik der Regierung halten sollen."

Obwohl die Ereignisse in Fukushima nicht an ihm abgeprallt waren, so hatte Ulbricht sich darauf beschränkt, die schrecklichen Nachrichten nüchtern zu betrachten. Wahrscheinlich ein Umstand, den er sich in zig Jahren als Bulle angewöhnt hatte. Wenn jemand starb, war das schrecklich. Aber sein Job war es nie gewesen, die emotionale Seite zu betrachten. Immer war er dafür zuständig gewesen, den Mörder zu fassen. Also hatte er sich angewöhnt, menschliche Tragödien mit einer Art professioneller Distanz zu betrachten. Gefühle oder Betroffenheit trübten den klaren Blick, und so etwas konnte in seinem Job fatale Folgen haben. Also suchte er auch jetzt nach Fakten. „Habt ihr denn hier auch ein Atomkraftwerk?" Ulbricht hatte die Polizisten auf der Fahrbahn entdeckt. Die Bundesstraße war komplett gesperrt, weiter hinten sah er sogar einige Demonstranten, die Transparente in die Höhe hielten und Sprechgesänge von sich gaben.

„Und ob, gar nicht so weit von hier. Ist halt nur nicht so bekannt wie beispielsweise Brokdorf oder Gorleben. In Grohnde, das gehört zu Emmerthal. Steht gleich an der Weser, das Kraftwerk. Und es gehört zu den sogenannten alten Kraftwerken. Das bedeutet, dass es beispielsweise nicht gegen den Absturz eines großes Verkehrsflugzeuges gesichert ist."

„Na Mahlzeit." Ulbricht musste sich eingestehen, seit den Unglücken von Fukushima auch ein gespaltenes Verhältnis zur Atomtechnik zu haben – im wahrsten Sinne des Wortes, wie er mit einem sarkastischen Gesichtsausdruck dachte. Manchmal grenzten seine Metaphern an einem ihm eigenen Galgenhumor.

„Stell dir vor, hier würde es einen derartigen Supergau geben", murmelte Maja. „Das ganze Weserbergland wäre kontaminiert und für die nächsten Jahrzehnte unbewohnbar. Davor haben die Leute Angst. Und ich kann sie verstehen, denn sie fühlen sich von der Politik im Stich gelassen."

„Hm." Ulbricht nickte. „Aber die müssen doch nicht ausgerechnet jetzt und hier vor unserer Stoßstange demonstrieren."

„Die Demo war angemeldet, ich habe davon gelesen, es aber vergessen, weil ich von einem freien Tag ausgegangen bin, Norbert."

Ulbricht trommelte nervös auf dem Lenkrad herum und schaltete den Motor aus, dessen Temperaturanzeige sich gefährlich dem roten Bereich genähert hatte.

„Hat es denn schon einen Zwischenfall in ... wie hieß das gleich? – Grunde – gegeben?"

„Grohnde", verbesserte Maja ihn. „Einen?" Sie lachte trocken auf. „Die Liste der Zwischenfälle ist lang, aber bislang wiegt man die Menschen in Sicherheit. Nichts sei wie Japan, unsere Standards seien die besten, und auch wenn man keine hundertprozentige Sicherheit geben könne, so ist man sehr sicher, dass unser AKW ein Unglück wie das Erdbeben in Japan heil überstehen werde. Deshalb warnt man vor unnötiger Panik."

„Behördengesülze", brummte Ulbricht. „Immer das gleiche. Wir haben die höchsten Sicherheitsstandards, nichts kann passieren, und wenn doch etwas schief geht, wird es mit höchster Professionalität vertuscht."

„Allerdings, doch das geht nicht immer gut. Erst im März hat es einen Zwischenfall in Grohnde gegeben. Nichts Schlimmes zwar, aber die Öffentlichkeit wurde trotzdem nicht darüber informiert."

„Das ist eine Riesensauerei." Ulbricht fühlte sich plötzlich wie ein winzig kleines Rad in einem großen Getriebe. „Alles wird schöngeredet."

Maja nickte. „Es hat ziemlichen Wirbel gegeben, weil sich die Grünen eingemischt haben und das Verhalten der Betreibergesellschaft und des Umweltministeriums in der Öffentlichkeit angeprangert haben." Maja deutete nach vorn. „Und deshalb sind die Menschen ziemlich sensibilisiert. Einige hätten es gern, wenn Grohnde sofort vom Netz geht."

„Was nichts daran ändert, dass die Brennstäbe nicht gleich entfernt werden", erwiderte Ulbricht. „Und die Gefahr nicht damit aus der Welt geschafft ist." Er schüttelte den Kopf. „Ändern können wir daran nichts. Und auch die Leute da vorne haben nicht genügend Argumente, um eine Abschaltung zu erreichen, fürchte ich. Deshalb wäre es schön, wenn sie uns jetzt mal durchlassen würden."

„Geht schon weiter." Maja war ausgestiegen und hatte sich über das Wagendach gebeugt. Sie konnte sehen, wie die Kollegen vom Einsatzdienst dafür sorgten, dass die Demonstranten die Straße räumten. Langsam kam der Verkehr wieder ins Rollen. Maja stieg wieder ein und legte den Sicherheitsgurt an. „Siehst du“, sagte sie, als Ulbricht den Motor gestartet hatte, „und jetzt steht unserem Wochenende nichts mehr im Wege.“

VIER

Grohnde, 10.05 Uhr

Er erschauderte, als er die elektronisch verzerrte Stimme am anderen Ende der Leitung vernahm. Dr. Jochen Bankheimer, Geschäftsführer der Grohnde Energie GmbH, riss sich vom Anblick aus seinem Fenster los und sank in den ledernen Sessel an seinem Schreibtisch. Während er der Stimme des geheimnisvollen Anrufers lauschte, huschte sein Blick unstet über das Mobiliar im Büro. Kühle, sachliche Eleganz, so liebte er es. Kein Gummibaum in der Ecke, keine Landschaftsbilder an den weißen Wänden, nicht einmal ein Familienfoto befand sich auf seinem Schreibtisch.

Bankheimer war ein Mann, der klare Linien mochte. Und an seinem Arbeitsplatz schaltete er das Privatleben grundsätzlich aus. Bankheimer hatte sich auf das Meeting der Vorstandsmitglieder vorbereitet, als ihn der Anruf erreicht hatte. Er fragte sich in einem Anflug aus Wut und Hilflosigkeit, warum seine Sekretärin den Kerl nicht abgewimmelt hatte. Sie war neu und unerfahren – wahrscheinlich setzte sie gerade frischen Kaffee auf anstatt das Telefon zu besetzen. Bankheimer nahm sich vor, Marita Bluhm später darauf anzusprechen. Doch das nutzte ihm augenblicklich wenig: Nun hatte er den Mann am Telefon, und er hatte Bankheimer mit wenigen Worten zu verstehen gegeben, was er mit dem Anruf bezweckte.

„Zwei Millionen, bis morgen Abend um 22 Uhr. Ansonsten wird die Öffentlichkeit erfahren, was in einem

Atomkraftwerk alles passieren kann. Und das wollen Sie doch nicht, oder?"

Bankheimer wusste nicht, was er erwidern sollte und schnaufte machtlos. Innerhalb weniger Sekunden hatte es der unbekannte Anrufer geschafft, ihm sämtlicher Autorität zu berauben, die er sich als Geschäftsführer der Betreibergesellschaft mühsam erarbeitet hatte. Er lehnte sich weit in seinem Bürosessel zurück und schloss die Augen. So fest, bis er winzige Sterne aufblitzen sah. Insgeheim hatte er einen solchen Anruf immer befürchtet. Und dennoch hatte er sich nie einen Plan erarbeitet, wie er damit umgehen würde, wenn man ihn erpresste. Jochen Bankheimer versuchte, sich zu der Stimme ein Gesicht vorzustellen.

War der Mann jung, oder war er bereits älteren Jahrgangs? Wie würde er wohl aussehen? Kannte er den geheimnisvollen Anrufer letzten Endes sogar? In Windeseile durchforschte er seine gesellschaftlichen Kontakte, ohne aber auf ein entsprechendes Profil zu kommen, was wahrscheinlich daran lag, dass der Mann, sollte es sich tatsächlich um einen Mann handeln, in ein Computerprogramm sprach, das seine Stimme verfremdete.

„Was ist, wenn ich Ihren Anruf für einen dummen Scherz halte?", versuchte es der Geschäftsführer der Betreibergesellschaft.

Am anderen Ende der Leitung ertönte ein humorloses Lachen. „Hören Sie, ich muss Ihnen nicht sagen, dass Sie in Ihrem Kraftwerk auf einer Bombe sitzen, oder?"

„Was wollen Sie damit sagen?", bellte Bankheimer. Seine Hände zitterten, und er spürte die winzigen Schweißperlen auf seiner hohen Stirn. Nervös fuhr er sich mit dem Rücken der linken Hand darüber.

„Sind Sie sicher, dass jeder Ihrer Mitarbeiter loyal ist? In Ihrem Werk arbeiten brillante Fachleute, die sich mit Atomenergie auskennen und wissen, was zu tun ist."

„Sie wollen es zu einem Gau kommen lassen?"

„Das haben Sie in der Hand. Es ist nicht schwer, eine der Reaktorkühlungen abzuschalten. Spezialisten vor Ort brauchen nur einen Schalter zu betätigen, und sie machen das so, dass es später als ein unvorhersehbarer Defekt in einem der Systeme aussehen wird." Der Anrufer seufzte. „Also, lassen Sie uns technisch nicht zu sehr ins Detail gehen; ich weiß, dass Ihre Zeit wertvoll ist. Und Sie wissen, was zu tun ist, um die Katastrophe zu verhindern. Zwei Millionen Euro."

„Das Wochenende steht vor der Tür, die Banken schließen zeitig. Wie stellen Sie sich das vor?", wagte Bankheimer einen zögerlichen Widerspruch.

„Hören Sie auf." Der Anrufer lachte überheblich. „Mir können Sie nichts vormachen. Sie arbeiten mit zahlreichen Privatbanken zusammen, und dort wird man sicherlich gern auf Sie warten, wenn Sie dort die Abholung eines größeren Geldbetrages in bar anweisen. Also veranlassen Sie das Nötige."

„Und wo …" , schnaufte Bankheimer und öffnete die Augen.

„Das erfahren Sie, wenn es so weit ist." Es knackte im Hörer, dann ertönte das monotone Tuten.

Einen Moment lang hielt der Manager den Hörer unschlüssig in der Hand, dann drückte er die rote Taste und wählte den Hausanschluss des Sicherheitsdienstes. Es dauerte nur eine Sekunde, bis sich am anderen Ende der Leitung ein Mitarbeiter des Werks- und Objektschutzes im Kernkraftwerk meldete.

„Herr Dr. Bankheimer, was kann ich für Sie tun?"

„Ich hatte eben einen rätselhaften Anruf. Hellmann soll mich unverzüglich zurückrufen. Bitte veranlassen Sie alles Nötige, um den Anruf zurückzuverfolgen." Sven Hellmann war der Abteilungsleiter des Werksschutzes und für alle sicherheitsrelevanten Fragen im Werk zuständig. Bankheimer verspürte keine Lust, mit Hellmanns Mitarbeiter ins Detail zu gehen. Deshalb verriet er ihm nicht, dass es sich um einen Erpresseranruf gehandelt hatte.

„Sofort, Herr Dr. Bankheimer. Ich gehe davon aus, dass der Anruf mit unterdrückter Rufnummer erfolgte?"

„Selbstverständlich, sonst hätte ich Ihre Dienste nicht in Anspruch nehmen müssen." Bankheimer rang mit seiner Fassung. Seit dem Unglück in Japan hatte er einen schweren Stand. Atomkraftwerke standen weltweit in der Kritik der Bevölkerung, und zu allem Überfluss hatte ein vermeintlich schlauer Wissenschaftler errechnet, dass bei einem ähnlichen Supergau, wie er in Fukushima eintrat, die gesamte Umgebung von Grohnde bis hin zur Landeshauptstadt Hannover innerhalb von sechzig Sekunden kontaminiert wäre.

Spätestens im Jahr 2022 würde Grohnde vom Netz gehen, und schon jetzt machten die Schäden an den Brennstäben immer wieder Probleme. Dabei kam der Zorn nicht nur aus Richtung der Atomkraftgegner – inzwischen ging auch der Betriebsrat auf die Barrikaden. Man sorgte sich um qualifizierten Nachwuchs, und niemand konnte heute schon sagen, was aus den 500 Arbeitsplätzen wird, wenn das Atomkraftwerk für immer abgeschaltet würde. Der Ortsbürgermeister sprach natürlich von einem wichtigen Wirtschaftsfaktor für seine Region, doch damit konnte er sich nicht gegen die immer lauter werdenden Stimmen wehren, die es lieber heute als morgen gesehen hätten, wenn das AKW Grohnde abgeschaltet werden würde.

Bankheimer beugte sich über den Schreibtisch und barg das Gesicht in den Händen. Die immer stärker wachsende Protestkultur der Menschen kotzte ihn an. Und er war sich sehr sicher, dass sich nun jemand in letzter Sekunde bereichern wollte.

Sterne blitzten vor Bankheimers Augen, er ließ die Hände sinken und stierte auf sein Telefon. Die elektronisch verzerrte Stimme hallte in seinem Schädel nach, und er spielte mit dem Gedanken, die Polizei zu informieren. Immerhin hatte er es eben mit einem handfesten Erpresseranruf zu tun gehabt. Doch er konnte sich keine negative Presse mehr leisten. Irgendwo gab es bei den Behörden immer eine undichte Stelle. Irgend etwas sickerte immer an die Öffentlichkeit. Und wenn es herauskam, dass die Betreiber eines Atomkraftwerkes erpresst wurden, konnte das nicht gut enden. Bankheimer ließ die Hand, die er bereits nach dem Hörer ausgestreckt hatte, wieder sinken. Er würde es alleine schaffen.

Hameln, Zentralstraße, 10.10 Uhr

Ulbricht parkte den alten Vectra gleich vor dem beige gestrichenen Gebäude, in dem die Leitung des Zentralen Kriminaldienstes untergebracht war. Hier lag auch Majas Büro, und bis zum Eingang waren es nur wenige Schritte.

„Schläfst du eigentlich darin?“, fragte Maja unvermittelt.

Ulbricht, der den Wagen abgeschlossen hatte, blickte an sich herunter. „Wovon redest du?“

„Na, der Mantel. Ich kenne dich nur in deinem Trenchcoat, der so aussieht, als hätte Columbo darin schon unzählige Fälle gelöst." Maja lächelte ihn entwaffnend an.

Ulbricht, der es normalerweise gewohnt war, auszuteilen, schluckte. Obwohl er Maja recht gut zu kennen glaubte, hatte er mit dieser Offenheit nicht gerechnet. Entsprechend überrascht reagierte er.

„Ich mag ihn halt, meinen alten Trenchcoat."

„So sieht er auch aus."

Er trat an ihre Seite, sie zupfte am beigefarbenen Stoff herum und richtete ihm den Kragen. Er stellte fest, dass dies schon seit Jahrzehnten keine Frau mehr getan hatte, und hielt still.

„Hör zu, wenn wir hier durch sind, fahren wir in die Stadt und kaufen dir neue Klamotten."

„Wozu das?"

„Weil es dir sicherlich stehen wird, wenn du modische Klamotten trägst."

„Aber ich wäre nicht mehr ich", wagte Ulbricht einen zaghaften Widerspruch und erwischte sich dabei, wie er sich schon wieder nach einer Zigarette sehnte. Doch er verzichtete auch diesmal aus Rücksicht auf Maja darauf, sich eine anzuzünden. Stattdessen griff er in die Manteltasche und zog ein Hustenbonbon hervor. Nachdem er das grüne Papier abgewickelt hatte, schob er sich das Bonbon in den Mund und begann zu lutschen. Nicht ganz wie eine Zigarette, aber es war eine Art Ersatz für den entgangenen Nikotin, dachte er.

„Ach was, wir werden sehen, dass wir etwas Passendes für dich finden, Norbert." Maja lachte. „Ich will hoffen, dass die Werkstattrechnung nicht so hoch ausfällt, dann bezahl ich das auch."

Ulbricht errötete. „Das musst du nicht."

„Ich weiß. Aber ich will." Dann waren sie im Gebäude. Auf den Gängen roch es nach Bohnerwachs wie in einem Krankenhaus. Unwillkürlich rümpfte Ulbricht die Nase und fragte sich, ob eigentlich alle Behördengebäude dieser Welt gleichrochen.

Auf dem Weg zu Majas Büro liefen sie Kriminaloberrat Dauber in die Arme. „Gut, dass ich Sie sehe, Frau Klausen", rief er schon von Weitem, und als er Ulbricht an ihrer Seite erblickte, stockte er ein wenig.

„Kollege Ulbricht", sagte er sichtlich überrascht und hob in gewohnter Manier eine Augenbraue. „Ich wusste gar nicht, dass Sie uns besuchen."

„Ist auch eher privater Natur, der Besuch", erwiderte Ulbricht und schüttelte Majas Vorgesetztem die Hand.

„Ich verstehe." Dauber betrachtete ihn und nickte dann, bevor er sich an Maja wandte. Wie immer wurde er von einer unsichtbaren Wolke aus teurem Aftershave umgeben, die, so sagte man ihm nach, bei den weiblichen Kollegen in der Kriminalinspektion gut ankam.

„Schön, dass Sie eingesprungen sind", sagte der Kriminaloberrat und führte sie in sein Büro. Ulbricht, der sich in diesem Augenblick ein wenig überflüssig vorkam, folgte ihnen schweigend. Während Dauber sich in bester Chefmanier hinter seinem Schreibtisch verschanzte, nahm Maja auf einem Besucherstuhl Platz. Ulbricht zog es vor, stehen zu bleiben.

Dauber schob den Ärmel des Jacketts hoch und nahm seine Armbanduhr ab. Er betrachtete das gute Stück, dann legte er es auf die rechte obere Ecke seines Schreibtisches. Nachdem die Uhr eine Flucht mit der Schreibtischkante bildete, schien Dauber zufrieden zu sein. „Der Fall ist uns ein Rätsel", begann der Kriminaloberrat das Gespräch und legte die Fingerspitzen beider Hände aneinander. „Ein Auto stürzt in den Fluss, niemand bemerkt es. Niemand vermisst einen Menschen, der im Wrack gefangen ist und sich scheinbar nicht aus eigener Kraft retten kann. Er ertrinkt qualvoll, und erst Jahre später werden die Reste des Fahrzeuges und unserer unbekannten Person geborgen."

„Wir werden uns die alten Fälle zur Brust nehmen müssen", befürchtete Maja. „Je nachdem wie lange der Wagen in der Weser lag, sind noch nicht alle Fälle digitalisiert, das bedeutet, wir müssen das Archiv auf den Kopf stellen und alte Akten sichten."

„Ein langwieriges Verfahren", winkte Dauber ab, der bei den Mitarbeitern des 1. Fachkommissariats für seine Ungeduld bekannt war.

„Vielleicht erreichen wir etwas über die Fahrgestellnummer - sofern sie noch lesbar ist."

„Der Staatsanwalt war bis eben hier", eröffnete Kriminaloberrat Dauber nun. „Er war nicht begeistert von den Dingen, die da vor vielen Jahren scheinbar unbemerkt geschehen sind. Und seine Befürchtung, dass sich die Medien auf den Fall stürzen werden, erscheint mir nicht unberechtigt zu sein. Insofern stehen wir unter Druck - wir müssen handeln, um schnell ein Ergebnis vorzuweisen. Wer ist der Tote, wie kam es zu dem Unglück?"

„Was passiert mit dem Wrack?", mischte sich Ulbricht jetzt ein.

„Der Staatsanwalt hat angeordnet, dass das Fahrzeug von einem unserer Vertragspartner sichergestellt wird. Vielleicht haben wir noch eine Chance, an DNA zu kommen, was ich persönlich zu bezweifeln wage. Aber wir dürfen nichts außer Acht lassen."

„Vertragspartner?“ Ulbricht runzelte die Stirn.

Maja räusperte sich. „Wir arbeiten mit örtlichen Abschleppunternehmen zusammen, die geeignete Räumlichkeiten zur Verfügung stellen, um eine kriminaltechnische Untersuchung durchzuführen. Das ist Sache unseres 5. Kommissariats, das auch für die Spurensicherung zuständig ist. Die Kollegen hast du am Ereignisort kurz kennengelernt.“

„Dann müsste sich anhand der Fahrgestellnummer der letzte Halter ausfindig machen lassen.“ Ulbricht nahm sich nun doch einen freien Stuhl.

„Auch das dürfte wieder mit dem Sichten alter Akten verbunden sein“, befürchtete Dauber und zupfte am Knoten seiner Krawatte herum. „Aber gut“, er kehrte die Handflächen nach oben und lächelte. „Damit müssen wir jetzt leben. Früher ging es auch ohne Computer, nicht wahr, Herr Ulbricht?“

„Allerdings, und manchmal ging es sogar besser als heute“, erwiderte Ulbricht und grinste schief. Die beiden Männer waren in einem Alter und hatten schon viele Jahre als Polizisten gearbeitet, bevor der Computer in den Büros der Behörden Einzug gehalten hatte. Heutzutage fast undenkbar.

„Derzeit können wir nur das Ergebnis der kriminaltechnischen Untersuchung abwarten“, murmelte Maja und tauschte einen Blick mit Ulbricht. Er hatte keine Einwände, hatte er sich doch auf ein freies verlängertes Wochenende gefreut.

„Ich werde Sie anrufen, sobald es Neuigkeiten gibt“, versprach der Kriminaloberrat. Dass Maja sich den Tag freigenommen hatte, schien er kurzfristig vergessen zu haben. Als Maja und Ulbricht sich erhoben hatten, blickte er auf. „Sie werden Ihre Überstunden wohl anderweitig abfeiern müssen, fürchte ich“, bemerkte er, dann schob er mit einem vielsagenden Seitenblick auf Ulbricht nach: „Aber ich denke, das wird kein Problem sein."

„Sicher." Maja nickte, dann gab sie Ulbricht ein Zeichen, und sie standen wieder draußen auf dem Flur.

„So ein Arschloch", zischte sie, als Ulbricht die Bürotür geschlossen hatte. „Er kann sich doch wohl denken, dass ich Wert auf meine freien Tage lege, wenn du zu Besuch bist."

„Meinst du, das macht er absichtlich?" Ulbricht kannte es zu gut, dass die Arbeit ihm immer dann über den Kopf wuchs, wenn seine Leute entweder frei hatten oder krank waren. Oder beides. Ein wenig konnte er daher Daubers Appell an Majas beruflichen Ehrgeiz nachvollziehen. „Wahrscheinlich hat er auch zu wenig Leute, um klar zu kommen."

„Sicher", entgegnete Maja. „Deshalb schickt er Grundmann auch auf einen Lehrgang. Alders ist unterwegs, wahrscheinlich hat er Lena gleich mitgenommen."

„Lena?"

„Unsere Praktikantin. Wenn das Lisa, Rolands Frau, wüsste."

Ulbricht erinnerte sich daran, dass Alders, ein junger Kommissar, glücklich verheiratet war. „Läuft es nicht gut in seiner Ehe?"

„Doch, eigentlich schon." Dann lächelte sie matt. „Aber wer weiß das schon so genau? Wir sind nur Kollegen, und im Dienst ist er ein toller Partner."

„Schön." Ulbricht nickte nachdenklich und folgte Maja in ihr Büro. Hier hockte er sich beinebaumelnd auf die Fensterbank, nachdem er die Kakteen von Grundmann zur Seite geschoben hatte. Grundmanns Schreibtisch war verwaist. Er hatte eine Staubschutzhülle über Tastatur und Monitor gezogen, was darauf schließen ließ, dass er sich bereits ins Wochenende verabschiedet hatte.

Maja setzte sich an ihren Arbeitsplatz und fuhr den Rechner hoch. Ulbricht beobachtete sie dabei. Maja wirkte entnervt. „Ich mach nur schnell das Einsatztagebuch klar, dann habe ich es geschafft."

„Kein Thema." Ulbricht rutschte von der Fensterbank herunter. Er blickte auf seine Armbanduhr. „Ich werd mich ein wenig in der Stadt umsehen, und dann treffen wir uns irgendwo zum Essen - was hältst du davon?"

„Klingt gut, ich habe jetzt schon Hunger." Maja nickte. Sie verabredeten sich in einer Stunde im „Grünen Reiter", einem Restaurant im Herzen von Hameln, in dem sie schon bei ihrem ersten Treffen gut gegessen hatten. Ulbricht beschloss, seinen Besuch im Weserbergland diesmal ruhiger angehen zu lassen.

Grohnde, 11.00 Uhr

Im Besprechungszimmer des Verwaltungstraktes herrschte angespannte Ruhe. Niemand der anwesenden Manager wagte es, das Wort zu ergreifen. Alle stierten vor sich hin, einige hatten den Blick gesenkt und studierten die Unterlagen, die vor ihnen lagen. Wie dumme Schulkinder, die man bei der Ausübung eines Streiches erwischt hat, kam Bankheimer der Vergleich in den Sinn. Er betrachtete die Männer schweigend und überlegte, ob einer von ihnen mit einem Erpresser kooperieren könnte. Obwohl er niemanden ernsthaft in Betracht zog, nahm er sich vor, den seltsamen Anruf nicht an die große Glocke zu hängen.

Weicheier, spottete Bankheimer in Gedanken und schüttelte den Kopf. Sie kassierten jeden Monat ihre Gehälter, die längst in astronomische Höhen geklettert waren, und waren jetzt zu feige, Verantwortung für das zu übernehmen, was sie taten. Diese gestandenen Geschäftsleute am langen Tisch des Besprechungszimmers des Atomkraftwerkes Grohnde sind nichts als Speichellecker, dachte Bankheimer und räusperte sich vernehmlich. Er musste sich blind auf die Führungsspitze verlassen können. Doch genau daran haperte es. Nach den Ereignissen in Fukushima hatte sich das Ansehen der deutschen Atomkraftwerke verschlechtert. Ein paar Spinner hatte es immer gegeben – Ökos, die gegen alles demonstrierten, was nicht natürlich hergestellt worden war. Egal ob Brokdorf oder Gorleben – sie waren immer da, wo es etwas zu demonstrieren gab. Und diesen Spinnern war es nach Japan gelungen, dass sich auch halbwegs intelligente Menschen auf ihre Seite schlugen, um für die Stilllegung aller Atomkraftwerke zu demonstrieren. Sie waren mächtig geworden, die Atomkraftgegner, und genau deshalb hatte man auch Meldungen aus dem Atomkraftwerk vermieden. In Grohnde hatte sich kurz nach dem Erdbeben in Japan ein Störfall ereignet. Während die Welt verängstigt und eingeschüchtert vor der unsichtbaren Gefahr nach Fukushima blickte, hatte Bankheimer alles daran gesetzt, die Störung diskret beheben zu lassen. Es war eine aus technischer Sicht vernachlässigbare Kleinigkeit gewesen, die seine Mitarbeiter auch ordnungsgemäß gemeldet hatten. Doch hatte man sich nach Rücksprache mit dem Ministerium in Anbetracht der aktuellen Situation in Japan dafür entschieden, die Medien nicht von dem Zwischenfall zu unterrichten. Und nun versuchten ihm die Umweltschützer eine erhöhte Freisetzung von radioaktiven Gasen anzuhängen. Schuld war ein Schaden an zwei der Brennelemente. Nachdem der Schaden von den Technikern als meldepflichtig eingestuft worden war, hatte Bankheimer persönlich das Nötige veranlasst. Doch die Medien, darüber war man sich einig gewesen, sollten von dem Störfall nichts wissen. Und so hatte man den Fehler im Atomkraftwerk behoben, ohne die Öffentlichkeit zu informieren.

Bloß keine Panikmache, hatte ihm der Betriebsleiter damals empfohlen. Und so hatte er sich an die Empfehlung des leitenden Ingenieurs gehalten. Schließlich wurde der Mann fürstlich für seine Verantwortung und seinen Sachverstand entlohnt. Und dennoch war der Zwischenfall an die Öffentlichkeit gelangt.

Dr. Jochen Bankheimer stand am Ende des langen Besprechungstisches und hatte die Hände wie ein alter Oberschullehrer hinter dem Rücken verschränkt. Er wippte auf den Spitzen seiner schwarzen Lederschuhe auf und ab – wer ihn kannte, wusste, dass Bankheimers Nerven bis zum Zerreißen angespannt waren. Bankheimer, ein graumelierter Mittfünfziger mit Brille und teurem Maßanzug, trat an eines der Fenster und blickte hinaus. Die beiden riesigen Kühltürme erhoben sich mächtig in den nahezu wolkenlosen Himmel an diesem Freitag. Wasserdampf stieg in die Höhe.

Mit einem Ruck wandte sich der Geschäftsführer der Beteibergesellschaft um und wanderte wie ein dozierender Professor auf und ab.

„Wir erwarten am Wochenende mehrere 10.000 Demonstranten. Ein Umstand, der uns nicht gerade zugutekommt. Nicht in der derzeitigen Situation, meine Herren. Daran kann auch die Rückendeckung seitens des Umweltministers nichts ändern. Ab sofort verlange ich von jedem einzelnen hier im Raum einen offensiven Umgang mit den Medien – natürlich immer in Rücksprache mit der Abteilung Unternehmenskommunikation. Alles, was die Bürger misstrauisch machen könnte, sollte weitestgehend vermieden werden, meine Herren."

„Sie plädieren also für eine Änderung unserer Strategie?", wagte jetzt ein untersetzter Manager mit lichtem Haarkranz einen Einwurf.

„Ich plädiere nicht dafür – ich ordne die Änderung an", bellte Bankheimer in den Raum und fixierte seinen Mitarbeiter mit einem vernichtenden Blick. Der Mann saß im Rechnungswesen der Betreibergesellschaft und war für die Zahlen zuständig. Dass er sich jetzt in solche Belange einmischte, ärgerte ihn. Bankheimer überlegte, ob er dem Vorstand nun doch von dem Erpresseranruf berichten sollte, den er erhalten hatte. Doch er entschied sich dagegen. Nach dem Meeting würde er sich den Leiter des Werksschutzes vorknöpfen, der auch für die Überwachung der Telefonanlage zuständig war. Er fragte sich, wo Hellmann steckte. Eigentlich hatte er die Teilnahme des Beauftragten für den Werk- und Objektschutz durch seine Sekretärin angeordnet. Bankheimer blickte in die Runde, doch Sven Hellmann glänzte durch Abwesenheit. Dann würde er das Vorgehen am morgigen Samstag mit der angekündigten Großdemonstration eben unter vier Augen mit Hellmann besprechen. Deeskalation musste das Zauberwort heißen, gleich, wie es Hellmanns Leute umsetzten. Immerhin hatte Bankheimer Kontakt mit dem Umweltministerium aufgenommen. Mehrere Hundertschaften Polizei würden anrücken und dafür sorgen, dass die Lage nicht außer Kontrolle geriet. Trotzdem wusste Bankheimer, dass er sich morgen garantiert nicht hier in Grohnde aufhalten würde. Dafür hatte er seine Leute.

„Eine Änderung unserer Strategie ist zwingend notwendig, denn angesichts der tragischen Ereignisse in Fukushima sollten wir unsere Technik nicht verherrlichen, vielmehr sollten wir uns augenblicklich darauf beschränken, unser Tun und das Werk an sich möglichst neutral darzustellen." Der Manager des Kraftwerkes bedachte die anwesenden Mitarbeiter der Abteilung Öffentlichkeitsarbeit mit einem langen Blick. „Hier sind unsere PR-Vertreter gefragt."

Andächtiges Nicken aus der Ecke der Öffentlichkeitsarbeit. Jemand kritzelte Notizen auf einen Block, als habe er eben etwas völlig Neues und Unerwartetes gehört, aus dem er gleich eine Pressemeldung verfassen musste.

„Ich will, dass sich die Bürgerinnen und Bürger draußen eine eigene Meinung bilden – dabei will ich keine physikalischen Grundlagen über die Kernenergie oder die eigentliche Kernspaltung hören und lesen, das würde zu weit führen. Deshalb verlange ich eine schlüssige und neutrale Information, die an die Öffentlichkeit getragen wird." Bankheimer setzte sich.

Zustimmendes Nicken in der Runde, und Bankheimer hatte Hoffnung, dass seine Ansprache angekommen war.

„Und jetzt erwarte ich Vorschläge, wie wir mit der zu erwartenden Großdemonstration umzugehen gedenken, meine Herren." Er wandte sich an die gesamte Runde und blickte einen nach dem anderen tief in die Augen. „Ich möchte keine Wiederholung der Ereignisse von 1977." Bei der „Schlacht von Grohnde" waren 20.000 Atomkraftgegner vor dem Kernkraftwerk erschienen, hatten sich teils an den Werkszaun gekettet, teils sich schwere Schlachten mit der Polizei geliefert. Es hatte mehrere Verletzte gegeben, und damals hatte die Welt zum ersten Mal sehr kritisch nach Grohnde geblickt. Nach Fukushima wollte sich Bankheimer ein solches Großereignis, das auch für die Medien ein gefundenes Fressen sein würde, ersparen. Allerdings, so stellte er mit einem Blick in die Runde fest, war ein Großteil der Vorstandsmitglieder 1977 noch im Kindesalter gewesen. Wie also konnte er hier für die nötige Vorsorge plädieren? Bankheimer durfte jetzt nicht die Nerven verlieren. Und in ihm reifte auch schon ein Plan.

Fußgängerzone Hameln, 11.20 Uhr

Irgendwie hatte es den alten Brummbär bewegt, dass Maja ihn auf seinen Kleidungsstil angesprochen hatte. Und so war er in die Innenstadt von Hameln gefahren, wo er von einem Bekleidungsgeschäft ins nächste marschiert war, um sich über die neuesten Trends zu informieren. Nein, er legte keinen Wert auf Äußerlichkeiten, das tat er schon lange nicht mehr. Und er legte auch keinen Wert darauf, von seiner Frau jeden Morgen frische Wäsche hingelegt zu bekommen, aber vielleicht hatte Maja recht, und es war höchste Zeit für ein neues Outfit.

Ulbricht sah es ganz nüchtern - vielleicht würde sein Ansehen bei Befragungen und Verhören demnächst steigen, wenn er etwas modischer gekleidet zum Dienst erschien. Schließlich hatte der Wechsel von grünen auf dunkelblauen Uniformen bei den Kollegen im Streifendienst auch für ein moderneres und höheres Ansehen der Polizei in der Öffentlichkeit gesorgt, warum sollte ihm ein neues Outfit nicht auch gut zu Gesicht stehen? Sicherlich hätte er sich für ein neues Hemd oder andere Schuhe erwärmen können, aber sein Mantel war ihm heilig. Der Trenchcoat war sein Markenzeichen, und daran würde auch eine Frau wie Maja Klausen nichts ändern können. Aber umsehen konnte man sich ja mal. Ganz unverbindlich, verstand sich.

Er stand gerade in der Umkleidekabine eines Modekaufhauses, als sich sein Handy meldete. Ulbricht betrachtete sich im Spiegel. Dämlich sah er aus in Hemd, Socken und Boxershorts. Achtlos warf er die neue Hose, die er vom Wühltisch, neudeutsch als Sale bezeichnet, mitgenommen hatte, um sie anzuprobieren. Den Fluch unterdrückte er, als er mit einem Blick auf das Display feststellte, dass der Anruf von Maja kam.

„Ich weiß, du kommst später", begrüßte er sie.

„Was?" Sie klang verwirrt und entnervt zugleich. „Ja", sagte sie dann. „Das auch. Aber die Kollegen vom fünften sind heute richtig fix."

„Die wollen Wochenende haben", grinste Ulbricht.

„Das können sie vergessen. Also, was wollte ich sagen?" Sie seufzte, bevor sie fortfuhr. „Der Wagen aus der Weser wurde inzwischen sichergestellt. Und man hat die Fahrgestellnummer überprüft. Jetzt halt dich fest: Der Wagen, ein Golf GTI übrigens, war zuletzt auf die Betreibergesellschaft des Atomkraftwerks in Grohnde zugelassen."

„Dann ist der Fluss jetzt verseucht, oder was muss ich mir darunter vorstellen?"

Ulbricht verstand die Zusammenhänge nicht ganz. Er setzte sich auf die kleine Bank in der Umkleidekabine, was den ungeheuren Vorteil hatte, dass er jetzt mit dem Rücken zum Spiegel hockte und sich nicht länger anschauen musste.

„Unsinn. Aber ist das nicht ein Zufall?"

„Zufall? Warum das?" Ulbricht verstand nur Bahnhof.

„Mensch, das AKW ist in aller Munde, heute Morgen standen wir noch selber in der Demo der Atomkraftgegner, und für morgen ist eine neue Großdemo am Kernkraftwerk angekündigt. Und nun das!"

„Hm." Ulbricht wiegte den Kopf. „Ich sehe da jetzt keinen direkten Zusammenhang, wenn du mich fragst."

„Ich wollte es dir auch nur mitteilen." Sie klang enttäuscht. „Und ich werde mich darum kümmern müssen, Norbert."

Er rutschte unruhig auf der kleinen Bank herum. „Moment, was willst du damit sagen?"

„Dass es einem Unternehmen wie der Betreibergesellschaft eines Atomkraftwerkes nicht entgangen sein kann, dass plötzlich ein Auto aus dem Firmenfuhrpark fehlt - einfach weg ist, spurlos verschwunden. Eine entsprechende Meldung haben wir nämlich nicht in den Akten finden können. Und das werde ich jetzt überprüfen."

„Mit anderen Worten - du brauchst einen Fahrer, der dich nach Grohnde bringt", vermutete Ulbricht.

„Nicht zwingend, ich kann mir auch einen der Dienstwagen nehmen. Aber ich dachte, unterwegs kann ich dir die Landschaft zeigen." Die Anspannung schien ein wenig von ihr abzufallen, und erleichtert stellte Ulbricht fest, dass Majas Stimme ein wenig entspannter klang.

„Untersteh dich und vergeude Steuergelder für einen Dienstwagen! Rühr dich nicht vom Fleck, ich bin in einer Viertelstunde bei dir!", rief Ulbricht, drückte den roten Knopf und sprang von der Bank auf. Um ein Haar wäre er so wie er war aus der Umkleidekabine gesprungen. Erst im letzten Augenblick besann er sich, dass er in Boxershorts dastand.

Grohnde, 11.35 Uhr

Marita Bluhm hasste es, wenn er sie als Laufmädchen benutzte. Wütend starrte sie auf das Telefon auf ihrem Schreibtisch im Vorzimmer des Geschäftsführers. Bankheimer kommandierte sie herum wie ein dummes Mädchen, doch sie war nicht in der Position, sich zu beschweren. Erst seit einem Monat arbeitete sie als seine Sekretärin – eine Fügung des Schicksals, denn bis vor Kurzem hatte die alleinerziehende Mutter noch Hartz IV bezogen. Lange Zeit war sie arbeitslos gewesen und hatte zuletzt am Existenzminimum gelebt. Die Miete war noch immer zwei Monate im Rückstand, und einmal hatten ihr die Stadtwerke sogar den Strom abgestellt, weil sie die Rechnung nicht bezahlen konnte. Lena, ihre dreijährige Tochter, hatte natürlich gefragt, warum es in der Wohnung in Emmerthal-Kirchohsen plötzlich kein Licht, keinen Fernseher und kein Radio mehr gab. Natürlich hatte sie die Mutter auch gefragt, warum immer wieder die fremden Männer mit dem bösen Blick – so hatte sie es genannt – zu ihr ins Haus kamen und sie ihnen die ganze Wohnung hatte zeigen müssen. Doch Marita hatte es nie übers Herz gebracht, Lena zu erklären, dass das verschiedene Gerichtsvollzieher waren, allesamt auf der Suche nach pfändbaren Gegenständen in ihrer Wohnung. Doch alle Pfändungsversuche waren „fruchtlos" gewesen, so hatte es stets im Protokoll gestanden. Das Unterhaltsgeld, das sie über das Jugendamt vom leiblichen Vater ihrer Tochter bezog, sowie das Kindergeld und ihre Hartz IV-Bezüge waren vor einer Pfändung geschützt.

Zuletzt hatte sie nächtelang wach gelegen und geweint, hatte kaum Schlaf gefunden und war sogar mit Gott hart ins Gericht gegangen. Womit sie das denn alles verdient habe, hatte sie sich immer gefragt, und als sie morgens unausgeschlafen und verweint aufgestanden war und Lena ihre kurzen Arme um ihren Hals geschlungen hatte, musste Marita der Kleinen versprechen, dass sie das schon irgendwie alles schaffen würden – obwohl sie selber insgeheim schon die Hoffnung aufgegeben hatte, irgendwann einmal einigermaßen gut über die Runden zu kommen.

Es war eine glückliche Fügung des Schicksals gewesen, dass eine alte Freundin ihr die Stelle in der Verwaltung des Kernkraftwerkes Grohnde empfohlen hatte. Dort hatte man jemanden für „leichte Bürotätigkeiten" gesucht. Über Beziehungen hatte es Maritas Freundin geschafft, ihr den Job zu vermitteln. Anfangs hatte sie alte Akten sortiert, in der Buchhaltung ausgeholfen und zeitweise den Einkauf unterstützt. Nie hatte Marita gedacht, dass ein Kraftwerk dieser Größenordnung ein richtiges Unternehmen mit mehreren hundert Mitarbeitern war, das straff organisiert war. Der Job in der Verwaltung hatte sie nicht sonderlich gefordert, da man ihr anfangs nur die Aushilfstätigkeiten zugetraut hatte. Doch dann war die Chefsekretärin von Jochen Bankheimer schwer erkrankt, der Platz war unbesetzt. Anfangs hatte man gezögert, eine „Neue" auf den Platz in Bankheimers Vorzimmer zu setzen, denn immerhin war die Sekretärin des Geschäftsführers seine rechte Hand und genoss dessen Vertrauen. Doch Bankheimer hatte keine Einwände gehabt und versprach Marita Bluhm, ihr eine Chance zu geben, zumindest bis seine Sekretärin wieder genesen sei, wie er gesagt hatte.

Die Arbeit im Vorzimmer des Chefs machte Marita mehr Spaß als alle Tätigkeiten im Werk, die sie bisher ausgeführt hatte. Da nahm sie auch gern Wochenendarbeit und Überstunden in Kauf. Lena war bei ihrer Schwester gut untergebracht, die sich seit Kurzem im Mutterschaftsurlaub befand, und insofern passte alles gut. Mit ihrem Einkommen hatte sie begonnen, die Schulden der letzten drei Jahre abzutragen, und alles schien im grünen Bereich zu sein.

Nur an manchen Tagen ließ Bankheimer allzu gern den Chef raushängen, dann schikanierte er sie und scheuchte sie herum wie ein kleines Kind. So ein Tag war scheinbar heute.

„Bitte gehen Sie zum Werksschutz. Ich will Hellmann, den Abteilungsleiter, sofort in meinem Büro sehen", hatte er sie angeblafft.

Sie war bei der Nennung von Sven Hellmanns Namen zusammengezuckt, doch das hatte Bankheimer nicht sehen können. Marita Bluhms Herz begann zu rasen, und sie spürte, wie die Innenflächen ihrer Hände schweißnass wurden. Was wollte der Manager der Grohnde Energie GmbH ausgerechnet jetzt von Sven? Hatte er etwas angestellt, oder weshalb sollte sie ihn jetzt zum Chef zitieren wie einen schlechten Schüler, der beim Rektor vorsprechen musste. Nein, es musste einen anderen Grund geben. Sie redete sich ein, dass Bankheimer nichts von dem wusste, was sie mit Sven Hellmann verband. Eilig erhob sie sich von ihrem Schreibtisch und atmete ein paar Mal tief durch.

Als sich ihr Puls einigermaßen beruhigt hatte, strich sie sich den figurbetonten Rock glatt, fuhr sich durch das kastanienbraune Haar und verließ ihr Büro. Die neugierigen Blicke der Kollegen auf dem langen Korridor ignorierte sie so gut es ging und riskierte, dass man sie für arrogant hielt. In Wahrheit war es ihre Unsicherheit, hinter der sie sich mit ihrer Maske versteckte. Sie wagte sich nicht auszumalen, was man hinter ihrem Rücken flüsterte. Wahrscheinlich unterstellte man ihr, dass sie sich zum Chefbüro hochgeschlafen hatte – anders war es für die meisten Mitarbeiter nicht zu erklären, wie man innerhalb kürzester Zeit zur Chefsekretärin, wenn auch nur vorübergehend, ernannt werden konnte.

Es war ein kleiner Fußmarsch, bis sie die Büros des Brand- und Werksschutzes erreicht hatte. Marita fragte sich, wie er reagieren würde, wenn sie ihn zum Boss zitierte, und bekam schon wieder Schweißausbrüche. Sie stellte sich sein Gesicht vor, wenn sie ihm die Nachricht überbrachte.

Würde er dicht halten und ihr kleines intimes Geheimes behalten können? Oder würde er auspacken und Bankheimer von ihrer stürmischen Affäre berichten? Sie wagte es sich kaum auszumalen und fühlte, wie ihr das Blut bis unter die Haarspitzen ins Gesicht schoss.

Die Räume des Werks- und Objektschutzes befanden sich im Erdgeschoss der Verwaltung und waren deutlich schlichter eingerichtet, als dies in der Chefetage der Fall war. Billigere Tische, klapprige Stühle, an einer Wand Spinde und Aktenschränke, auf denen sich Helme befanden. Auf dem gesamten Werksgelände bestand Helmpflicht. Ein schwerer Duft nach kaltem Mittagessen hing im Raum. Anscheinend hatte der Mann, der die Beine auf die Schreibtischkante gelegt hatte, seine Mittagspause vorgezogen.

„Herr Hellmann möchte bitte sofort zum Chef kommen“, trug sie ihr Anliegen vor und bemühte sich um Souveränität. Den Kollegen am Schreibtisch kannte sie nicht, aber der lüsterne Blick, mit dem er sie von oben bis unten betrachtete, widerte sie an.

„Wer sagt das?“ Der Mann am Schreibtisch machte keine Anstalten, sich zu bewegen. Er grinste nur.

„Dr. Bankheimer, oder habe ich mich nicht verständlich ausgedrückt?“ Sie ärgerte sich über diesen Blödmann, der sie wie ein Stück Fleisch begutachtete und sie offenbar nicht für voll nahm.

„Dann sagen Sie dem Alten, dass er Pech hat. Hellmann ist nicht da.“

„Was heißt das - er ist nicht da?“ Die selbstsichere Fassade, die sie sich gerade zugelegt hatte, begann zu bröckeln.

„Spreche ich undeutlich, junge Frau?“ Nun erhob sich der Werksschützer von seinem Schreibtisch. Er trat an das große Fenster und blickte auf das Gelände. Vor dem Gebäude befand sich eine Reihe Parkplätze. Zwei Lücken waren leer. „Sein Auto ist auch nicht da.“

„Wo steckt er?“, fragte Marita Bluhm bestimmt, teils aus Angst, Ärger mit Bankheimer zu bekommen, teils aus Wut über die arrogante Art des Mannes im Overall.

Schulterzucken. Langsam wandte er sich um. „Hat sich nicht krankgemeldet, und telefonisch haben wir ihn auch nicht erreicht. Aber der Laden kommt auch ohne ihn gut aus.“ Mit diesem Satz verriet er die Meinung über seinen Vorgesetzten.

Marita beschloss, ihn in einer stillen Minute anzurufen. Doch das würde warten müssen.

„Wer ist sein Stellvertreter?"

„Ich."

„Dann kommen Sie bitte mit. Es eilt." Eine steile Falte hatte sich zwischen Marita Bluhms Augenbrauen gebildet. Ohne die Antwort des Mannes abzuwarten, hatte sie dessen Büro verlassen und wartete auf dem Flur. So ging sie vor und glaubte seine lüsternen Blicke auf ihrem Hintern spüren zu können. Manche Menschen waren einfach unerträglich.

Kernkraftwerk Grohnde, Verwaltung, 11.55 Uhr

„Wo ist Hellmann?", blaffte Bankheimer ihn an, kaum dass sich seine Sekretärin dezent zurückgezogen hatte. Die Kleine war niedlich, fand Wegerhoff. Er hatte sie noch nie gesehen und wunderte sich, dass der Alte eine neue Tippse hatte. Normalerweise sprach sich eine solche Neuigkeit immer schnell herum.

Wegerhoff war es nicht gewohnt, sich so von einem Vorgesetzten anbrüllen zu lassen. „Nicht da", erwiderte er schulterzuckend. Das Büro des Vorstandsvorsitzenden hatte er erst einmal von innen gesehen. Bei einem Empfang zu Ehren eines langjährigen Mitarbeiters. Wegerhoff hatte sich schon damals nicht wohlgefühlt in diesem protzigen Büro.

„Und wer sind Sie?" Bankheimer sank in seinen Bürosessel und lehnte sich weit zurück.

„Mein Name ist Olaf Wegerhoff, ich bin stellvertretender Leiter beim Werksschutz, Herr Doktor."

„Schön." Bankheimer nickte geistesabwesend. „Und was ist mit Hellmann? Was heißt hier ‚er ist nicht da'?"

„Wie ich bereits sagte, ist er heute nicht zum Dienst erschienen. Ich habe mehrfach versucht, ihn zu Hause anzurufen – vergeblich. Ich habe ihm eine Nachricht auf der Mailbox hinterlassen. Wir wissen nicht, wo er ist; Urlaub hat er keinen angemeldet, eine Krankmeldung ist auch nicht eingegangen, das habe ich schon mit der Personalabteilung geklärt.“ Nun grinste Wegerhoff. „Früher in der Schule hieß das ‚unentschuldigt gefehlt‘.“

„Kümmern Sie sich darum. Ich möchte, dass er mich umgehend kontaktiert.“

„Sie können auch mit mir sprechen, wenn es um den Schutz geht.“

„Das ist nicht nötig.“ Bankheimer fuchtelte mit der Hand in der Luft herum, als müsse er ein lästiges Insekt verscheuchen. „Ich erwarte Ihren Bericht in einer Stunde.“ Damit schien das Thema für Bankheimer erledigt zu sein. Er ignorierte Wegerhoff demonstrativ und machte sich an seinem Computer zu schaffen.

„Vielen Dank, ich wünsche Ihnen auch einen schönen Tag, Herr Doktor“, sagte Wegerhoff überfreundlich und verließ mit einem breiten Lächeln das Büro.

„So ein arrogantes Arschloch“, entfuhr es ihm im Vorzimmer. Die Sekreträrin blickte mit einer Mischung aus Überraschung und Zustimmung von ihrem Monitor auf. Sie schwieg.

„Ist der immer so drauf?“, versuchte Wegerhoff mit ihr ins Gespräch zu kommen.

„Er hat es augenblicklich nicht leicht. Die geplante Großdemo macht ihm zu schaffen.“

„Was soll ich denn sagen?“ Er hockte sich auf die Schreibtischkante, was Marita Bluhm mit einem kritischen Blick kommentierte. „Mein Chef ist spurlos verschwunden, und wenn die Irren tatsächlich zum Werk kommen, dann haben wir damit zu kämpfen. Ihr sitzt doch hier oben wie in Abrahams Schoß.“

Marita Bluhm zuckte die Schultern, murmelte ein spitzes „jedem das Seine“ und begann die Tastatur zu bearbeiten als gäbe es keinen Morgen mehr.

„Kollegen einfach wegignorieren scheint in der Chefetage ja im Trend zu sein“, brummte Wegerhoff und rutschte vom Schreibtisch. „Dann eben nicht“, murmelte er und verließ Bankheimers Vorzimmer. Dass Marita Bluhm ihm nachblickte und ihr Handy aus der Handtasche zog, kaum dass er das Büro verlassen hatte, sah Wegerhoff schon nicht mehr.

FÜNF

Kaum, dass sie das Ortsausgangsschild von Hameln in südlicher Richtung passiert hatten, sah Ulbricht linker Hand die mächtigen Kühltürme des Kernkraftwerkes zwischen Weiden und Bäumen in den grauen Himmel aufragen. Mit dem Verlassen der Wesermetropole wurde die Gegend ländlicher, und die Bundesstraße 83 führte durch eine fast dörfliche Landschaft. Der Fluss schien sich hier in die weitläufigen Auen zu ducken und war nur selten zu sehen.

Mehr um sich abzulenken, schwärmte Ulbricht Maja von der Fußgängerzone in Hameln vor. Nicht zu vergleichen mit der Barmer City in Wuppertal beispielsweise, wo ein Geschäft nach dem anderen schloss und an gleicher Stelle ein Ramschladen seine Pforten öffnete, um nach wenigen Monaten Platz für den nächsten Ein-Euro-Shop zu machen.

Maja hörte ihm aufmerksam zu, während er von seiner Heimat im Bergischen Land sprach. „Die Hamelner Innenstadt wird gerade saniert“, erzählte sie dann, während die sanften Hügel des herbstlichen Weserberglandes an ihnen vorüberzufliegen schienen. Die Sonne hatte sich hinter dicken Wolken versteckt, und sicherlich würde es noch heute regnen. „Mehr als fünf Millionen Euro sind allein für das neue Pflaster angedacht, und das, obwohl die Stadtkasse so gut wie leer ist.“

„So gut wie heißt noch nicht pleite, wie das bei uns in Wuppertal der Fall ist“, entgegnete Ulbricht, der im fünften Gang mit achtzig Stundenkilometern über die gut ausgebaute Straße fuhr, die parallel zur Weser verlief. „Über Wuppertal kreist der Pleitegeier, und im Grunde genommen wird die Stadt von der Landesregierung regiert – das nenne ich pleite. Aber hier bei euch ist die Welt noch in Ordnung." Ulbricht wunderte sich insgeheim, dass er mit Maja über Dinge sprach, die ihn sonst nur aufregten.

„Hier gab es auch Unstimmigkeiten weges des künftigen Pflasters in der Bäcker- und der Osterstraße. Man hat sich im Sommer für kleine Natursteine entschieden, die eigentlich viel zu teuer sind. Aber was tut man nicht alles für eine schöne Fußgängerzone?"

Ulbricht nickte.

„Das ist eine Investition, auf jeden Fall zieht eine attraktive Innenstadt die Menschen auch an." Er erwischte sich bei dem Gedanken, dass er wie der Sprecher einer Werbegemeinschaft der örtlichen Einzelhändler sprach, und entschied sich, das Thema zu wechseln.

„So, und nun raus mit der Sprache, was gibt es neues zum Fall des Autowracks?"

„Das ist eine seltsame Geschichte. Der VW Golf, um den es sich handelt, wurde am 1. Oktober 2001 von der Betreibergesellschaft des Kernkraftwerkes zugelassen. Nachdem das Wrack aus der Weser geborgen wurde, haben unsere Spezialisten festgestellt, dass der Wagen nur wenige Kilometer an Laufleistung absolviert hat; also muss er recht neuwertig gewesen sein, als er in den Fluss stürzte."

„Das haben die mit einem Blick auf den Kilometerzähler herausgefunden, was?", brummte Ulbricht.

„Falsch, 2001 hat Volkswagen digitale Tachometer eingebaut. Und was zehn Jahre Wasser mit einem digitalen Display machen, kannst du dir vorstellen. Da funktioniert keine Elektronik mehr. Vielleicht kann man noch irgendwelche Steuergeräte auslesen, aber ich wage das zu beweifeln, also müssen wir mit dem Urteil der Fachleute vorliebnehmen. Keine Ahnung, woran die das feststellen können, dass das Auto noch nicht viele Kilometer auf der Uhr hatte."

„Wahrscheinlich am geringen Reifenverschleiß. Normalerweise kann man eine geringe Laufleistung auch am Lenkradkranz, am Schaltknüppel und an den Sitzen sehen, wenn sie kaum Abnutzungserscheinungen aufweisen. Aber so wie ich das gesehen habe, ist weder von den Sitzen noch vom Kunststoff etwas übrig."

„Alles verrottet", stimmte Maja zu. „Aber es ist doch seltsam: Die meisten Geschäftswagen sind Limousinen, meist Audi, Mercedes und BMW. Ein Golf, noch dazu ein GTI, ist wohl eher die Seltenheit."

„Vielleicht gehörte der Wagen der Chefin", überlegte Ulbricht. „Ich kenne viele Unternehmer, die ihre privaten Fahrzeuge über die Firma laufen lassen, das wäre in Grohnde nicht der erste Fall."

Inzwischen rollte der Vectra an der Ortschaft Emmern vorüber; linker Hand erblickte Ulbricht dichte Bebauung. „Scheint ja gut zu laufen, das Kraftwerk", brummte er. „Sonst würden hier wohl kaum so viele Menschen leben, oder irre ich mich?"

„Im Kernkraftwerk gibt es rund 340 Beschäftigte, rund hundert zusätzlich im Sicherheitsdienst und noch mal doppelt so viele für Fremdfirmen. So gesehen ist das Kraftwerk schon ein Wirtschaftsfaktor in der Region", stimmte Maja ihm zu und dirigierte ihn weiter nach Grohnde. Sie verließen die B83 an der Ausfahrt Emmerthal-Süd/Gewerbegebiet Süd/KKW und rollten durch die Ortschaft Kirchohsen, deren Straßen wie auf einem Schachbrett angeordnet waren.

„Nette Gegend", kommentierte Ulbricht. „Da darf man hoffen, dass sich nicht mal ein Flugzeug hierher verirrt und da landet, wo es richtig wehtut."

„Dafür hat man vorgesorgt – mit Nebelmaschinen, die das gesamte Kraftwerk verhüllen, wenn sich ein Flugzeug nähert."

„Ist nicht dein ernst." Ulbricht hielt Majas Ausführungen für einen Scherz.

„Leider doch. War vor einiger Zeit Vorgabe der Regierung – wohl Nachwirkungen auf den elften September." Sie zuckte die Schultern, fast so, als müsse sie den Irrsinn entschuldigen.

„Darüber lacht jede Militärmaschine", brummte Ulbricht und betrachtete vornübergebeugt die beiden rund 150 Meter hohen Kühltürme des Kraftwerkes, aus denen Wasserdampf in den Herbsthimmel aufstieg. „Und wie kommen wir da jetzt hin?"

„Ist ausgeschildert", erwiderte Maja. „Die werden versuchen, uns abzuwimmeln."

„Können sie ja versuchen", antwortete Ulbricht und lenkte den Opel auf die Zufahrtsstraße zum Werksgelände, die sinnigerweise „Am Kraftwerk" hieß. Das weitläufige Gelände des Kraftwerkes war von einem hohen Zaun militärisch abgesperrt. An Masten gab es unzählige Überwachungskameras, die das Geschehen dies- und jenseits des Zaunes beobachteten.

„Big brother is watching you", knurrte Ulbricht und schüttelte den Kopf, dem solche Anlagen zuwider waren. Früher, als es noch eine DDR gegeben hatte, war er oft durch den Eisernen Vorhang gefahren, um entfernte Verwandte in der Gegend von Magdeburg zu besuchen. Obwohl er schon in jungen Jahren Polizist war, hatte ihm der Anblick der Grenze bei Marienborn immer wieder ein Gefühl der Beklemmung bereitet. Die regungslosen Mienen der Grenzbeamten, stets eine Hand an der Waffe, die arroganten Volkspolizisten, die meterhohen Stacheldrahtzäune und die Selbstschussanlagen, all das hatte nie in seine Philosophie der Gerechtigkeit gepasst. Selbst nachts war der Grenzübergang taghell erleuchtet, damit auch niemand in die vermeintliche Freiheit flüchten konnte. Ulbricht erinnerte sich daran, dass in den Nächten der Himmel über Marienborn immer geleuchtet hatte. Nachdem die Grenzen zunächst geöffnet und später ganz verschwunden waren, hatte er das Gefühl fast vergessen. Bis zu diesem Tag. Jetzt fühlte er sich wieder wie ein kleines Rad in einem unmenschlich großen Getriebe, und das lag nicht an dem halbkugelförmigen Reaktorgebäude und den mächtigen Kühltürmen jenseits des Zauns.

„Ist alles für die Sicherheit", versuchte Maja ihn zu beruhigen. „Unvorstellbar, wenn da jemand über den Zaun klettert und Blödsinn macht."

„Das ganze Ding ist unvorstellbar", murmelte Ulbricht und empfand plötzlich eine gewisse Sympathie für die Atomkraftgegner, die er am Vormittag noch verteufelt hatte. Am Ende der Sackgasse gab es eine Art abknickende Vorfahrt nach links – die eigentliche Straße wurde zu einem Feldweg. Maja und Ulbricht standen vor einem massiven Eisentor, das sich nun wie von Geisterhand bewegt öffnete. Demnach hatte man ihre Ankunft längst registriert.

„Man erwartet uns", kommentierte Maja, und Ulbricht sah ihr die innere Anspannung an, die sie plötzlich befangen hatte. Ihm erging es nicht anders, er spürte eine unbestimmte Art der Beunruhigung, als er den Wagen auf das militärisch abgesicherte Werksgelände steuerte. Vor einem herabgelassenen Schlagbaum endete die Fahrt. Rechts lag ein kleiner Pavillon, in dem sich der wachhabende Werksschützer aufhielt. Er trug die übliche Dienstbekleidung, die Sicherheitsleute aller Wachdienste trugen. Hellblaues Hemd, dunkle Hose. Und Springerstiefel. Ulbricht fragte sich, ob der dreißigjährige Mann mit Bart auf gröbere Einsätze vorbereitet war, schwieg aber und nickte ihm zu.

Maja, die ebenfalls ausgestiegen war, präsentierte dem Mann ihren Dienstausweis und nannte ihm den Grund ihres Besuches, während Ulbricht sich auf dem Gelände umblickte. Ihm war unwohl, wenn er daran dachte, wie nahe er dem Reaktor in diesem Augenblick war.

„Kommst du?", riss ihn Majas Stimme aus den Gedanken. Sie war schon wieder eingestiegen, und er klemmte sich hinters Steuer.

„Wo müssen wir hin?"

„Wieder raus." Maja deutete mit dem Daumen über die Schulter in die Richtung, aus der sie gekommen waren. „Es gibt ein Informationszentrum. Dort wird man uns empfangen."

„Ich bin begeistert." Ulbricht legte den Rückwärtsgang ein und wendete den Vectra. Im Hinausfahren bemerkte er einen Fahrweg, der hinter dem Sicherheitszaun verlief. Jenseits des Zaunes sah er einen Graben, der ihm vorhin nicht aufgefallen war. Mit einem stummen Kopfschütteln hielt er sich rechts. Langsam rollte der Wagen am Werksgelände vorüber. Am Ende des Weges gab es einen Parkplatz und ein kleines Hinweisschild auf das Informationszentrum.

„Dann wollen wir uns mal informieren", brummte er, als er den Wagen in eine freie Parklücke gelenkt hatte. Wie zufällig patrouillierte gerade ein Fahrzeug des Werksschutzes den Parkplatz. In dem Wagen befanden sich zwei Mitarbeiter, die sich beide die Köpfe nach den Polizisten verrenkten.

„Nette Begleitung", entfuhr es Ulbricht sarkastisch, während er den Männern freundlich zuwinkte. „Es sieht aus, als würden die sogar der Polizei misstrauen."

„Hm." Maja war wortkarg geworden. „Die lassen uns jedenfalls nicht aus den Augen."

Wasserrauschen drang an ihre Ohren, und sie wandten die Köpfe. Das Rauschen wurde offenbar von den beiden mächtigen Kühltürmen erzeugt. Tatsächlich glaubte Ulbricht am Fuße des ersten Turmes Wasser herabrinnen zu sehen. „Das klingt wie eine übergroße Klospülung", bemerkte er. Maja antwortete, dass sie das Wasserrauschen eher an einen bayerischen Wildbach erinnerte, und folgte ihm über den Mitarbeiterparkplatz. Breite Stufen führten an Exponaten vorbei zum Besucherzentrum, einem flachen Glasbau, der inmitten eines kleinen Parks lag. Auf dem Weg zum Eingang gab es eine ausrangierte Turbine aus dem Kraftwerk und Stücke der Beton- und Stahlmauer zu bewundern, die dem Besucher die Sicherheit eines Kernkraftwerkes suggerieren sollten. „Wie idyllisch", brummte Ulbricht. „Das ist ja hier eine nette Mischung aus Kurpark und einem Waldlehrpfad."

Maja nickte. Er blieb stehen und blickte zu den riesigen Kühltürmen hinüber, die teils mit Baugerüsten versehen waren.

„Mensch", sagte Ulbricht und deutete auf die Bauwerke. „Guck dir mal die Fassade dieser Dinger an. Das sieht aus, als würden Teile davon abbröckeln."

Maja zuckte schweigend die Schultern und ging bereits weiter auf das gläserne Bauwerk zu, in dem man Besucher zu empfangen schien. Seine Beklemmung wuchs wieder, und er war schon jetzt froh, wenn sie diesen Ort wieder verlassen konnten.

Verwaltungsgebäude der Grohnde Energie GmbH, 12.55 Uhr

Er hatte sich nicht gemeldet. Nach dem fünften Freizeichen war die Mailbox seines Handys angesprungen, und sie hatte die Verbindung unterbrochen. Nachdem Bankheimer sich mit einem knappen „Bin zu Tisch" bei ihr abgemeldet hatte, war sie alleine im Chefbüro. Marita Bluhm wartete fünf Minuten, bis sie erneut das Handy aus der Schreibtischschublade zog und Hellmanns Nummer wählte. Auch diesmal meldete er sich nicht, und ihre Sorge wuchs. Als sich schließlich wieder die Mailbox einschaltete, hinterließ sie ihm eine Nachricht.

Er konnte ruhig wissen, dass sie sich Sorgen um ihn machte und dass er hier im Kraftwerk vom Chef höchstpersönlich vermisst wurde. Sie hatte ihn als sehr pflichtbewussten Mann kennengelernt und konnte sich nicht vorstellen, dass er am Vortag der Großdemo dem Kraftwerk fernblieb. Alles andere würden sie sicherlich heute Abend in Ruhe besprechen. Maritas feingliedrigen Hände zitterten, als sie das Handy zusammenklappte und es wieder in die Schreibtischschublade schob.

Besucherzentrum Kernkraftwerk Grohnde, 13.00 Uhr

Maja hasste es zu warten, wenn sie an einem Fall arbeitete. Man hatte ihre Geduld eine halbe Stunde, nachdem sie am Haupttor ihr Anliegen geschildert hatten, strapaziert und sie im Informationszentrum außerhalb des Werksgeländes warten lassen. Hier gab es neben einigen Schautafeln und einem interaktiven Modell der gesamten Anlage auch einen langen Tisch, an dem offenbar Besuchergruppen empfangen wurden, die eine Führung durch das Werk gebucht hatten. Maja hatte lange mit verschränkten Armen an der großen Fensterfront gestanden und die riesige Anlage jenseits des Zaunes betrachtet, während Ulbricht andächtig die zahlreichen Schautafeln studiert hatte, auf denen die Funktionsweise eines Kernkraftwerkes bildlich dargestellt waren. Mit einem kindlich verzückten Gesichtsausdruck hatte er sich danach mit dem interaktiven Modell des Atommeilers auseinandergesetzt. Ihm war das Kraftwerk aus der Ferne ganz recht, und er hatte keinen Hehl daraus gemacht, froh zu sein, dass sie das Werksgelände nicht betreten mussten.

Kichernd drückte Ulbricht einzelne Knöpfe auf dem Panel des Modells und freute sich diebisch, wenn im Minikraftwerk winzige Leuchtdioden aufflammten. Maja betrachtete ihn kopfschüttelnd und fühlte sich an den uralten Loriot-Sketch erinnert, in dem der Opa seinem Enkel zu Weihnachten den Bausatz eines Atomkraftwerkes schenkte.

„Es tut mir leid, dass Sie so lange warten mussten." Ein drahtiger Anzugträger hatte das Besucherzentrum nahezu lautlos betreten.

„Mein Name ist Stefan Opitz, ich bin zuständig für die Disposition und das Fuhrparkmanagement. Was kann ich für Sie tun?" Sein Anzug saß schlecht, der Krawattenknoten war eine Katastrophe, und sein Rasierwasser roch billig.

Maja, die lasche Händedrücke hasste wie der Teufel das Weihwasser, war der Mann sofort unsympathisch. Wie sie mit einem Schulterblick feststellte, löste sich Ulbricht gerade von seinem Spielchen und trat auf sie zu.

„Mein Name ist Maja Klausen vom 1. Fachdezernat der Kriminalpolizei Hameln", stellte sie sich Opitz vor und hielt kurz den Dienstausweis in die Höhe, dann zeigte sie mit dem Daumen auf Ulbricht. „Das ist mein Kollege, Kriminalhauptkommissar Ulbricht."

„Bitte nehmen Sie Platz." Opitz hatte Mühe, seine Überraschung zu verbergen, als er die Gäste zu dem langen Tisch in der Mitte des Raumes führte. Nachdem sie sich gesetzt hatten, blickte er Maja und Ulbricht freundlich an. „Was kann ich für die Polizei tun?"

„Am frühen Morgen wurde bei Hessisch Oldendorf ein Fahrzeug aus der Weser geborgen. Wie unsere Ermittlungen ergeben haben, war der Wagen, ein VW Golf GTI, auf die Betreibergesellschaft des Kernkraftwerkes, die Grohnde Energie GmbH, zugelassen."

Opitz legte seine feingliedrigen Hände auf den Tisch und blickte auf die Platte. In seinem langen Gesicht war keine Regung wahrzunehmen. „Wir vermissen kein Auto, tut mir leid."

„Das Unglück liegt schon zehn Jahre zurück."

Nun gewann Opitz wieder die Oberhand. Er lachte schnarrend und winkte ab, als hätte Maja ihm einen guten Witz erzählt. „Ach das", sagte er sichtlich amüsiert. „Das ist zu lange her. Ich bin erst seit sechs Jahren bei der Grohnde Energie GmbH, müssen Sie wissen. Wenn der Unfall mit einem unserer Fahrzeuge zu tun hat, dann war das lange vor meiner Zeit."

„Sicherlich gibt es Fahrtenbücher?", mischte sich Ulbricht nun ein.

„Natürlich führen wir Fahrtenbücher - wir sind dazu verpflichtet." Opitz nickte.

„Dann muss es auch für das damals abhandengekommene Fahrzeug Unterlagen geben – die Aufbewahrungspflicht beträgt, wie Sie sicherlich wissen, zehn Jahre." Maja saß Stefan Opitz genau gegenüber und beugte sich über den Tisch. Sie klappte ein kleines Notizbuch auf und nannte dem Mitarbeiter des Kernkraftwerkes das amtliche Kennzeichen des Golf, das sie telefonisch vor ihrer Abfahrt nach Grohnde von Koch mitgeteilt bekommen hatte. „Sie sollten Ihre Akten sichten und uns die entsprechenden Unterlagen zukommen lassen, damit wir mit der Aufklärung des zugegebenermaßen rätselhaften Falles beginnen können."

Obwohl Opitz ein eher blasser Zeitgenosse war, so verlor sein Gesicht in diesem Moment noch einmal mehr Farbe. Sein Kopf ruckte hoch, und er betrachtete erst Maja, dann Ulbricht. „Bis wann benötigen Sie die Unterlagen?"

Ulbricht erhob sich, nachdem er Maja ein Zeichen gegeben hatte. „Am besten gestern."

Opitz stand hektisch auf und warf dabei beinahe den Stuhl, auf dem er gesessen hatte, um. „Darf ich Sie etwas fragen?", wandte er sich an Maja, die ihm anscheinend sympathischer war als Ulbricht.

„Natürlich", nickte Maja und warf Ulbricht einen Seitenblick zu.

Er stand schon wieder fasziniert wie ein kleiner Junge vor einer Spielzeugeisenbahn an dem Modell des Kernkraftwerkes und drückte die Knöpfe.

Stefan Opitz zupfte an seiner unmöglich gemusterten Krawatte herum und lächelte ein wenig unbeholfen.

„Sie sagten, dass Sie für das 1. Fachkommissariat arbeiten."

Maja nickte und drückte dem Mann ihre Visitenkarte in die Hand. „Das ist richtig. Warum?"

„Nun, das 1. ist meines Wissens für Brände und Tötungsdelikte zuständig. Sprachen Sie nicht von einem Unfall, bei dem unser Fahrzeug in die Weser gestürzt ist?" Opitz griff in die Innentasche seines Sakkos und zog ein flaches silbernes Etui hervor. Er klappte es auf und überreichte Maja seine Karte mit dem Logo der Betreibergesellschaft. Sie nahm es und legte es in ihr Notizbuch.

„Nennen Sie es Amtshilfe", brummte Ulbricht aus dem Hintergrund, der die Unterhaltung mitgehört hatte. Nun riss er sich von dem Modellkraftwerk los und nickte Maja zu. „Können wir dann?"

„Natürlich." Sie wandte sich an Opitz. „Ich stelle fest, dass Sie sich gut mit unseren Abteilungen auskennen."

Nun errötete er.

„Ich bin Krimi-Fan und lasse mir sonntags keinen Tatort entgehen. In meiner Freizeit lese ich Kriminalromane, am liebsten Weserbergland-Krimis."

Das machte ihn in Majas Augen fast schon wieder sympathisch. Sie nickte und bedachte ihn mit einem vielsagenden Lächeln.

„Bitte tragen Sie Sorge dafür, dass wir die Unterlagen zu Ihrem vermissten Fahrzeug noch heute vorliegen haben."

„Das werde ich gerne tun."

Seine ausgestreckte Hand ignorierte Maja, den lauwarmen Händedruck brauchte sie kein zweites Mal. Mit einem knappen Kopfnicken sauste sie an Stefan Opitz vorbei ins Freie, dicht gefolgt von Ulbricht, der Opitz mit einem Schulterzucken bedachte, dann stand auch er draußen. Ulbricht hielt hier nichts mehr, und Maja spürte, dass ihm die Nähe des Reaktors unbehaglich war.

Emmerthal-Kirchohsen, 13.20 Uhr

„Warum hast du ihm nicht gesagt, dass jemand an der Karre rumgefummelt hat?“, fragte Ulbricht, als sie auf dem Weg zum Parkplatz waren. Ein leichter Nieselregen hatte seinen Mantel schon nach wenigen Schritten durchdrungen, und er fror. Ulbricht zog den Kopf zwischen die Schultern, blickte zum bewölkten Himmel auf und schlug den Kragen seines Mantels hoch. Er fummelte ein Hustenbonbon aus der Tasche, bot Maja eines an, sie schüttelte den Kopf, er riss es auf und schob es sich in den Mund. Kein Ersatz für Nikotin, dachte er frustriert, aber vielleicht lebe ich so ein halbes Jahr länger. Es hatte sich empfindlich abgekühlt, und es fühlte sich an, als würde der Dampf aus den Kühltürmen sich wie ein feuchtes Netz auf seine Haut und die Bekleidung legen. Das freie Wochenende hatte er sich rein wettertechnisch ein wenig anders vorgestellt. Der goldene Oktober hatte sich wohl erst mal verabschiedet.

„Er muss nicht alles wissen, und wenn es nötig sein sollte, wird Stefan Opitz es früh genug erfahren“, erwiderte Maja und schob die Hände in die Jackentaschen. „Sabotage ist erst mal meine Theorie, also lassen wir ihn an einen Unfall glauben. Trotzdem dürfen wir nie vergessen, dass das Kernkraftwerk nie sonderlich beliebt bei den Menschen hier war .“

„Aber es schafft Arbeitsplätze“, entgegnete Ulbricht.

„Und es birgt Gefahren. Das wissen die Leute nicht erst seit Brokdorf und Wackersdorf, und davor hat man Angst, seitdem hier der erste Spatenstich getan wurde. 1977 kam es zu einer riesigen Schlacht zwischen Atomkraftgegnern und den Behörden.“ Sie war stehen geblieben. „Das konnte auch nichts daran ändern, dass

Grohnde 1984 ans Netz ging. Also arrangierten sich die Menschen damit, in der Nähe eines Reaktors zu leben. Ganz still war es aber nie, und seit Fukushima hat die Thematik eine neue Brisanz gewonnen."

„Es wird doch bald abgeschaltet."

„Bis dahin kann viel passieren, und die Leute haben immer noch Angst."

Sie waren am Auto angekommen. Ulbricht schloss auf, stieg aber nicht ein. Er lehnte sich an das Wagendach und blickte hinüber zum Kraftwerk. „Was wird eigentlich aus dem Trümmer, wenn er vom Netz geht?"

„Das steht noch nicht fest. Der Standort soll für die Energiegewinnung erhalten bleiben. Es war mal die Rede von einem Gaskraftwerk. Auch ein Windpark war im Gespräch. Die Arbeitsplätze bleiben also irgendwie erhalten."

Ulbricht klemmte sich hinters Steuer. Maja ließ sich in den Beifahrersitz fallen und zog die Tür zu. Sekundenlang saßen sie dicht nebeneinander und hingen ihren Gedanken nach, dann zerbiss Ulbricht das Hustenbonbon. „Das würde bedeuten, dass die Grohnde Energie GmbH als Betreibergesellschaft erhalten bleibt. Sie sattelt nur um und sorgt auch weiterhin für Arbeit und Strom in der Gegend, oder sehe ich das falsch?"

„Ich bin keine Fachfrau, aber so würde ich das auch beurteilen."

„Dann sind wir uns in dem Punkt einig, dass Grohnde gut für die Wirtschaft in der Region ist. Zurück zu deiner Theorie, dass es sich bei dem Unglücksauto um einen Sabotageakt handelt."

„Der Verdacht liegt auf der Hand. Bei einem neuwertigen Auto fällt kein Federbein einfach so ab."

Ulbricht hatte keine Einwände und startete den Motor. Maja betrachtete ihn von der Seite und schien ihm förmlich anzusehen, wie es hinter seiner Stirn arbeitete. Langsam fuhr er den Wagen vom großen Parkplatz am Besucherzentrum.

„Wohin fahren wir jetzt?", fragte er, ohne den Blick von der Fahrbahn zu nehmen.

„Nach Hameln zurück. Erst zur Werkstatt, mein Auto abholen, dann zur Inspektion an der Zentralstraße." Sie musste schmunzeln, als sie Ulbrichts Gesichtsausdruck sah. „Du hast Hunger, stimmt's?"

Ulbricht nickte. „Gut, dann lade ich dich zum Essen ein. Gib Gas, ich kenne da ein sehr nettes Lokal!"

Das ließ Ulbricht sich nicht zweimal sagen. Als sie die Auffahrt der B83 erreicht hatten, trat er das Gaspedal bis zum Bodenblech durch.

Kernkraftwerk Grohnde, 13.25 Uhr

Längst schon hatte er jedes Zeitgefühl verloren. Die Uhr im Armaturenbrett des alten Siebener-BMW funktionierte schon ewig nicht mehr. Obwohl es sich empfindlich abgekühlt hatte, verzichtete er darauf, Heizung und Gebläse einzuschalten. Vor ein paar Minuten hatte zudem ein feiner Nieselregen eingesetzt, der sich wie ein feuchtes Gewebe über die Landschaft legte. Die sanften Ausläufer des Weserberglands im Hintergrund waren von dichten Wolken umhüllt, und das Laub hatte sich schon vor Wochen bunt gefärbt und tauchte den Landstrich in ein einzigartiges Licht. Doch all das änderte nichts an der Tatsache, dass er fror. Lieber hätte er seine Jacke übergezogen, aber die lag im Kofferraum.

Er streckte sich im mit feinstem Leder gepolsterten Sitz der in die Jahre gekommenen Limousine und sehnte sich nach seinem Bett. Die letzten Stunden waren äußerst anstrengend gewesen.

Aber auch sehr befriedigend, fügte er mit einem Grinsen in Gedanken hinzu, während er sich an die letzte Nacht erinnerte und den Autoscheiben beim Beschlagen zusah. Das war ihm ganz recht, denn so bildete der feuchte Film auf dem Glas einen Sichtschutz. Es wäre nicht auszudenken, wenn die Bullen ihn jetzt schon zu sehen bekamen. Als er den Kopf in Richtung des Besucherzentrums reckte, erschrak er fast ein wenig, als das geschah, worauf er eigentlich schon lange wartete: Die beiden näherten sich dem Parkplatz. Sie schienen in ein intensives Gespräch verwickelt zu sein und beachteten ihr Umfeld nicht. Trotzdem ließ er sich so weit wie möglich in den Fahrersitz hinabgleiten.

Das Geschehen auf dem Parkplatz beobachtete er wie durch Milchglas. Mehr schemenhaft erkannte er die beiden Polizisten, die sich nun einem alten Opel Vectra mit Wuppertaler Nummernschild näherten. Was das zu bedeuten hatte, konnte er sich beim besten Willen nicht erklären, dennoch versuchte er sich das Kennzeichen einzuprägen. Wer weiß, wofür das mal gut ist.

Die alten Geschichten hatte er aus seinem Gedächtnis verbannt. Doch nun hatten sich die Dinge geändert und er musste handeln, wenn er nicht noch Jahre nach all den Geschehnissen in den Knast wandern wollte. Das, womit er abgeschlossen hatte, war wieder so präsent wie damals, und er war von seiner eigenen Vergangenheit eingeholt worden.

Das bevorstehende Wochenende hatte er sich wahrlich anders vorgestellt, doch nun musste er sich in Schadensbegrenzung üben. Draußen tat sich etwas.

Die Polizisten, ein Paar, das auch privat gut zusammengepasst hätte, standen am Auto und diskutierten. Der Kommissar, wenn es denn einer war, schloss den Wagen auf, dann stiegen sie ein. Dabei waren sie in ein intensives Gespräch vertieft und bekamen nicht viel von ihrem Umfeld mit.

Er hätte viel Geld dafür gegeben, zu wissen, worüber die beiden sprachen, konnte es sich aber denken. Sie wühlten Dreck auf, schnüffelten in einem Leben herum, einem Leben, das es längst schon nicht mehr gab. Die düsteren Schatten der Vergangenheit drohten ihn einzuholen. Wenn er nicht schnell handelte, würden sie ihn bald eingekreist haben. Die Folgen wagte er sich nicht auszumalen. Nicht mehr jetzt, nicht mehr nach den vielen Jahren, schrie alles in ihm. Er spürte, wie seine innere Unruhe wuchs. Am liebsten hätte er jetzt sofort gehandelt. Doch zum einen wäre das äußerst unklug, da der gesamte Platz noch von den zahlreichen Videokameras erfasst wurde, die das Gelände des Kernkraftwerkes umgaben, zum anderen nutzte es ihm nichts, wenn er die Polizisten aus dem Weg räumte. Dann würden andere Beamte nachrücken und ihren Job fortführen. Und so übte er sich, auch wenn es ihm schwerfiel, in Geduld.

Durch den schlierigen Film auf der Scheibe sah er, wie die Polizisten einstiegen. Es dauerte noch einen Moment, bis sich der Vectra in Bewegung setzte und langsam vom weitläufigen Gelände des Parkplatzes entfernte.

Hektisch griff er zum Handy, das in der Mittelkonsole lag, und rief eine Nummer aus dem Menü auf. Während er voller Ungeduld dem Freizeichen lauschte, startete er mit der freien Hand den Motor und schaltete Scheibenwischer und Gebläse ein. Trotz des fortgeschrittenen Alters funktionierte die Klimaanlage des BMW einwandfrei und sorgte dafür, dass er schon nach wenigen Sekunden freie Sicht hatte. Bewusst verzichtete er darauf, die Scheinwerfer einzuschalten, bevor er die Verfolgung der Polizisten aufnahm.

Am anderen Ende der Leitung meldete sich niemand, und er fragte sich, was das nun wieder zu bedeuten hatte. Doch augenblicklich musste er sich darauf konzentrieren, dass der Blickkontakt zu dem Vectra mit Wuppertaler Kennzeichen nicht abriss. Von nun an würde er wie ein fast unsichtbarer Schatten an den Ermittlern haften, um notfalls in das Geschehen eingreifen zu können.

Hameln, 13.55 Uhr

Maja gab sich Mühe, beim Anblick der Endsumme auf der Reparaturrechnung möglichst gelassen zu wirken. Doch Ulbricht, der sie inzwischen gut zu kennen glaubte, sah ihr an, dass sie am liebsten nach hinten umgefallen wäre. Er schmunzelte und trat zurück.

„Die Bremsklötze vorn waren runter – das haben wir gleich mitgemacht", klärte sie der Kundendienstmeister im graugelben Kittel auf und machte dazu ein wichtiges Gesicht. „Sonst hätten Sie in ein paar Wochen noch mal kommen müssen. Der Scheinwerfer rechts war blind, wir mussten den Reflektor ersetzen; hatten wir noch im Lager, den habe ich Ihnen zum Sonderpreis gemacht. Ansonsten ist das Schätzchen in einem bemerkenswert guten Zustand, Frau Hauptkommissarin."

Das Lob über die fast liebevolle Pflege des alten Corsa änderte nichts daran, dass für Maja am Ende des

Geldes wieder viel Monat übrig blieb. Mit einem verkniffenen Gesichtsausdruck zückte sie ihre EC-Karte und beglich die Rechnung für die Inspektion ihres Autos. Ulbricht stand ein wenig abseits und betrachtete den Aufsteller mit den Alufelgen, die den Zeitwert seines alten Vectra um ein Vielfaches überschritten. Erst, als Maja die Kreditkarte wieder verstaut hatte, gesellte er sich zu ihr und dem Kundendienstmeister.

„Ich hätte auch mal eine Frage", sagte er, nachdem er den Mann begrüßt hatte. „Sie kennen sich doch sicher auch mit einem Golf aus."

Der Mann betrachtete ihn, als käme Ulbricht von einem anderen Stern. „Nun, wir sind spezialisiert auf Opel", belehrte er Ulbricht.

„Darüber bin ich mir im Klaren, aber ich gehe davon aus, dass ein Golf vom Grundprinzip her ähnlich funktioniert wie ein vergleichbarer Opel."

Mit wichtiger Miene wiegte der Meister den Kopf. „Ganz wie man es nimmt."

„Okay." Ulbricht hatte keine Lust mehr um den heißen Brei herum zu reden und kam auf den Punkt: „Wir haben es mit einem fast neuen Fahrzeug zu tun, das während der Fahrt ein Federbein verliert. Kommt sowas schon mal vor?"

Der Techniker überlegte einen Augenblick, bevor er antwortete. „Ich weiß nicht, wie das bei VW ist", gab er dann zu bedenken. „Bei Opel hatten wir einen derartigen Vorfall noch nicht."

„Es sei denn, man hätte das Fahrzeug manipuliert?", setzte Maja nach.

Der Kraftfahrzeugmeister nickte. „Das wäre eine Möglichkeit, die allerdings schon kriminell ist." Er lachte, als hätte er einen guten Witz gemacht. Dann schien er sich an Majas Beruf zu erinnern. Als er in die ernsten Mienen von Maja und Ulbricht blickte, verstummte sein Lachen, und er fuhr fort: „Die Folgen einer solchen Schrauberei wären sicherlich verheerend."

„Muss man ein besonderes Fachwissen mitbringen, um ein Federbein zu lösen?", fragte Maja.

Kopfschütteln. „Das kann ein technisch begabter Teenager – wenn er ein wenig kräftig ist. Kommen Sie mal mit." Er machte eine einladende Geste und klappte einen Teil des Reparaturannahmetresens hoch. Maja und Ulbricht folgten ihm durch eine feuerfeste Tür in die Werkstatt des Opelhändlers.

Hier roch es nach Gummi, Lack und Öl. Fahrzeuge standen in zerlegtem Zustand auf Hebebühnen, ein Mechaniker kletterte gerade in eine Grube, auf der ein Kastenwagen stand, dessen Motor im Leerlauf tuckerte. Ulbricht hatte eine Autowerkstatt viel dunkler und öliger in Erinnerung, was wahrscheinlich daran lag, dass er mit dem Vectra immer die Hinterhofwerkstatt eines alten Kumpels in Heckinghausen aufsuchte, wenn er ein Problem mit dem Wagen hatte.

Auf einer der Hebebühnen stand ein Opel Astra. Der Mechaniker hatte beide Vorderreifen abmontiert und machte sich gerade am rechten Bremssattel zu schaffen. Auf einem Werkzeugwagen in Reichweite lag ein noch originalverpackter Satz Bremsbeläge.

„Frank, dürfen wir kurz?", wandte sich der Kfz-Meister an den Mechaniker. „Ich möchte den Herrschaften etwas erklären."

„Sicher." Der Schrauber nickte und trat einen Schritt zurück, um sich die schwarzen Hände an einem Putzlappen abzuwischen.

„Hier, sehen Sie", sagte der Kundendienstmeister und deutete auf die komplette Achsaufhängung bis zu der Stelle, an der normalerweise das Rad befestigt war. „Dies ist das Federbein. Es beinhaltet die Feder, den Stoßdämpfer und die Bremse sowie natürlich das Rad." Er deutete in das Radhaus des Astra nach oben, griff nach einer Arbeitslampe und machte Maja Platz, die sich in den Kotflügel bückte und nach oben blickte.

„Dort oben ist das Federbeinlager. Es ist über eine recht große Mutter mit der Karosserie verbunden. Die müsste man lösen, da kommt man nur vom Motorraum aus dran." Jetzt zeigte er nach unten und tippte mit einem Stift auf das untere Ende des Federbeins. „Und hier ist das Aggregat über den sogenannten Dreieckslenker an der Karosserie befestigt. Drei kleine Muttern sind zu lösen. Das größte Problem ist die Befestigung der Antriebswelle."

Jetzt deutete er auf eine schwarze Welle, die seitlich aus den Tiefen der Antriebseinheit kam.

„Dort ist die Welle ans Getriebe angeflanscht, da sind acht kleine Schrauben drin."

Er kam unter dem Auto hervor und deutete auf die Radnabe.

„Wenn Sie hingegen diese Mutter hier lösen, fliegt Ihnen das Federbein um die Ohren, sobald sich die Muttern des Federbeinlagers und des Dreieckslenkers gelöst haben."

„Das klingt für mich nicht nach einem Streich für einen technisch begabten Teenager", murmelte Maja und tauschte einen Blick mit Ulbricht, der unauffällig die Schultern zuckte.

„Wie lange dauert es, bis man das Federbein so weit gelöst hat, dass es sich während der Fahrt vom Auto verabschiedet?"

Ulbricht trat näher und betrachtete die Einheit am Auto andächtig.

„Wenn Sie schnell sind, zehn Minuten, wenn Sie so etwas nicht oft machen, eine halbe Stunde, Stunde“, schätzte der Meister.

„Danke.“ Maja hatte genug gesehen. Auch wenn sie sich nicht vorstellen konnte, dass sich am Fahrzeug der Grohnde Energie GmbH vor vielen Jahren Jugendliche einen gefährlichen Scherz erlaubt hatten, wusste sie nun zumindest, wovon die Rede war. Und sie fürchtete, dass sie bei der Suche nach der Unglücksursache umdenken mussten.

„Was hast du vor?“, fragte Ulbricht, nachdem sie wieder im Freien standen und Maja das Handy aus der Tasche zog.

„Wenn jemand an dem Auto herumgefummelt hat, dann will ich wissen, wer damals für die Geschäftswagen der Grohnde Energie GmbH zuständig war“, murmelte sie und suchte in ihrer Tasche nach der Visitenkarte von Stefan Opitz. Sicherlich würde er ihr weiterhelfen können. Sie tippte die Nummer ein und wartete.

„Meldet sich nicht“, murmelte sie schließlich.

„Wollte er nicht noch Unterlagen nach Hameln schaffen lassen?“ Ulbricht hatte die Hände in den Manteltaschen versenkt. Er fror. „Dann soll Grundmann ihn fragen, wenn er in der Inspektion ankommt.“

„Gute Idee.“ Majas Miene hellte sich auf. Sie rief Grundmanns Nummer auf und wartete geduldig auf das Freizeichen.

„Sie haben Besuch." Der uniformierte Kollege in der Pförtnerloge erhob sich, als Grundmann das Dienstgebäude der Polizeiinspektion Hameln-Pyrmont/Holzminden an der Zentralstraße 9 betrat. Hier war die Leitung des Zentralen Kriminaldienstes untergebracht. Grundmann, der sich innerlich bereits auf das bevorstehende Wochenende eingestimmt hatte, blieb stehen und runzelte die Stirn. Er hasste es, so empfangen zu werden, und er hasste es, von einem einfachen Streifenpolizisten aufgehalten zu werden.

Der junge Kollege versuchte ein Lächeln, das allerdings misslang. Er errötete und deutete auf den Korridor. „Man erwartet Sie bereits."

„Wer ist es?"

„Ein Herr Opitz von der Grohnde Energie GmbH."

„Sagt mir nichts." Grundmann schüttelte den Kopf.

„Hauptkommissarin Klausen hat angerufen und mich gebeten, Ihnen auszurichten, dass Sie sich um Herrn Opitz kümmern sollen, sobald er eintrifft. Und das war vor zehn Minuten der Fall."

„Soso."

Das Stirnrunzeln verschwand, dafür schienen Grundmanns buschige Augenbrauen nun über der Nasenwurzel zusammenzuwachsen. Wenn er eines hasste, dann war es, von Maja Klausen herumkommandiert zu werden. Da sie gerade nicht greifbar war, wurde der junge Polizist sein Blitzableiter.

„Frau Klausen ist mir nicht weisungsberechtigt, und ich habe Feierabend."

„Ich richte nur aus, was sie mir aufgetragen hat."

„Schon klar." Grundmann nickte und fragte sich insgeheim, wie dieser Knabe die Polizeischule geschafft hatte. Solche grünen Jungs verdienten keine Uniform. Er überlegte kurz, dann kam er zu dem weisen Schluss, dass Maja ihn beauftragt hatte, weil sie selber nicht zur Verfügung stand. Dann hatte er die Chance, sich um wichtige Sachen zu kümmern. Grundmann war stets genervt, weil Maja Klausen bei anfallenden Ermittlungen stets im Mittelpunkt stand. Doch sie war nicht da.

„Wo wartet Herr Opitz?", fragte Grundmann den jungen Kollegen und rückte sich seine modische Krawatte zurecht.

„Auf dem Gang vor Ihrem Büro."

„Danke." Grundmann klopfte dem Beamten jovial auf die Schulter. „Aus Ihnen wird mal was, da bin ich ganz sicher." Dann ließ er den Polizisten stehen und machte, dass er zu seinem Büro kam. Das Kopfschütteln des Polizisten sah er schon nicht mehr. Mit forschen Schritten suchte er sein Büro auf und sah den fast hageren Mann im schlecht sitzenden Anzug, der mit übereinandergeschlagenen Beinen auf einer alten Holzbank wartete. Neben ihm lag ein Aktenordner.

„Herr Opitz?" Jürgen Grundmann baute sich mit wichtiger Miene vor ihm auf.

„Ja." Der Hagere sprang auf und riss dabei um ein Haar die mitgebrachten Unterlagen herunter. Dann reichte er Grundmann die Hand.

Der Hauptkommissar griff beherzt zu und registrierte triumphierend, dass sein schmächtiges Gegenüber sich Mühe gab, den gequälten Gesichtsausdruck zu verbergen.

„Was kann ich für Sie tun?" Grundmann machte eine einladende Handbewegung in Richtung Bürotür, die sich auf der gegenüberliegenden Seite des Korridors befand. Sie betraten den Raum, in dem es nach alten Akten roch, obwohl auch hier schon lange erfolglos auf das papierlose Büro hingearbeitet wurde. Majas Schreibtisch war verwaist, der Computer ausgeschaltet. Auf der Schreibunterlage stand eine benutzte Kaffeetasse. Durch die auf Kipp stehenden Fenster drang der Verkehrslärm der Zentralstraße hinauf. Obwohl es keine Hauptstraße war, herrschte am Freitagnachmittag doch reger Verkehr.

Gegenüber von Majas Schreibtisch befand sich Grundmanns Arbeitsplatz. Er rückte seinem Besucher einen Stuhl zurecht und verschanzte sich hinter dem Tisch.

„Ihre Kollegin war heute bei uns im Werk und hat mich gebeten, nach alten Unterlagen zu einem Fahrzeug zu suchen, das einmal zu unserem Fuhrpark gehört hat. Man hat es wohl heute aus der Weser geborgen." Opitz trommelte auf den Ordner. „Und dies sind die alten Belege. Ein Fahrtenbuch ist nicht dabei. Wahrscheinlich wurde es korrekt im Fahrzeug mitgeführt."

Grundmann hatte keine Ahnung, wovon Opitz sprach, wollte sich aber nicht die Blöße geben, seine Unwissenheit an die große Glocke zu hängen. So nickte er mit wichtiger Miene und ließ den Besucher weiterreden.

„Ein Kaufvertrag sowie einzelne Belege habe ich zusammengetragen. Leider wurde das Fahrzeug lange vor meiner Zeit in Dienst gestellt, sodass ich selber keine Aussagen zur Sachlage machen kann."

Immerhin drückt er sich gewählt aus, registrierte Grundmann und verschränkte die Arme hinter dem Kopf. Er legte sich in Gedanken eine Strategie zurecht, wie er ohne das nötige Hintergrundwissen möglichst viel an Informationen aus seinem Besucher herauskitzeln konnte. Von einem Auto der Grohnde Energie GmbH, das in der Weser gelandet sein musste, war die Rede gewesen.

Natürlich hätte er jetzt das Einsatztagebuch im System aufrufen und sich in die Sache hineinlesen können. Das vermied er aus zwei Gründen – erstens hatte er sich vorgenommen, auch ohne Majas Informationen in dem Fall weiterzukommen. Schließlich war er Polizist, und da wusste man, wie man an Informationen kam. Zweitens stand das Wochenende vor der Tür, und so ging es schneller, wenn er sich die Fakten von seinem Besucher erklären ließ.

„Sicherlich ist ein solches Unglück vor zehn Jahren aktenkundig geworden“, setzte Opitz nun an und gab so unbewusst einen wichtigen Hinweis auf den Zeitraum. „Es kommt doch nicht oft vor, dass ein Fahrzeug in der Weser landet.“

„Wenn es so wäre, müssten wir Sie jetzt nicht bemühen“, murmelte Grundmann und ließ sich die Akten aushändigen.

„Es sind Kopien, die Originale sind in unserer Verwaltung eingelagert“, bemerkte der Fuhrparkleiter überflüssigerweise. Natürlich hatte Grundmann längst erkannt, dass es sich nicht um die originalen Dokumente und Fahrzeugpapiere handelte. Kfz-Briefe von Firmen- und Geschäftswagen wurden üblicherweise in den Safe des jeweiligen Unternehmens eingeschlossen.

„Ein Golf GTI also“, murmelte Grundmann, der die Papiere überflog.

„Das ist der Kollegin und ihrem Partner längst bekannt“, erwiderte Opitz.

Grundmann stockte, sein Kopf ruckte hoch, und er bedachte Opitz mit einem vernichtenden Blick. „Natürlich", brummte er dann. „Partner? Ich bin ihr Partner." Der Hauptkommissar wunderte sich, wer Maja wohl begleitet hatte, und tippte auf Roland Alders. Das würde er später herausfinden.

Als das Telefon auf seinem Schreibtisch anschlug, unterdrückte er ein unwilliges Grunzen. „Grundmann?", bellte er nach dem dritten Klingeln in den Hörer.

„Ich bin's, Maja."

Die hatte ihm gerade noch gefehlt. „Was ist denn los?"

„Herr Opitz von der Betreibergesellschaft des Kernkraftwerkes kommt gleich zu dir und …"

„Sitzt mir bereits gegenüber." Er hörte zufrieden, wie Maja am anderen Ende der Leitung um Fassung rang.

„Das ist gut, dann lass ihn nicht gehen. Ich will mit ihm sprechen."

„Ich kann ihn auch fragen."

„Gib mir sofort den Hörer!" Majas Stimme duldete keinen Widerspruch, und Grundmann kannte sie gut genug, dass sie sich sofort bei Dauber über ihn beschweren würde, wenn er jetzt nicht spurte. Also reichte er den Hörer stumm an seinen Besucher weiter, der sich ein wenig schüchtern meldete.

Er lauschte in den Hörer, wobei sein Blick unstet über die Wand in Grundmanns Rücken huschte. Dann ein eifriges „Ja, das kann ich Ihnen sagen." Opitz legte eine Pause ein. „Sven Hellmann, er ist noch in unserem Unternehmen tätig. Derzeit leitet er die Abteilung Werks- und Objektschutz." Wieder lauschte er, und Grundmann kam sich ziemlich überflüssig vor. Er nahm einen Kugelschreiber und begann, die Schreibtischunterlage vollzukritzeln.

„In Rinteln, die Adresse habe ich allerdings nicht im Kopf. Tut mir leid. Ja, Ihnen auch, Wiederhören!" Er reichte den Hörer an Grundmann zurück, der ihn sich an das Ohr hielt, doch Maja hatte bereits aufgelegt.

Auch gut, er würde alleine weitermachen. Maja brauchte er im Grunde genommen gar nicht. Schade nur, dass das Wochenende in weite Ferne rückte. Aber schließlich konnte man nicht alles haben.

Hameln, 13.35 Uhr

„Na toll", schnaubte Ulbricht, der das Telefonat mitverfolgte. „Jetzt wissen wir, wie der Mann heißt, aber seine Adresse haben wir nicht." Über den eingebauten Lautsprecher von Majas Telefon hatte er mithören können. Nun blickte sie ihn an.

„Macht nichts", sagte sie und hielt ihr neues Smartphone in die Höhe. „Hiermit kann ich alles herausfinden. Darauf habe ich eine App, mit der ich die Adresse beauskunften kann."

„Eine … was?" Ulbricht blickte ihr Smartphone an wie ein Ding aus einer anderen Welt. „Mir sind diese kleinen Computer unheimlich. Früher war man froh, wenn man unterwegs telefonieren konnte. Anfangs hatte ich echte Probleme mit diesen Dingern. Ganz früher ging es auch ohne. Ständig ist man erreichbar …" Er schüttelte den Kopf und machte keinen Hehl aus seiner Aversion gegenüber Handys.

Maja betrachtete ihn amüsiert. Manchmal war er ein sturer alter Bock, aber sie fand ihn trotzdem liebenswert. „Früher war man auch mit Kutschen unterwegs.

Ist schon toll, was man heute mit einem Telefon machen kann." Sie rief einen Menüpunkt auf und zeigte auf das Icon des Telefonbuchs. „Hier", sagte sie. „Das ist ein Telefonbuch mit allen aktuellen Daten – es wird regelmäßig über das mobile Internet aktualisiert."

„Vielleicht solltest du es erst mal an seinem Arbeitsplatz versuchen?"

„Hätte ich sowieso gemacht", behauptete Maja und tippte die Nummer der Grohnde Energie GmbH ein. Diesmal hatte sie darauf verzichtet, den Lautsprecher einzuschalten. Sie landete zunächst in einer Warteschleife und verlangte dann nach Hellmann.

Die Dame am anderen Ende der Leitung teilte ihr freundlich und dennoch distanziert mit, dass Herr Hellmann nicht im Haus sei. „Ich kann Ihnen leider nicht sagen, ob er heute noch mal kommt, wir warten auch auf ihn."

In Maja schrillte eine Alarmglocke. „Heißt das, er ist verschwunden?"

„Ich bedaure", kam die Antwort ein wenig schnippisch. „Leider meldet sich Herr Hellmann nicht bei mir ab, wenn er einen Termin außer Haus hat oder nicht zur Arbeit kommt, aus welchen Gründen auch immer."

„Dann verbinden Sie mich mit der Personalabteilung!"

„Einen Augenblick, bitte." Es klickte in der Leitung, dann wurde Maja mit einer nervigen Melodie berieselt.

„Er ist nicht am Arbeitsplatz. Wahrscheinlich vermissen sie ihn – das klang jedenfalls so", sagte sie an Ulbricht gewandt.

Er stand mit hinter dem Rücken verschränkten Armen da und zuckte die Schultern.

„Muss nichts zu heißen haben."

Maja wollte gerade antworten, als sich am anderen Ende der Leitung eine Frauenstimme meldete. Maja stellte sich als Hauptkommissarin vor und fragte, ob etwas über das Fehlen des Sicherheitschefs in der Verwaltung bekannt war. Im Hintergrund hörte sie, wie eine Tastatur bearbeitet wurde.

„Tut mir leid, aber am Telefon darf ich Ihnen keine Auskunft erteilen", beschied die Dame ihr schließlich.

„Hören Sie, ich ermittle in einem Tötungsdelikt", rief Maja, während sie unruhig auf- und abmarschierte.

„Es tut mir leid", wiederholte die Mitarbeiterin der Personalabteilung. Dann legte sie ohne ein weiteres Wort auf. Maja starrte entsetzt auf das Telefon in ihrer Hand und schüttelte den Kopf.

„Unterbrochen", sagte sie fassungslos.

„Alles kann man mit den Dingern", brummte Ulbricht. „Fotografieren, mailen, im Netz surfen – nur das Telefonieren klappt nicht mehr so gut. Stand letztens noch in der Zeitung."

„Norbert – ich habe telefoniert, aber die Frau hat einfach aufgelegt."

„Und jetzt? Willst du sie verhaften?"

„Du bist unmöglich." Maja war das Scherzen vergangen. „Komm schon, oder willst du hier Wurzeln schlagen?"

„Wo willst du denn hin? Nicht schon wieder zum Kernkraftwerk, oder?"

Nun musste Maja doch lachen. „Du bist unverbesserlich", sagte sie und gab die Begriffe „Sven Hellmann" und „Rinteln" ein. Es dauerte nicht lange, und sie hatte die gewünschten Informationen. „Na, dann los", sagte sie an Ulbricht gewandt. „Ich zeige dir jetzt die wunderschöne Altstadt von Rinteln – schließlich hast du Urlaub und bist als Touri unterwegs."

„Warum das?"

„Mensch Norbert – Hellmann ist nicht am Arbeitsplatz, und es klingt für mich, als wüssten sie nicht, wo er abgeblieben ist. Natürlich gibt das kein Personalchef gerne zu. Aber ich werde den Verdacht nicht los, dass irgendwas nicht stimmt. Also fahren wir jetzt zu ihm und sehen nach dem Rechten."

Ulbricht ahnte, dass er noch länger auf seine Mahlzeit warten musste, doch er schwieg. Vielleicht gab es in Rinteln ja eine Imbissbude.

Rinteln, Weserstraße, 14.30 Uhr

Mit dem zivilen Dienstwagen, einem unauffälligen Golf Variant, erreichten sie das Ortszentrum von Rinteln eine gute halbe Stunde später. Ulbricht war sofort angetan von der überschaubaren Altstadt mit den liebevoll restaurierten Häusern im Weserrenaissance-Stil. Fachwerk, Giebel und Erker versetzten ihn in eine andere Zeit, und er stand schweigend am Marktplatz und ließ das romantische Flair auf sich einwirken.

Maja stand neben ihm und blickte lächelnd zu ihm auf. „Gefällt es dir?"

Ulbricht nickte und atmete tief durch.

„Im Sommer muss es hier wunderschön sein." Er ließ den Blick über die herausgeputzten Fassaden streifen. „Von so einem Altstadt-Flair können wir in Wuppertal nur träumen."

„Du musst es mir zeigen – dein Wuppertal."

Ulbricht betrachtete sie mit einem nachdenklichen Lächeln, dann nickte er. „Das werde ich", versprach er.

„Dann mal an die Arbeit", wechselte Maja das Thema. Sie blickte in ihr Notizbuch, wo sie die Adresse von Sven Hellmann notiert hatte. Seite an Seite marschierten sie durch verwinkelte Gassen, bis sie schließlich vor einem Haus standen, in dessen Erdgeschoss sich ein Buchgeschäft befand. Man präsentierte eine Reihe von Kriminalromanen aus der Region.

„Das find ich ja interessant", bemerkte Ulbricht und zeigte auf die Krimis.

„Passiert denn hier so viel, dass man damit Bücher füllen könnte?"

Maja lachte. „In den Köpfen der Autoren schon."

„Das muss ich lesen", sagte Ulbricht und verschwand im Buchladen. Maja wartete an der frischen Herbstluft. Der Wind hatte die Wolken vertrieben, und am Ende der Fußgängerzone konnte sie sehen, wie der Nebel über die sanften Hügel des Weserberglands zu kriechen schien. Die Sonne drang zaghaft durch das Grau des Tages. Während Maja auf Norbert Ulbricht wartete, freute sie sich darüber, dass er das Wochenende genoss.

Schon unterwegs hatte er sich an der Landschaft erfreut, das bunte Laub der Bäume als wunderschön bezeichnet und sogar anerkennende Worte für die romantische Altstadt von Rinteln gefunden. Das entsprach eigentlich nicht seiner Natur, und sie war froh, dass ihm die gemeinsame Zeit gefiel. Obwohl er ständig über seinen Beruf stöhnte, kaufte er jetzt auch noch einen Kriminalroman. Was war los mit ihm?

Das Glöckchen über der Ladentür ertönte, und Ulbricht kam mit einem Taschenbuch in der Hand wieder heraus. Er strahlte zufrieden. „Ich werd noch zum Krimileser", grinste er.

„Was gibt es denn?"

„‚SchattenWolf' von Nané Lénard." Ulbricht betrachtete das geheimnisvoll gestaltete Cover. „Kennst du die Autorin?"

„Ich habe sie mal auf einer Signierstunde in Hameln gesehen."

„Und du hast kein Buch von ihr gekauft?"

Als Maja nicht antwortete, schnaufte Ulbricht: „Du solltest dich schämen!"

„Können wir jetzt?" Es war Maja fast ein wenig unangenehm, und sie wollte endlich wissen, wo sich Sven Hellmann aufhielt. Sie hasste das Gefühl, in einem Fall auf der Stelle zu treten und kämpfte gegen ihre von Stunde zu Stunde wachsende Ungeduld an.

„Na klar." Ulbricht schob den „SchattenWolf" in die große Tasche seines Mantels und folgte Maja. Sie lehnte sich an die Haustür neben dem großen Schaufenster des Buchladens und wäre um ein Haar gestolpert, als die Tür nach innen aufschwang und Maja sich in einem halbdunklen Treppenhaus wiederfand.

„Hast es wohl eilig?", hörte sie Ulbrichts Stimme hinter sich.

„Blödmann", brummte sie. „Die Tür war nur angelehnt."

Ulbricht betrachtete die Haustür, die sich, von einem Mechanismus bewegt, langsam wieder schloss. Doch das abschließende Geräusch blieb aus. „Siehst du?", fragte Ulbricht und griff nach der Türklinke. Ohne sie niederzudrücken, zog er an der Tür, die sich prompt wieder öffnete.

„Der Schließer ist kaputt." Er stemmte sich mit seinem Gewicht gegen die Tür, die dann hörbar zuschnappte.

„Man muss sie ins Schloss drücken, sonst ist hier Tag der offenen Tür."

„Die Kriminalitätsrate in Rinteln ist relativ gering", murmelte Maja und erklomm die Stufen nach oben. Ihr Weg führte an einer Reihe blecherner Briefkästen vorbei. Vor Hellmanns Briefkasten blieb sie stehen und versuchte, hineinzuspähen. Sie glaubte, ein Kuvert darin zu sehen. „Da ist etwas drin, aber der Briefkasten quillt nicht über."

„Dann fehlt er noch nicht lange." Ulbricht zuckte die Schultern und folgte Maja ins zweite Stockwerk. Das Treppenhaus war in einem sauberen Zustand, es roch nach Putzmittel. Oben angekommen, war ein Namensschild mit der Aufschrift „S. Hellmann" angebracht.

„Hier sind wir richtig", bemerkte Maja.

„Der hat wirklich Tag der offenen Tür", brummte Ulbricht. Als Maja sich zur Tür umblickte, sah sie, was er meinte: Auch die Wohnungstür stand offen; sie war nur angelehnt.

Majas Aufregung stieg. „Ich hab ein ganz blödes Gefühl."

„Dito." Ulbricht trat neben Maja und klopfte laut an die Wohnungstür. „Herr Hellmann?", rief er in das Innere der Wohnung. „Sind Sie zu Hause?"

Schweigend und lauschend verbrachten sie einige Sekunden vor der Tür, bevor Ulbricht noch einmal klopfte. „Herr Hellmann, hier spricht die Polizei!" Ulbricht stieß die Wohnungstür mit den Fingerspitzen auf und machte einen Schritt in die Wohnung von Sven Hellmann.

Maja hatte längst in das Holster gegriffen und die Dienstpistole gezogen. Mit einem leisen metallischen Klicken entsicherte sie die Waffe und trat einen Schritt in den langen Flur. Ulbricht legte eine Hand auf ihre Schulter und schüttelte den Kopf.

„Mach mal kein Fass auf“, brummte Ulbricht. „Vielleicht telefoniert er gerade oder er hockt auf dem Klo.“

„Lässt du deine Wohnungstür angelehnt, wenn du aufs Klo gehst?“ Maja tippte sich mit dem Zeigefinger der linken Hand an die Stirn. „Da ist was im Busch, das spüre ich.“

Ulbricht rollte mit den Augen. „Ihr immer mit eurer weiblichen Intuition“, brummte er. Dann seufzte er. „Lass mich vorgehen“, sagte er und schob sich an ihr vorbei.

„Aber du hast Urlaub“, wisperte Maja.

„Eben. Deshalb habe ich auch keine Knarre am Mann. Ich geh gucken, und du bist so gut und sicherst mich.“ Er grinste schief.

Maja widersprach ihm nicht. Am liebsten hätte sie Verstärkung angefordert und Ulbricht nach draußen geschickt. Nicht auszudenken, wenn er hier in das sprichwörtliche offene Messer lief und ihm etwas zustieß. Er war privat hier und begleitete sie nur zu einem Einsatz – streng genommen war das allein schon tabu. Doch Maja kannte den alten Dickkopf gut genug, dass er sich jetzt und hier nicht von ihr auf die Straße schicken lassen würde.

„Sind Sie zu Hause, Herr Hellmann? Hier ist die Polizei“, unternahm auch Maja eine Ansprache, die ungehört blieb. In der Wohnung herrschte absolute Ruhe.

Majas Miene war versteinert, ihre Nerven zum Zerreißen angespannt.

Sie hasste solche ungewissen Situationen, in denen man mit allem rechnen musste. Natürlich hatte sie auf der Polizeischule alle möglichen Schritte gelernt, aber die Wirklichkeit hielt manchmal andere Überraschungen bereit als die Ausbilder auf irgendwelchen Lehrgängen.

Die Heckler & Koch noch gezückt, durchsuchten beide weiter seine Räumlichkeiten.

Ulbricht hielt den Daumen hoch, dann rief er noch einmal den Namen des Gesuchten in die Wohnung. Doch auch diesmal erhielten sie keine Antwort.

„Hier ist es aber hell, Mann", versuchte er die angespannte Stimmung ein wenig aufzulockern. Zwei Zimmertüren auf der linken Seite, beide nur angelehnt. Ulbricht stieß die erste Tür auf und blickte in ein Arbeitszimmer mit großen Fenstern, durch die das milchige Tageslicht in den Raum fiel. Das Mobiliar war kein billiges Zeug, das erkannte Ulbricht auf den ersten Blick. Auch der Computer auf dem Schreibtisch war kein halbes Jahr alt. Rechts ein halbhoher Schrank mit verglasten Türen, hinter denen sich unzählige Aktenordner befanden. Die linke Wand war nicht zugestellt, stattdessen hing dort das Gemälde eines begnadeten Künstlers, der sich an einer surrealen Landschaftsszenerie versucht hatte.

„Sauber", rief er laut über die Schulter und signalisierte Maja so, dass sich keine Person in dem Zimmer befand. Er ließ den Blick ein letztes Mal durch den Raum schweifen, dann wandte er sich ab und stand wieder im Flur.

Die nächste Tür. Ulbricht stieß sie vorsichtig auf und betrat den Raum. „Das Schlafzimmer", raunte er Maja zu, ohne sich umzublicken. Ein französisches Bett, Nachtschränkchen mit gläsernen Auflagen und ein Kleiderschrank im kolumbianischen Stil. Die Decke des Zimmers war mit einem sandfarbenen Tuch abgehangen. Maja beobachtete mit vorgehaltener Waffe, wie er in die Hocke ging und unters Bett blickte. Kopfschüttelnd erhob er sich und öffnete die Türen des Kleiderschranks.

„Auch sauber", sagte er, nachdem er sich vergewissert hatte, dass sich hier niemand versteckt hatte.

„Dann nach oben."

Maja deutete mit dem Lauf der Waffe zu der gefliesten Treppe der Maisonettewohnung. Sie erklommen die Stufen, auch diesmal ging Ulbricht vor, dicht gefolgt von Maja. Oben angekommen, standen sie in einem gut fünfzig Quadratmeter großen, lichtdurchfluteten Wohnzimmer mit einer Kücheneinheit im hinteren Bereich.

„Der Mann lebt nobel", staunte Ulbricht. Er bewunderte die bodentiefen Fenster mit Bögen und blickte zur kuppelförmigen Decke hinauf.

„Guck dir diesen Palast mal an."

Der Raum wurde von einer riesengroßen Sitzgruppe mit einem winzig kleinen Designertisch beherrscht. Die ebenfalls aus der Schmiede eines Designers stammenden Leuchtelemente sorgten sicherlich nach Einbruch der Dunkelheit für ein stimmungsvolles Licht. Die Küche im hinteren Bereich bestand aus Edelstahlfronten und einer dicken Arbeitsplatte aus Marmor. Der Arbeitsbereich schien klinisch sauber zu sein; Maja kam zu dem Schluss, dass sich Hellmann eine Putzfrau leistete.

„Sicher verdient er in seinem Job nicht schlecht", überlegte sie. „Und so wie die Wohnung aussieht, lebt er alleine hier. Drei Zimmer auf geschätzten 150 Quadratmetern, das ist nicht die klassische Wohnung einer glücklichen Familie, zumal die Einrichtung luxuriös ist."

„Ach so – sauber, wollte ich noch sagen", grinste Ulbricht.

„Der Vogel scheint ausgeflogen zu sein. Fragt sich nur, warum er seinen Palast nicht abschließt."

Maja ließ die Waffe sinken. Hier drohte ihnen keine Gefahr. Ulbricht hatte die Küchenzeile betreten und hinter den Arbeitsblock geblickt.

„Niemand“, brummte er. „Aber hier zieht es.“

Auch Maja war der Luftzug hier oben schon aufgefallen. Als sie den Kopf drehte, bemerkte sie, dass eine gläserne Terrassentür offen stand. Sie trat an die Tür, von der man auf die Fußgängerzone von Rinteln blicken konnte. Doch für die Fachwerkhäuser auf der gegenüberliegenden Seite hatte sie kein Auge. Eher unterbewusst registrierte sie, dass die Dachterrasse des Hauses sicherlich auch noch einmal fünfzig Quadratmeter groß war. Moderne Sitzmöbel luden bei Sonnenschein und im Sommer zum Verweilen ein. Ein einzigartiger Ort mit Blick über die Dächer der Altstadt; eine exklusive Wohlfühloase, die anscheinend von professioneller Hand geplant worden war. Doch die Schönheit des Ortes war es nicht, die Majas Aufmerksamkeit auf sich zog. Wie gebannt starrte sie auf den Mann herab, der rücklings auf der Schwelle zur Dachterrasse lag. Seine Augen waren geweitet, der Mund mit den wulstigen Lippen stand einen Spaltbreit auf.

„Hier liegt einer“, rief sie heiser in den Wohnraum und ging in die Knie.

Die Waffe steckte Maja schnell in die Jackentasche, nachdem sie sie gesichert hatte. In ihrer Laufbahn als Hauptkommissarin hatte sie bereits viele Leichen gesehen, zu viele, um daran zu zweifeln, dass der Mann, der nun vor ihr lag, tot war. Als sie die Hand ausstreckte, um trotzdem den Puls der Person zu fühlen, sah sie, dass sie zitterte. „Norbert, komm schon, ich glaube, wir haben ihn gefunden!“ Sie hörte Schritte hinter sich heranschlurfen, während sie sich um den

Mann, der mit großer Wahrscheinlichkeit Sven Hellmann war, kümmerte. Nachdem sie keinen Puls fühlen konnte, beugte sie sich über den Mann. Doch auch eine Atmung war nicht wahrzunehmen.

„Da dürfte uns jemand zuvorgekommen sein", brummte Ulbricht und zerquetschte einen Fluch auf den Lippen, während Maja bereits das Handy am Ohr hatte, um die Kollegen zu alarmieren.

Sie hatte keine Lust gehabt, sich mit Grundmann herumzuärgern, deshalb hatte Maja gleich mit Kriminaloberrat Klaus Dauber telefoniert, um ihm zu berichten, dass sie in Sven Hellmanns Wohnung eine tote Person aufgefunden hatten. Er hatte keine Sekunde gezögert, das Tatort-Einsatzteam und einen Gerichtsmediziner aus Hannover nach Rinteln zu zitieren. Grundmann, Alders und Lisa hatte er telefonisch damit beauftragt, die Nachbarschaft zu befragen. Er sorgte für einen strikten Ablauf und erwartete die ersten Ergebnisse am Abend.

Es war Freitagnachmittag, und viele Menschen waren in der Stadt unterwegs, um die nötigen Einkäufe zu tätigen oder einfach, um den freien Nachmittag mit einem Bummel in der Stadt zu verbringen. Für all das hatte Maja keinen Blick. Die goldenen Ziffern der Nicolaikirche zeigten die volle Stunde, und der Glockenschlag hallte durch die verwinkelten Gassen der Altstadt.

„Na, jetzt wissen wir auch, warum er tot ist“, drang die Stimme des herbeigerufenen Notarztes an ihre Ohren. Maja riss sich vom traumhaften Blick über die Altstadt los und wandte sich um. Der Notarzt, er hatte sich knapp als Frank Bringer vorgestellt, winkte sie herbei. Er hockte neben dem Leichnam und hatte die Gummihandschuhe übergestreift. Jetzt drehte er den Toten um. „Hier“, sagte er und deutete auf einen tiefroten Fleck im Rücken des Toten. Auch Ulbricht eilte herbei. Er hatte den Kollegen vom Einsatzdienst bei der Spurensicherung zugesehen. Mit Adhäsionsmittel suchten sie in der Wohnung nach Fingerabdrücken, arbeiteten mit Schwarzlichtlampen, um Flüssigkeitsrückstände sichtbar zu machen, und fotografierten den Ort des Geschehens.

„Nagelt mich nicht fest, aber so wie es aussieht, ist er hinterrücks erschossen worden. Die Patrone drang von schräg links hinten in den Oberkörper ein und hat wohl Lunge und Herz beschädigt. Ein kurzer Tod, wenn ihr mich fragt." Bringer grinste zu ihnen herauf. Dann deutete er über die Brüstung der Terrasse auf die gegenüberliegende Straßenseite. „Vielleicht habt ihr Glück, und die Leute auf der anderen Straßenseite haben etwas Auffälliges gesehen. Sonst hängen die Menschen doch auch ständig am Fenster und gaffen."

„Wie lange …", setzte Maja an, doch der Mediziner winkte ab.

„Er ist noch warm. Eine Stunde, vielleicht zwei. Aber ihr werdet euch bis zum Ergebnis der Obduktion gedulden müssen, wenn ihr es genau wissen wollt." Er lagerte den Toten wieder in seine Auffindesituation und erhob sich.

„Danke, das reicht uns schon", sagte Maja, während Ulbricht einen Blick auf seine Armbanduhr warf.

„Also gegen zwölf", brummte er und gab Maja ein Zeichen. „Komm", sagte er. „Wir essen zeitig."

Sie blickte ihn verwundert an, sagte aber nichts. Maja wandte sich an den Leiter des Tatort-Einsatzteams. „Ihr braucht uns hier nicht mehr?"

Jochen Koch, dem sie heute schon zum zweiten Mal im Einsatz begegnete, staunte. „Willst du abhauen?" Er machte keinen Hehl aus seiner Verwunderung.

„Die Uhr tickt", half ihr Ulbricht nun. „Ich muss nicht erwähnen, dass die ersten 24 Stunden nach einem Tötungsdelikt die wichtigsten bei der Suche nach dem Täter sind, oder?" Er betrachtete Koch eindringlich, bis dieser den Kopf schüttelte.

„Nein, das müssen Sie nicht", murmelte Koch und wandte sich dann an Maja. „Ich schicke dir den Abschlussbericht dann per Mail, damit du am Wochenende keine Langeweile bekommst."

„Nicht nötig. Bei meinem Glück habe ich soeben die Leitung einer zweiten Mordkommission übernommen." Sie lächelte. „Wir sehen uns um achtzehn Uhr in der Inspektion beim Meeting." Maja folgte Ulbricht. Hintereinander marschierten sie die geflieste Treppe der luxuriösen Wohnung herunter, um im Korridor mit einer hochgewachsenen Gestalt im Maßanzug zusammenzustoßen. War Ulbricht das Ausweichen noch geglückt, so prallte Maja, die den Blick gerade gesenkt hatte, mit dem Mann zusammen. Während sie noch eine Entschuldigung murmelte, spürte sie starke Hände an den Schultern.

Ihn hier zu treffen, damit hatte sie nicht gerechnet. Auch er schien überrascht zu sein, hob beide Augenbrauen, während sie seine Hände trotzig von ihrem Körper abschüttelte.

„Maja", rief er, dann bedachte er Ulbricht mit einem forschenden Blick und räusperte sich vernehmlich. „Hauptkommissarin Klausen." Er presste die Lippen zu schmalen Strichen zusammen. „Sie leiten also die Mordkommission?"

Maja nickte und sah, dass Ulbricht ihn unverwandt anstarrte. Sie hätte es sich denken können, dass sich die beiden Männer nicht leiden konnten, waren sie doch zu unterschiedlich.

„Sie wollen verschwinden?" Er blickte sie fragend an, und Maja hasste diesen Blick an ihm. Zweifelnd, spöttisch, abwertend.

„Wir müssen mit den Befragungen beginnen. Ich will keine Zeit verlieren“, sagte sie schnell.

„Es ist unüblich, dass sich die Leiterin einer Mordkommission vom Tatort entfernt, während die Ermittlungen noch andauern.“

„Die Zeit drängt, und alle Fragen werden Ihnen die Kollegen ebenso gut beantworten können“, erwiderte Maja schnippisch.

Ulbricht musterte ihn neugierig. Wahrscheinlich ahnte er, mit wem er es bei dem nach teurem Rasierwasser riechenden Anzugträger zu tun hatte. „Sie sind der Staatsanwalt?“, fragte er mit erhobener Stimme. Als sein Gegenüber nur nickte, streckte er ihm die Hand hin. „Angenehm, Kriminalhauptkommissar Ulbricht.“

Eine Antwort erhielt er nicht, und so nickte er Maja zu. „Können wir dann?“

„Natürlich“, murmelte sie peinlich berührt.

Jetzt nickte der Staatsanwalt, dann wandte er sich an Maja. „Ich sehe, Sie haben tatkräftige Unterstützung.“ Nun grinste er. „Dann bin ich ja beruhigt.“

Bevor Maja etwas erwidern konnte, zeigte er nach oben. „Ist das 5. Fachkommissariat schon da?“

„Sie sind mit der Spurensicherung beschäftigt“, erwiderte Maja nickend. „Sicherlich kann man Ihnen schon erste Auskünfte erteilen.“

„Ich will einen Ballistiker haben.“

„Schon unterwegs, müsste gleich eintreffen.“

Er nickte entschlossen. „Wir telefonieren dann also.“

„Gerne.“

„Ich erwarte Ihren Bericht noch heute Abend.“

„Das dürfte kein Problem sein.“ Maja kämpfte um ihre Fassung, das sah Ulbricht ihr an. Sie nickte ihm zu, dann verließen sie das Haus.

Rinteln, Fußgängerzone, 15.20 Uhr

Das ist also der Herbst, dachte Ulbricht in einem Anflug von Melancholie, als er vor das Haus trat und ihm ein kalter Wind ins Gesicht fegte, der die ersten bunten Blätter durch die Straßen trieb. Vor dem Haus stand der Einsatzwagen des Notarztes und einige zivile Polizeifahrzeuge, dazu noch zwei Streifenwagen und uniformierte Beamte, die neugierige Fragen beantworteten und die bereits anwesende Presse auf die nötige Distanz hielt. Das Großaufgebot an Einsatzfahrzeugen mitten in der Fußgängerzone hatte natürlich zahlreiche Schaulustige angezogen.

Ulbricht fröstelte und schlug den Kragen seines Mantels hoch, während er sich langsam in Bewegung setzte. Maja war ihm schweigend gefolgt, blickte mit einem Mein-Gott,-ist-das-ein-Wetter-Blick zum unheilvollen grauen Himmel über der Stadt und schüttelte den Kopf.

Ulbricht war die Veränderung, die in ihr vorgegangen war, seitdem sie dem arroganten Heini von Staatsanwalt in die Arme gelaufen waren, nicht verborgen geblieben. Doch er ließ Maja Zeit und sprach sie nicht auf die kurze, aber merkwürdige Begegnung an.

„So ein Arschloch", entfuhr es ihr, kaum, dass sie wieder in der Fußgängerzone standen. Ein junges Paar, das gerade händchenhaltend an ihnen vorbeiflanierte, blickte sich beleidigt zu Maja um.

Ulbricht ahnte, wer gemeint war, blickte sie aber dennoch fragend an. „Wer?"

„Dieser Arsch ... ich meine ... der Staatsanwalt."

„Er macht auch nur seinen Job", versuchte Ulbricht ihn zu verteidigen. Dass ihm der Staatsanwalt, der sich namentlich nicht einmal vorgestellt hatte, ebenfalls unsympathisch gewesen war, versuchte er zu verdrängen.

„Vogel heißt der Sack", grollte Maja, als hätte sie Ulbrichts Gedanken erraten. „Karl Vogel. Kommt sich gern wichtig vor. Aber dem werd' ich schon zeigen, dass wir auch ohne seine gut gemeinten Tipps zurechtkommen."

Ulbricht versenkte die Hände in seinem Mantel. Er spielte mit den Hustenbonbons herum, zog zwei hervor und reichte Maja eines. Sie nahm es stumm an, rollte das Bonbon aus dem Papier und schob es sich in den Mund.

„Warum kannst du den Kerl nicht ab?", fragte Ulbricht, nachdem auch er kaute. Einmal mehr stellte er fest, dass Bonbons in manchen Situationen keine Alternative zu Nikotin waren. Dies war, ohne dass er sich den Grund dafür erklären konnte, eine solche Situation.

„Das erzähl ich dir in einer ruhigen Minute", erwiderte Maja, während sie das Bonbon lutschte. Nun grinste sie wieder. „Vielleicht - wenn du dich benimmst."

„Immer doch", erwiderte er jovial und hätte in diesem Moment gern einen Arm um ihre Schulter gelegt. Doch er traute sich nicht. Schweigend stapften sie Seite an Seite durch die malerische Fußgängerzone von Rinteln, und er ließ den Blick über die Fassaden der Fachwerkhäuser schweifen. Fast fühlte sich Ulbricht in diesem Moment ein wenig wie im Urlaub, wäre da nicht Majas unerklärlich schlechte Laune.

Er war sicher, dass das mit Vogel zusammenhing, doch Ulbricht hatte sich fest vorgenommen, sie nicht zu bedrängen. Wenn sie darüber reden wollte, würde sie es im richtigen Moment tun, davon war er fest überzeugt. Wahrscheinlich hatten sie einmal einen Fall gemeinsam bearbeitet, der nicht zum gewünschten Erfolg geführt hatte, warum auch immer. Jedenfalls war Ulbricht der seltsame Gesichtsausdruck bei Karl Vogel nicht entgangen, als er Maja beinahe in die Arme gelaufen wäre.

„Er mag dich nicht", vermutete er mit hinter dem Rücken verschränkten Armen und verwarf den Vorsatz, sie nicht darauf anzusprechen.

„Oh doch." Auf Höhe einer Bäckerei war Maja stehen geblieben. „Und ob er mich mag. Deshalb ist er ja so verbiestert. Bei mir landet er nicht mehr." Sie blickte sich um und strahlte, als sie die Auslagen der Bäckerei betrachtete. „Ich liebe Puddingschnecken", sagte sie unvermittelt.

„Dann kauf ich dir eine."

„Nein."

Sie schüttelte energisch den Kopf und strich sich über die Stelle, an der sich bei Ulbricht der Bauch befand. „Ich hab ganz gut zugelegt. Muss dringend mal wieder laufen gehen. Früher, da war ich fast täglich zum Joggen im Hamelner Stadtwald."

Ulbricht hatte den letzten Teil des Satzes nicht mehr mitgehört – er hatte längst die kleine Bäckerei betreten und orderte bei der rundlichen Verkäuferin mit dem mütterlichen Gesicht zwei Puddingschnecken.

Er warf zwei Euro fünfzig auf die Theke, nahm die Tüte mit dem Gebäck an und stand bereits wieder in der Fußgängerzone. Suchend blickte er sich um. Von Maja keine Spur.

„Für Vermisstenanzeigen bin ich eigentlich nicht zuständig", brummte Ulbricht in bestem Beamtendeutsch. Er stopfte missmutig die Papiertüte in eine der großen Manteltaschen und wanderte auf und ab, verrenkte sich den Kopf nach Maja, doch sie blieb verschwunden.

Er drehte sich um, als hinter ihm jemand an eine Scheibe klopfte. Maja hatte ein kleines Geschäft für Herrenmode betreten und winkte ihn zu sich hinein. Er fragte sich, ob Frauen immer nur beim Shopping Ablenkung fanden, fügte sich dennoch seinem Schicksal und betrat den Laden. Die Luft war warm und ein wenig stickig.

„Haben wir nichts zu tun?“, fragte er und trat näher. Maja hatte ein paar Jacken vom Ständer mit den Sonderangeboten genommen und betrachtete die Ware mit prüfendem Blick.

„Ich muss mal kurz an was anderes denken, sonst dreh ich durch“, erwiderte Maja, ohne ihn anzublicken.

Tatsächlich schien sie schon ein wenig besser drauf zu sein, stellte Ulbricht zufrieden fest.

„Auch wenn ich dich bei deiner Ablenkung nicht gern unterbreche, aber Maja, das da“, er deutete mit dem Kinn auf die drei Jacken, „das sind Männerjacken. Die werden dir nicht stehen.“

Nun lächelte Maja ihn entwaffnend an. „Ich weiß“, sagte sie mit einer zuckersüßen Stimme. „Aber dir ganz bestimmt.“

Bevor Ulbricht sich wehren konnte, legte sie ihm die drei Jacken über den Arm, und er hatte keine Wahl mehr.

Grohnde, 15.30 Uhr

Sein Herzschlag beschleunigte sich schlagartig, als das Telefon auf seinem Scheibtisch anschlug. Mit einem Blick auf das Display stellte er erleichtert fest, dass es sich um einen internen Anruf handelte.

Seine neue Sekretärin, dachte er, während er das Gespräch annahm.

„Frau Bluhm ..."

„Herr Dr. Bankheimer, ich habe hier jemanden, der Sie sprechen möchte."

„Wer ist es?"

Er spürte, wie die Aufregung wieder in ihm aufstieg. Normalerweise war er es von Marita Bluhm gewohnt, dass sie ihm Anrufer, die im Vorzimmer des Vorstandsvorsitzenden aufliefen, mit Namen ankündigte.

„Anonym", sagte sie mit belegter Stimme.

„Ich lege auf."

Das „Danke" verschluckte Bankheimer, denn er wusste, was der Anruf zu bedeuten hatte.

„Haben Sie sich schon um die Beschaffung des Geldes gekümmert?"

Wieder dieses unheimliche Schnarren in der Stimme. Wieder elektronisch verfremdet.

„Hören Sie, ich habe Ihnen schon bei unserem letzten Telefonat mitgeteilt, dass ich Barbestände in solch großen Summen nicht an einem Freitagnachmittag abheben kann."

„Es ist ein Leichtes für mich, die Kühlung des Reaktors so umzuprogrammieren, dass sie kurz aussetzt. Der Störfall wäre perfekt, und über die Folgen dürften Sie sich im Klaren sein. Ich kann mir gut vorstellen, dass Sie dem Bundesumweltamt einige unangenehme Fragen beantworten müssten, wenn Sie nicht mit mir kooperieren."

Bankheimers Gehirn funktionierte wie eine Maschine. In unzähligen Seminaren hatte er das rationale Denken erlernt. Emotionen auszublenden und sich auf die Fakten zu konzentrieren.

„Sie können es nicht wirklich wollen, dass der Reaktor überhitzt. Die Folgen für die gesamte Region wären verheerend. Also - was wollen Sie wirklich?"

Bankheimer hoffte, dass der Mann bluffte. Jedenfalls schien er zu wissen, wovor er redete. Was mit einem Kernkraftwerk geschah, wenn die Kühlung ausfiel, war spätestens seit Fukushima kein Geheimnis mehr. „Wenn Sie eine Abschaltung des Reaktors erreichen wollen, dann müssen Sie andere Geschütze auffahren, als mit dem zu drohen, was Sie und andere militante Kernkraftgegner um alles in der Welt verhindern wollen: Den Gau."

„Wer sagt, dass ich Kernkraftgegner bin?" Der unheimliche Anrufer kicherte. „Kümmern Sie sich um das Geld, wenn Sie eine bittere Katastrophe verhindern wollen."

Es klickte in der Leitung. Der Mann hatte aufgelegt. Bankheimer lehnte sich in seinem bequemen Stuhl zurück und stierte auf das Telefon in seiner Hand. Er konnte die Erpressung wohl oder übel nicht länger unter den Teppich kehren und zum Tagesgeschäft zurückkehren. Wenn der Erpresser nicht bluffte, dann stand hier die nationale Sicherheit auf dem Spiel. Was, wenn er es mit einem Psychopathen zu tun hatte, der finanziell abgebrannt war aber dennoch ein Genie, und wusste, wie er die Kühlung des Reaktors lahmlegen konnte?

Entschlossen wählte Bankheimer die zweistellige Nummer seiner Sekretärin. Als sie sich meldete, räusperte er sich. „Bitte verbinden Sie mich mit dem Bundeskanzleramt in Berlin."

ACHT

Rinteln, 15.40 Uhr

„Ich find' Kapuzen doof", brummte Ulbricht, als er mit der modisch geschnittenen Jacke vor den Spiegel im Kaufhaus trat. Mit vorgeschobener Unterlippe betrachtete er sich von allen Seiten, steckte die Hände in die Taschen, nahm sie wieder heraus und machte sich an den Reißverschlüssen zu schaffen.

„Wieso sind Kapuzen doof?", fragte Maja, die geduldig auf einem Hocker gesessen hatte, bis Ulbricht mit einer Auswahl von Jacken, die eventuell in die engere Wahl kommen könnten, am Eingang zur Umkleidekabine aufgetaucht war. Er hatte ihr die Jacken auf den Schoß gelegt, den Trenchcoat abgestreift und mit der Modenschau begonnen. „Schließlich musst du auch bei Wind und Wetter raus, wenn du zum Einsatz musst."

„Erst benutzt man sie nicht, weil man damit affig aussieht und es wahrscheinlich nur ein paar Tropfen sind, die vom Himmel fallen. Aber sobald der Regen stärker wird und man die Kapuze dann doch aufzieht, stellt man fest, dass sie inzwischen längst pitschnass ist und auch keinen Schutz mehr bietet." Um seine Worte zu unterstreichen, setzte er die Kapuze der dunkelblauen Jacke auf. Tatsächlich schien er darin ein wenig belämmert auszusehen, das sah er Majas Blick an.

„Also frage ich dich - wer erfindet so einen Unsinn?" Ulbricht schnaubte und schlug die Kapuze zurück. Eilig streifte er die Jacke ab und drückte sie Maja in die Hand, die sich daranmachte, sie auf den Bügel zu ziehen. „Als Wuppertaler ist man Regen gewohnt, also – was soll der Unsinn?"

Maja hielt ihm die letzte der drei probierten Jacken hin, ein hüftlanges Exemplar in schwarz, mit großen Taschen und Reißverschlüssen, dass mit etwas Wohlwollen die etwas modernere Variante seines geliebten Mantels war.

„Dann probier die hier aus!"

Ulbricht machte zwar eine widerwillige Miene, streifte die Jacke dennoch über und musste sich eingestehen, dass sie auf Anhieb bequem war. Es nutzte nichts – er war kein Typ, der sich seine Kleidung im Internet bestellte, obwohl das sicherlich ein leichter Weg war. Er musste die Sachen sehen und fühlen, musste sie anprobieren und sich darin auf Anhieb wohlfühlen. Anders ging es einfach nicht. Also nahm er alle paar Jahre den Weg in die Barmer oder Elberfelder City in Kauf, um sich neue Kleidung zuzulegen. Doch in diesem Augenblick wurde ihm bewusst, wie lange er selbst das nicht mehr getan hatte. Hemden kauft er mitsamt ihrer Krawatten beim Kaffeeröster seines Vertrauens; Socken und Unterhosen kaufte er notfalls im Supermarkt mit den Dingen des täglichen Bedarfs ein. Alles andere hatte er in der letzten Zeit sträflich vernachlässigt.

Und nun stand er in einer neuen, modernen Jacke vor dem Spiegel in einem Rintelner Kaufhaus, obwohl sie auf der Suche nach einem Mörder waren. Eigentlich ein Unding für den ehrgeizigen Hauptkommissar – das galt sogar im Urlaub. Am liebsten hätte er die Jacke ausgezogen, seinen alten Mantel angezogen und Maja aus dem Geschäft gezogen, um sich endlich an die Arbeit zu machen.

Doch er musste sich eingestehen, dass ihm die Jacke gefiel. Sie war ein wenig dicker als der alte Trenchcoat, den er eigentlich im Sommer und im Winter trug, mal mit einem kurzärmeligen Hemd darunter, mal mit Unterhemd, Hemd und Pulli, je nach Witterung. Doch der Herbst war da, der Winter würde auch nicht mehr lange auf sich warten lassen, und die letzten Winter hatten gezeigt, dass der Klimawandel wieder für reichlich Schnee und eisige Temperaturen sorgte. Vielleicht, so überlegte Ulbricht, war es doch nicht falsch, eine neue Jacke zu besitzen. Dann hatte er wenigstens eine Übergangsjacke, falls sein geliebter Mantel mal in der Wäsche war.

Während er sich noch immer vor dem Spiegel drehte und wendete, die Hände in den Taschen versinken ließ und beinahe spielerisch die dicken Kunststoffreißverschlüsse öffnete und schloss, vernahm er Majas anerkennendes Pfeifen hinter sich. Er betrachtete sie über den Spiegel und sah, dass sie beide Daumen in die Höhe hielt.

„Das ist es", sagte sie. „Die steht dir wirklich und passt wie angegossen."

„Der Trenchcoat ist mein Markenzeichen", wagte Ulbricht einen halbherzigen Einspruch.

„Beschichtet, atmungsaktiv mit Membrantechnik und extra großen Taschen", zählte Maja die Vorteile auf.

„Komm, ich habe keine Lust mehr, mich zu wehren", maulte Ulbricht, griff nach seinem alten Mantel und zog sich um. „Ist gekauft."

Bevor Maja ihrer Freude richtig Ausdruck verleihen konnte, klingelte ihr Handy.

„Siehst du, wir haben Arbeit", kommentierte Ulbricht mit säuerlicher Miene. Wegen ihm würde Maja nun Ärger bekommen. Entweder mit Kriminaloberrat Dauber oder sogar mit dem widerlichen Staatsanwalt Vogel. Dann hatte sich die kleine Ablenkung im Bekleidungsgeschäft ja richtig gelohnt, dachte er grimmig, während er zur Kasse stapfte und das Portemonnaie aus seinem alten Mantel zog und bezahlte. „Das gibt 'nen Anschiss."

„Nee, das ist Roland. Er ist mit Lisa nach Hannover gefahren, um bei der Obduktion der Weserleiche dabei zu sein."

Die Anwesenheit mindestens eines Beamten bei einer Obduktion war Pflicht; in der Regel wohnten jedoch zwei Ermittler der Sektion einer Leiche bei, da meist in Zweierteams ermittelt wurde. Maja zog sich in eine ruhige Ecke des Ladens zurück und nahm den Anruf entgegen.

Was sie sprach, konnte er von der Kasse aus nicht hören. Sie traten gleichzeitig ins Freie, und als Maja das Telefonat beendet hatte und ihr Handy verstaute, blickte er sie fragend an.

„Sollten die nicht mit Grundmann die Nachbarn von Hellmann befragen?"

„Dauber hat wohl umdisponiert."

„Und?"

„Jetzt wissen wir, bei wem es sich um die Weserleiche handelt."

„Respekt", erwiderte Ulbricht und zog anerkennend die Mundwinkel hoch. „Das muss ich euch lassen, fix seid ihr."

„In der Regel dauert das hier mindestens vierundzwanzig Stunden. Aber Dauber hat sich wohl reingehängt und Druck gemacht."

„Nicht schlecht. Wer ist der Mann, wenn es denn ein Mann war?"

„Ja, der Tote ist männlich. Und er war zu Lebzeiten freier Journalist."

„Wie schön. Und was macht der mit einem Auto vom Atomkraftwerk?"

Ulbricht konnte sich nicht vorstellen, dass die Konzernleitung in Grohnde ihre Geschäftsfahrzeuge an Reporter verlieh, die sie im Gegenzug regelmäßig in die Pfanne hauten, weil Atomkraft ihrer Ansicht nach eine permanente Gefahr für die Öffentlichkeit darstellte.

„Das herauszufinden ist unsere Aufgabe."

„Das hast du schön gesagt." Ulbricht strahlte.

„Ich meine – es ist meine Aufgabe", verbesserte sich Maja schnell. „Du hast ja Urlaub."

„Aber jetzt hast du noch einen aktuellen Todesfall auf den Tisch bekommen. Mehr als arbeiten kannst du auch nicht!"

Maja widersprach nicht, und Ulbricht legte sich in Gedanken bereits einen Plan zurecht. Sie erreichten den Parkplatz, auf dem der zivil lackierte Dienstwagen parkte. Maja klemmte sich mit verkniffener Miene hinters Steuer; Ulbricht sah ihr förmlich an, wie es hinter ihrer Stirn arbeitete.

„Ich brauche eine Liste aller Angehörigen von Hellmann, idealerweise auch von seinen Freunden. Wahrscheinlich muss ich auf die Auswertung seines Computers warten. Heutzutage schreibt kaum noch jemand seine Kontakte in ein Telefonbuch oder in eine Kladde."

„Früher haben wir einfach das Telefonregister als Informationsquelle genommen – gute alte Zeit", seufzte Ulbricht, während er sich in den Beifahrersitz sinken ließ. Im gleichen Moment verzog er das Gesicht und hob den Hintern.

„Na toll." Er zupfte an seinem Trenchcoat herum und griff in die rechte Tasche. Mit einem gequälten Grinsen zog er die Papiertüte aus der Bäckerei heraus. Die Hefeteilchen hatte er glatt vergessen und sich nun daraufgesetzt.

„Willst du jetzt eine Puddingschnecke?", fragte er an Maja gewandt, während er mit spitzen Fingern eines der deformierten Teilchen aus der Tüte zog. Die Schnecke war platt wie eine Flunder.

„Kannst ruhig zulangen", sagte er, als Maja schwieg, weil ihr wahrscheinlich die Worte fehlten. „Guck mal, wie platt die sind, die können unmöglich jetzt noch dick machen."

Rinteln, 15.55 Uhr

Zufrieden blickte er dem unauffällig lackierten Dienstwagen mit dem Hamelner Kennzeichen nach. Einen Moment lang überlegte er, ob er ihnen nachfahren oder sich um wichtigere Dinge kümmern sollte. Es war schon Nachmittag, und die Lawine, die er losgetreten hatte, nahm langsam Fahrt auf. Er war sicher, dass sein Anruf im Kernkraftwerk nicht ohne Folgen geblieben war. Höchstwahrscheinlich versuchten sie längst, sein Handy zu orten, doch das alte Prepaid-Nokia hatte er längst entsorgt. Natürlich hatte er es nicht abgeschaltet – so bestand die Möglichkeit, dass sie das Telefon orteten und ihn an einem ganz anderen Fleck suchten. Er war nicht dumm, und es war an der Zeit, mit der Vergangenheit abzuschließen.

Er hatte sich einen genialen Plan zurechtgelegt, und so, wie es aussah, würde der Plan jetzt auch funktionieren.

Niemals hatte er damit gerechnet, dass man ihm nach all den Jahren noch auf die Schliche kam, und nun hatte er ein Menschenleben auf dem Gewissen. Ja, er hatte getötet. Doch der Mord war unabdingbar geworden, nachdem man die Fährte aufgenommen hatte. Die Waffe hatte er sich von einem Freund besorgt. Er würde sie ihm heute noch zurückbringen. Es würde den Bullen auf keinen Fall gelingen, ihn zu fassen. Auf die Schnelle hatte er sich eine Strategie zurechtgelegt, und nun musste er am Ball bleiben. Und wenn am Ende der Geschichte tatsächlich noch Geld mit der alten Geschichte zu machen war – umso besser für ihn. Dann würde er dieses beschissene Land endlich verlassen können und irgendwo neu beginnen.

Seine Gedanken kreisten um die Kommissarin – oder war sie inzwischen Hauptkommissarin? Wahrscheinlich, denn wenn sie in den letzten Jahren nicht geschlafen hatte, war sie auf der Besoldungsleiter nach oben geklettert. Ihm war es egal, welchen Dienstrang und welches Einkommen sie hatte. Er hatte gute Gründe, sie zu hassen. Und er würde noch heute dafür sorgen, dass sie ihm niemals wieder in die Quere kommen würde ...

Hameln, 16.25 Uhr

Sie hatte ihn auf dem Weg nach Grohnde an der Pyrmonter Straße abgesetzt, wo sein alter Vectra auf ihn wartete. Ulbricht hatte versucht zu widersprechen, doch Maja hatte sich strikt geweigert, ihn weiter zu den Ermittlungen mitzunehmen. Und so hatten sie sich für neunzehn Uhr im „Grünen Reiter“ am Kastanienwall zum Essen verabredet. Mit dem Restaurant verband sie viel – hier hatten sie sich zum ersten Mal getroffen und ausgetauscht, nachdem sie ein Mord in Holzminden in Trab gehalten hatte. Auch sein letzter Besuch im Weserbergland hatte im „Grünen Reiter" geendet, und nun war der mediterrane Wintergarten im Gebäude der Sparkasse zu ihrem Stammlokal geworden.

Ulbricht, der anfangs protestiert hatte, war eine andere Taktik in den Sinn gekommen. Maja war mit dem Mordfall von Sven Hellmann beschäftigt. Sicherlich war sie ihm nicht böse, wenn er sich unterdessen um die Weserleiche kümmerte. Er warf die Plastiktüte mit seiner neuen Jacke auf den Rücksitz und klemmte sich hinters Steuer. Nachdem er die Seitenscheibe heruntergekurbelt hatte, zündete er sich eine Zigarette an und paffte gedankenverloren den Rauch in den milchig grauen Himmel über der Rattenfängerstadt.

Den Namen des toten Journalisten hatte er mithören können, als sie auf der Fahrt nach Hameln über die Freichsprecheinrichtung des Dienstwagens mit Grundmann, dem alten Ekel, telefoniert hatte. Sie hatte ihn gebeten, sich um die Befragung der Angehörigen der Weserleiche zu kümmern – sollte es welche geben.

Der Polizeiinspektion Hameln-Pyrmont/Holzminden lag die Vermisstenmeldung einer Frau vor, die in den entsprechenden Zeitraum passte. Mit den alten Bildern in der angestaubten Akte hatte man nichts anfangen können – zu hoch war der Verwesungsgrad gewesen, als dass man die Leiche anhand der Fotos identifizieren konnte, die man aus der Weser geborgen hatte. Zusätzlich hatte man die Identität in der Rechtsmedizin anhand des Zahnprofils rekonstruieren können – es hatte einen Anruf beim letzten Zahnarzt des Toten gekostet, um Sicherheit zu haben, dass es sich bei der Weserleiche ohne Frage um Laurens Wulf, einem Journalisten, gehandelt hatte. Nun stand zweifelsfrei fest, wer der Tote aus dem Fluss gewesen war. Warum war er in einem Geschäftswagen der Grohnde Energie GmbH unterwegs gewesen?

Ulbricht erinnerte sich an Majas Worte, die sich nicht so recht über die gewonnenen Informationen freuen konnte, weil sie sich zunächst um den Mord an Sven Hellmann kümmern musste.

Der Hauptkommissar grinste schief vor sich hin. Wofür hatte sie ihn? Sollte sie sich um Hellmann kümmern, dachte Ulbricht, während er den Motor startete und das kleine mobile Navi programmierte.

Kernkraftwerk Grohnde, 17.00 Uhr

Zum zweiten Mal an diesem Tag wurde sie vom Sicherheitsbeauftragten am Werkstor zum Informationszentrum gebeten, das an einem Freitag um diese Uhrzeit verwaist vor ihr lag. Wieder drang das ohrenbetäubende Rauschen des Kühlwassers beider Türme an ihre Ohren, wieder spürte sie die Beklemmung in sich aufsteigen, als sie den Blick über das flache Glasdach des Infozentrums zum kuppelförmigen Gebäude richtete, in dem sich der Reaktor befand. Die Menschen im Weserbergland hatten sich seit dem Bau des Kernkraftwerkes nie recht damit anfreunden können, dass das Kraftwerk in ihrer Heimat, am Ufer der Weser, inmitten einer Idylle aus sanften Hügeln und im Sommer grünen Wiesen, lag. Die Angst, dass es zu einem Störfall kommen konnte, der die ganze Gegend innerhalb weniger Sekunden verstrahlte, hing für die Menschen der Region immer wie ein unheilvolles Damoklesschwert über dem Kraftwerk. Natürlich hatten die Betreiber immer wieder beteuert, wie hoch die Sicherheitsstandards waren, mit denen hier gearbeitet wurde. Doch nach dem Unglück in Fukushima erschien auch Grohnde in einem anderen Licht. Maja erinnerte sich plötzlich daran, einmal gelesen zu haben, dass im Fall eines Gaus in Grohnde das gesamte Weserbergland mitsamt der Städte Bielefeld im Westen und Hannover im Nordosten innerhalb weniger Sekunden verseucht sein würden.

Sie riss sich vom Anblick des Reaktors los und wollte sich lieber nicht mit dem Gedanken auseinandersetzen.

Von hohen Sicherheitsstandards hatte man auch in Japan gesprochen. Vor der Katastrophe. Jetzt, nach dem Supergau im fernen Japan, war in der Atomenergie eine völlig neue Zeitrechnung angebrochen. Die Menschen blickten verängstigt und argwöhnisch auf die deutschen Kernkraftwerke; die Bundesregierung hatte lange über einen Ausstieg aus der Atomenergie debattiert und gestritten. Spätestens im Jahr 2022 würde in Deutschland kein einziges Kernkraftwerk mehr in Betrieb sein. Doch natürlich fragten sich die Leute, was bis dahin geschah. Würde man die anfallenden Wartungs- und Reparaturarbeiten auf ein Minimum reduzieren, um Investitionen in ein dem Untergang geweihtes Projekt zu vermeiden? Würde die Sicherheit unter dem Sparzwang leiden? Würde dann in den letzten Jahren noch ein Unglück geschehen? Viele Fragen waren noch ungeklärt, so auch der Verbleib der Brennstäbe nach der Abschaltung.

„Sie müssen Frau Hauptkommissarin Klausen sein."

Maja erschrak und fuhr herum. Vor ihr stand ein hochgewachsener Mann mit grauem Haarkranz. Er trug Anzug, Krawatte und Brille und hatte sich eine Mappe unter den Arm geklemmt.

„Ja, richtig." Maja zückte den Dienstausweis, er warf einen flüchtigen Blick darauf, dann deutete er auf die Stühle am langen Tisch.

„Mein Name ist Heinrich Matthies, ich bin der Leiter der Personalabteilung. Der Staatsanwalt hat mich bereits über Ihr Kommen informiert und mich gebeten, Ihnen nach bestem Wissen und Gewissen bei Ihren Ermittlungen unter die Arme zu greifen."

So, dachte Maja. Hat er das. Woher wusste er denn, dass sie in Grohnde mit der Arbeit anfing? Kannte er sie besser, als es ihr lieb sein konnte?

„Bitte", sagte Heinrich Matthies freundlich. „Setzen Sie sich doch."

Sie nahmen sich gegenüber auf den mit schwarzem Kunstleder bezogenen Freischwingern Platz. Der Reaktor befand sich jetzt in Majas Rücken.

„Tja ..." Matthies seufzte theatralisch und verschränkte die Arme vor der Brust.

Ablehnung, registrierte Maja. Es geht ihm am Arsch vorbei, dass Hellmann ermordet wurde.

„Ein sehr bedauerlicher und sicherlich unsinniger Tod eines unserer besten Männer." Matthies' Finger strichen über die schwarze Tischplatte, während er den Blick gesenkt hatte.

„Ich sehe, man hat Sie darüber informiert, dass Herr Hellmann keines natürlichen Todes gestorben ist", stellte Maja fest und zückte ihr Notizbuch und den Stift.

Nicken. „Er war ein langjähriger Mitarbeiter – umso betroffener sind wir von der schrecklichen Nachricht."

Kalt wie Hundeschnauze, durchfuhr es Maja, doch sie schwieg.

„Er war ein zuverlässiger Mann und hat ein hohes Amt bekleidet."

„Das ihm offensichtlich gut bezahlt wurde, wenn man die Art und die Ausstattung seiner Wohnung in Rinteln berücksichtigt."

Das Staubsaugerlächeln auf Matthies' Gesicht fror ein. „Was denken Sie? Er hatte eine sehr verantwortungsvolle Aufgabe. Dass der Mann mehr verdient als ein Aushilfsarbeiter, können Sie sich wohl vorstellen." Er schien ernsthaft beleidigt zu sein.

„Gibt es hier denn Aushilfskräfte?", schüttete sie Benzin ins Feuer und achtete auf jede Regung in der Miene des Personalchefs.

„Wo denken Sie hin?", entgegnete Matthies pikiert. „Wir machen Energie, arbeiten mit Kernkraft. Da ist nur Platz für ausgebildete Fachleute." Er deutete nach draußen, zum Kraftwerksgelände. „Jeder, der dort arbeitet, ist ein Spezialist auf seinem Bereich. Da ist kein Platz für unqualifizierte Aushilfskräfte, das können Sie mir glauben."

„Unterlag Sven Hellmann die gesamte Werkssicherheit?" Maja machte sich Notizen.

„Er hat dazu eng mit einem externen Security-Unternehmen zusammengearbeitet." Matthies lächelte sie nachsehend an und hielt Maja offenbar für unterqualifiziert, ihm eine solche Frage zu stellen. „Wir sind ein Hochsicherheitstrakt, wenn Sie so wollen. Es ist von nationaler Bedeutung, dass hier nichts geschieht und kriminelle Energie völlig außen vor bleibt. Und bis auf wenige Vertraute kennt niemand das gesamte Sicherheitskonzept des Kraftwerkes, so viel darf ich Ihnen versichern."

„Gehörte Hellmann zum Kreis der Eingeweihten?", hakte Maja nach.

Matthies nickte. „Ja. Er war unser Koordinator."

„Wie wir wissen, hat er sich früher um die Geschäftsfahrzeuge gekümmert?"

Matthies blätterte in seinen Unterlagen, nickte schließlich.

„Er war gelernter Kfz-Mechaniker, hatte also Ahnung von der Fahrzeugtechnik und war somit für diesen Posten prädestiniert. Wir haben ihm über Fortbildungsmaßnahmen ermöglicht, sich auch die kaufmännische Seite anzueignen. Fahrzeugfinanzierung, Leasinggeschäft, und, und und."

„Wie kommt er als …" Maja suchte nach den richtigen Worten, „... als einfacher Kraftfahrzeugmechaniker zu der Ehre, wenige Jahre später schon für die Sicherheit eines Kernkraftwerkes verantwortlich oder zumindest mitverantwortlich zu sein?"

„Sie meinen, diese Position hätte höher qualifizierten Menschen zugestanden?"

Maja schwieg und blickte den Personalchef mit unbewegter Miene an.

„Er hat sich auf die Stelle im Rahmen einer internen Ausschreibung beworben, und wir haben dafür gesorgt, dass er entsprechend fortgebildet wurde. Sie können also sicher sein, dass hier niemand eine Position bekleidet, für die er nicht ausreichend qualifiziert wurde." Matthies hatte die Oberhand gewonnen und setzte sein unverbindliches und kaltes Haifischlächeln auf, das Maja irgendwie an den Dallas-Fiesling J.R. Ewing erinnerte.

„Haben Sie eine Ahnung, wer ein Interesse daran haben könnte, Sven Hellmann zu töten?"

„Nein." Energisches Kopfschütteln.

Für Majas Geschmack hatte Matthies ein wenig zu schnell geantwortet. Zu spontan, zu gehetzt. Als er sie anblickte, war sein Blick fahrig, und plötzlich wirkte er nervös.

„Sie kannten ihn also persönlich, nehme ich an?"

„Natürlich waren wir nicht befreundet. Hier arbeiten knapp vierhundert Menschen, da kann man nicht jeden persönlich kennen." Er lächelte unbeholfen.

„Also war der Sicherheitschef auch nur einer unter vielen?"

„Unsinn. Ich werde Ihnen kein Wort mehr sagen und nur noch bei Staatsanwalt Vogel meine Aussagen machen." Demonstrativ klappte er die Mappe zu und machte Anstalten, sich zu erheben. Erst, als Maja eine Hand auf seinen rechten Arm legte, verharrte er.

„Die Unterlagen", sie zeigte auf den Ordner, „sind hiermit eingezogen. Selbstverständlich quittiere ich Ihnen den Empfang. Ich würde mir gern Hellmanns Werdegang in Ihrem Unternehmen in Ruhe anschauen. Natürlich wäre es sehr hilfreich, wenn Sie weiterhin mit uns kooperieren würden." Bewusst hatte sie uns gesagt. Sie assoziierte Matthies so, dass es ihr egal sein konnte, von wem sie ihre Informationen erhielt - ob von Matthies aus erster Hand oder durch Vogel. Heinrich Matthies musste nicht wissen, was Maja vom Staatsanwalt hielt.

„Er lebte allein, war geschieden", murmelte Matthies leise. „Vielleicht fragen Sie seine Exfrau. Ich habe mir ihre Anschrift notiert." Er tippte auf die Mappe. „Alle Angaben finden Sie hier." Er erhob sich. „Und nun wünsche ich Ihnen viel Erfolg bei der Arbeit." Matthies nickte Maja knapp zu, dann rauschte er aus dem gläsernen Besprechungsraum.

Sie hörte die Tür des Gebäudes knallen, dann war sie alleine. Und Maja musste sich hier nicht länger aufhalten, als es unbedingt nötig gewesen wäre. Also erhob sie sich ebenfalls, klemmte sich die Mappe unter den Arm und machte, dass sie zu ihrem Dienstwagen kam.

NEUN

Hameln, Polizeiinspektion, Zentralstraße, 17.55 Uhr

Der Haussegen hing schief, das bemerkte Maja, als sie um kurz vor sechs den L-förmigen Besprechungsraum betrat und Kriminaloberrat Dauber ins Gesicht blickte. Er nickte ihr zu und bedeutete ihr mit einer Geste, auf dem freien Stuhl an seiner Seite Platz zu nehmen. Er selber hatte in gewohnter Manier auf dem Stuhl am Kopf des langen Tisches Platz genommen. Nach und nach fanden sich auch die Kolleginnen und Kollegen ein. Alle trugen Notizblock und die gesammelten Aufzeichnungen mit sich herum; die meisten jonglierten mit der freien Hand noch einen Becher Tee oder Kaffee aus dem Automaten. Maja fand, dass es hier ein wenig duftete wie früher im Kindergarten, wenn die Frühstückspause begonnen hatte.

Mit einem Räuspern riss Klaus Dauber sie in die Gegenwart zurück. Er hatte sich erhoben, blickte mit ernster Miene in die Runde und begrüßte die Kollegen des 1. Fachdezernates. Auch Koch vom 5. war mit seinem unscheinbaren Partner anwesend; wahrscheinlich war er gekommen, um den Abschlussbericht der kriminaltechnischen Untersuchungen vorzulegen – sollte er diesen bereits abgeschlossen haben.

„Zwei Todesfälle innerhalb weniger Stunden“, eröffnete Dauber die Sitzung. Er stand auf und marschierte mit hinter dem Rücken verschränkten Händen im Raum auf und ab. „Der eine liegt zehn Jahre zurück und wurde erst heute aktenkundig – der zweite liegt erst einen halben Tag zurück. Wie unsere Ermittlungen im Ansatz ergeben haben, hängen beide Fälle zusammen. Die Spuren beider Tötungsdelikte führen zum Kernkraftwerk nach Grohnde. Ich habe mich deshalb, auch im Hinblick auf das Ansehen der Atomkraftwerke nach den schrecklichen Ereignissen von Japan, dazu entschlossen, heute Abend die Soko Grohnde ins Leben zu rufen. Wir werden hierzu eng mit den Kollegen vom LKA zusammenarbeiten, die ich morgen früh erwarte."

Maja fragte sich, ob es das war, was ihm die Laune verdorben hatte.

Dauber trat an das Flipchart, zückte den Stift und kritzelte Soko Grohnde an den oberen Rand des jungfräulich weißen Blattes. „In beiden Fällen", setzte er dann nach, „hatte unsere Kollegin, Hauptkommissarin Klausen, die Ehre, als erste Beamtin des 1. Fachdezernates vor Ort zu sein. Deshalb möchte ich Sie hiermit mit der Leitung beider Mordkommissionen beauftragen."

Damit hatte Maja gerechnet. Zwei Tötungsdelikte, die sie gleichzeitig zu bearbeiten hatte. Na Mahlzeit. Das freie Wochenende mit Ulbricht schwand in weite Ferne.

„Natürlich habe ich bereits Unterstützung aus den anderen Fachdezernaten angefordert. Ab morgen werden wir unsere Personaldecke verdoppelt haben. Nachdem die Kollegen gebrieft sind, können Sie mit der Arbeit loslegen, Frau Klausen. Deshalb müssen wir uns heute wohl oder übel auf einen Austausch der gesammelten Informationen zu den beiden Toten beschränken. Sie haben das Wort."

„Danke." Sie klang nicht glücklich und gab sich auch keine Mühe, sich über die zweifelhafte Ehre zu freuen. So wie es Dauber angedeutet hatte, kreuzten hier morgen die Ermittler des Landeskriminalamtes aus Hannover auf - spätestens dann war es mit der Gemütlichkeit vorbei.

Daubers Lächeln wirkte ebenfalls aufgesetzt, und Maja fragte sich, was den Kriminaloberrat beschäftigte. Er setzte sich, und Maja stand auf. Mit wenigen Sätzen berichtete sie den anwesenden Kollegen, was sie im Laufe des Tages über die Weserleiche in Erfahrung gebracht hatte. „Die Identität des Toten aus der Weser steht fest", verkündete sie. Unmittelbar vor dem Meeting hatte sie eine Mail aus der Rechtsmedizin erhalten. „Hierbei handelt es sich um Laurens Wulf, einen freien Journalisten, der zu Lebzeiten den einen oder anderen Skandal aufdeckte." Sie trat an das Flipchart und schrieb den Namen der Weserleiche links unter die Headline Soko Grohnde. „Wir konnten ihn anhand eines auffälligen Zahnprofils identifizieren. Beim Verwesungsgrad der Leiche war es bislang nicht möglich, brauchbare DNA zu sichern. Hierbei ist zu beachten, dass der Tote rund zehn Jahre unter Wasser verbrachte. Dennoch werden wir Kontakt zu den Angehörigen suchen. Möglicherweise ergibt sich hier noch die Chance eines DNA-Abgleiches - so die Kollegen in Hannover doch noch brauchbare Spuren sichern können. Wie gesagt - der Leichnam von Laurens Wulf war stark verwest und teilweise bereits skelettiert. Das erschwert uns und vor allem den Kollegen der Rechtsmedizin ein zügiges Arbeiten, und ich werde den Abschlussbericht abwarten müssen, bevor wir hundertprozentige Sicherheit haben." Sie blickte kurz zu dem großen Monitor an der Wand, der bei Sitzungen für multimediale Präsentationen verwendet wurde. Die Zeit hatte es nicht zugelassen, die schnell zusammengetragenen Fakten anschaulich aufzubereiten, deshalb musste Maja ihre Ausführungen ohne Bilder und Skizzen veranschaulichen. „Nachdem wir den Datenstamm durchforstet haben, sind wir auch auf eine entsprechende Vermisstenanzeige aufmerksam geworden: Laurens Wulf war zum Unglückszeitpunkt verheiratet; er lebte jedoch räumlich getrennt von seiner Frau, was sie nicht davon abhielt, bei den Kollegen die Vermisstenanzeige aufzugeben. Demnach beläuft sich das Verschwinden von Laurens Wulf auf den 13. Oktober 2001 - ein erster Hinweis auf den genauen Unfalltag also." Maja blickte in die unbewegten Mienen der Kollegen, dann setzte sie ihre Wanderung durch den Besprechungsraum fort. „Ein Umstand, der uns Rätsel aufgibt, ist die Tatsache, dass Wulf zum Unfallzeitpunkt mit einem Geschäftsfahrzeug der Grohnde Energie GmbH unterwegs war. Seltsamerweise taucht das Verschwinden des Wagens in den Unterlagen der Betreibergesellschaft nicht auf - das Personal in den entsprechenden Abteilungen hat längst gewechselt." Sie legte eine Pause ein, um ihre Worte wirken zu lassen, dann fuhr sie fort: „Womit wir beim zweiten Toten wären: Sven Hellmann, den wir heute im Rahmen unserer Ermittlungen tot in seiner Wohnung in Rinteln aufgefunden haben." Wieder trat sie an das Flipchart und schrieb Hellmanns Namen rechts unter die Überschrift, dazu den Zusatz: Grohnde, KKW. „Nach ersten Angaben wurde Hellmann erst eine Stunde vor unserem Eintreffen durch einen einzigen Schuss aus einer Neun-Millimeter-Waffe getötet. Der Täter ist flüchtig, und genau hier müssen wir ansetzen. Hellmann war bis zu seinem Tod Angestellter der Grohnde Energie GmbH. Er war dort für die Werkssicherheit verantwortlich. Interessant ist der Umstand, dass er vor zehn Jahren, zum Unfallzeitpunkt von Laurens Wulf, für den Fuhrpark der Gesellschaft zuständig war. Hier drängt sich uns die Frage auf, ob wir von einem Zusammenhang ausgehen können oder ob es sich um völlig unterschiedliche Tötungsdelikte handelt. Ich könnte mir gut vorstellen, dass es eine Verbindung zwischen beiden Fällen gibt. Wir müssen also herausfinden, was der Journalist vor zehn Jahren mit einem Fahrzeug der Grohnde Energie GmbH zu schaffen hatte. Morgen werden wir das gesellschaftliche Umfeld des Reporters durchleuchten. Wie ich schon heute in Erfahrung bringen konnte, steckte er nicht in finanziellen Schwierigkeiten; Fahrzeugdiebstahl oder etwas Ähnliches scheidet also aus. Dreh- und Angelpunkt ist die Frage, wie er an das Auto des Kraftwerkes kam und warum genau an diesem Fahrzeug herumgeschraubt worden ist – Absicht oder technisches Versagen? So wie es aussieht, hat jemand nachgeholfen. Der Wagen war zum Unglückszeitpunkt neuwertig und noch nie in der Vertragswerkstatt. Was wir aber wissen, ist, dass die Firmen- und Geschäftsfahrzeuge der Grohnde Energie GmbH intern vom eigenen Fuhrparkmanagement gepflegt und gewartet worden sind."

Maja blickte in die meist teilnahmslosen Mienen der Kollegen.

„Sicherlich war Hellmann nicht allein für die Fahrzeuge verantwortlich", überlegte Roland Alders, der auf einem Bleistift kaute. „Bei einem Werk in der Größenordnung des KKW könnte ich mir gut vorstellen, dass dort mehrere Leute für die Autos zuständig sind."

„Die alle den Anweisungen eines Mannes folgen", erwiderte Maja und setzte ihre Wanderung durch den Raum fort.

„Aber wohl kaum irgendwelche Schrauben an einem Auto lösen, um damit einen Unfall mit tragischem Ende herbeizuführen. Das ist kein Kavaliersdelikt." Alders schüttelte den Kopf. „Ich werde morgen sehen, wer von der alten Mannschaft noch auf der Lohnliste des Kraftwerkes steht. Vielleicht kann uns jemand einen heißen Tipp geben." Alders war jungverheiratet und Vater einer kleinen Tochter, die er wohl in den kommenden Tagen nur selten zu Gesicht bekommen würde. Wie Maja wusste, lebte Alders in einem kleinen Häuschen in der Nähe von Bodenwerder, das noch lange nicht abbezahlt war.

„Tu das." Maja nickte und notierte Alders Aufgabe für den Samstag. „Hellmanns Personalakte habe ich heute bereits vom Personalchef eingezogen - sie liegt in meinem Büro."

„Was ist mit Sven Hellmann?", fragte sie in die Runde. „Was wissen wir über ihn?"

Grundmann räusperte sich. Nachdem er seinen Besucher am Nachmittag abgewimmelt hatte, war er aus der Inspektion gestürmt, um prompt auf dem Weg ins Wochenende von Dauber angerufen zu werden. Wochenende ade - Grundmann sollte sich in Hellmanns Umfeld umhören. Das hatte er dann auch unter Protest, im Hinblick auf das volle Überstundenkonto, getan.

„Hellmann war der einzige Mieter des Hauses in Rinteln. Im Erdgeschoss befindet sich die kleine Buchhandlung der Hausbesitzerin. Sie selber ist verwitwet und bewohnt die Wohnung im ersten Obergeschoss des Hauses. Wie sie mir erzählt hat, war Hellmann ein sehr angenehmer Mieter. Zahlte immer pünktlich die Miete, brachte nur selten Damenbesuch mit ins Haus und war freundlich und zuvorkommend. In den letzten Tagen und Wochen gab es keine Auffälligkeiten, keinen lautstarken Streit, keine geheimnisvollen Besuche von Fremden, nichts."

„Aber die Schüsse", warf Alders ein. „Sie muss doch etwas gehört haben."

„Nein."

Grundmann schüttelte den massigen Schädel. „Leider nicht. Was ich aber nachvollziehen kann: Hellmann wurde im zweiten Obergeschoss des Hauses erschossen, dazwischen liegt die Wohnung im ersten Stock und die Buchhandlung. Ich glaube, der Täter konnte auch ohne Schalldämpfer ungestört sein Werk vollbringen."

Maja blieb stehen und blickte Jochen Koch von der Kriminaltechnik an.

„Was hat die Auswertung der gefundenen Spuren ergeben?"

„Nicht viel, fürchte ich. Zwar haben wir Fingerabdrücke gefunden, die stammen aber von seiner Haushaltshilfe, die wir inzwischen auch durchleuchtet haben. Sie ist Polin, dreiundzwanzig Jahre alt, und noch nie bei uns in Erscheinung getreten. Absolut unauffällig, sogar der Job bei Hellmann war ordnungsgemäß angemeldet und versteuert. Es scheint, als hätte der Täter Handschuhe benutzt."

„Wie ist er ins Haus gekommen?", fragte Maja.

„Das ist genau das Seltsame", murmelte Koch und zuckte die Schultern. „Keine Einbruchspuren an Haus- und Wohnungstür, keine Gewalteinwirkung - nichts. So wie es aussieht, hatte der Mörder einen Zweitschlüssel, mit dem er sich Zugang zu Hellmanns Wohnung verschafft haben muss."

„Die Putzfrau hat doch sicherlich einen Zweitschlüssel", brummte Grundmann.

„Davon ist auszugehen. Wir sollten morgen überprüfen, ob dem so ist, und wenn ja, ob sie den Schlüssel an einen Dritten ausgehändigt hat", nickte Alders.

„Ich werde das übernehmen", sagte Maja. Sie wandte sich an Koch. „Liegt der Bericht der Ballistiker schon vor?"

Koch nickte und blätterte in seiner Mappe.

„Geschossen wurde von schräg hinten. Man vermutet, dass Hellmann auf der Terrasse stand, mit Blickrichtung auf die Altstadt. Der Täter ist wohl unbemerkt in seine Wohnung eingedrungen, traf sein Opfer auf der Terrasse an und schoss ohne Vorwarnung. Ein einziger abgegebener Schuss, schräg von hinten, traf Hellmann tödlich. Er war wohl auf der Stelle tot."

Wieder ein Blick in die Unterlagen, dann: „Wir haben eine Patronenhülse vom Kaliber 9 x 13 Millimeter gefunden – das kann so ziemlich alles sein, im Zweifelsfall sogar die Dienstwaffe einer Behörde."

Während Koch darauf anspielte, dass die niedersächsische Polizei seit einigen Jahren die Heckler & Koch P 2000 als Dienstwaffe verwendete, die eben dieses Kaliber benutzte, hatte Maja eine andere Idee.

„Das Kaliber wird auch von privaten Sicherheitsfirmen eingesetzt."

„Wenn sie denn über eine entsprechende Genehmigung verfügen", nickte Koch.

„Ich könnte mir vorstellen, dass die Sicherheitsabteilung eines Kernkraftwerkes Waffen einsetzen darf", konterte Maja.

„Demnach wäre unser Täter im Kreis von Hellmanns Angestellten zu suchen", schlussfolgerte Dauber, der dem Dialog von Koch und Maja aufmerksam gelauscht hatte. „Ich werde eine Überprüfung aller

Security-Firmen veranlassen, die für die Sicherheit in Grohnde zuständig sind."

Maja nickte. Wahrscheinlich würde er diese Aufgabe an die Kollegen delegieren. Somit war mit einem Ergebnis vor morgen Abend wohl kaum zu rechnen.

„Allerdings haben wir die Festplatte von Hellmanns PC gespiegelt", fuhr Koch fort und zog einen Stapel DIN-A-4-Ausdrucke aus seinem Hefter. „Dies hier ist eine Liste seiner Kontakte sowie die E-Mails der letzten vier Wochen. Vielleicht findet ihr hier einen entscheidenden Hinweis."

„Schön, dass das so schnell ging." Zum ersten Mal in der Besprechung brachte Kriminaloberrat Dauber ein Lächeln zustande.

„Kein Kunststück." Koch machte eine wegwerfende Handbewegung. „Der Computer war fast neu, die Festplatte mit zwei Terabyte zwar recht groß, aber weitestgehend noch unbeschrieben. Deshalb ging das so zügig." Er zwinkerte seinem Kollegen, den Maja auf Ende zwanzig schätzte, jovial zu.

Maja nahm den Ausdruck an sich und blätterte darin. „Ich werde mich damit auseinandersetzen und dann morgen eine To-do-Liste erstellen." In Gedanken erstellte sie bereits einen Plan, wie sie strategisch geschickt vorgehen würde. „Morgen früh um acht sehen wir uns hier wieder - dann geht es ans Eingemachte." Sie lächelte die Kollegen an und löste die Runde auf.

„Frau Klausen, kann ich Sie bitte noch kurz sprechen?"

Sie war gerade im Begriff, den Raum zu verlassen, als sie hinter sich Daubers Stimme hörte. Ein wenig zögernd wandte sie sich zu ihrem Vorgesetzten um.

„Es gibt eine Sache, die ich gern unter vier Augen mit Ihnen besprechen möchte."

Und nun versaut er mir den Feierabend vollständig, dachte Maja und rang sich ein freundliches Lächeln ab. „Aber natürlich", sagte sie mit einem charmanten Lächeln, während sie sich auf den Stuhl sinken ließ. Nun würde sie erfahren, welche Laus dem Kriminaloberrat über die Leber gelaufen war ...

Bodenwerder, 18.05 Uhr

Das Haus lag in einer ruhigen Seitenstraße am Rand von Bodenwerder. Ulbricht hatte die Münchhausenstadt ohne Zwischenfälle erreicht und war froh, dass ihm sein Navi keinen Streich spielte. Auch wenn er diese neumodischen Dinger nicht sonderlich mochte – er war sich durchaus darüber im Klaren, dass sie Zeit sparten. Und die Investition in schlechtes Kartenmaterial. Als er den Vectra am Straßenrand geparkt hatte, atmete er tief durch. Die Luft im Weserbergland tat ihm gut, und er fühlte sich, als hätte sich das Volumen seiner Lunge vergrößert. Vielleicht, so dachte er, sollte er den Ruhestand hier verbringen und der Stadt im Bergischen ein für alle Mal den Rücken kehren. Sicherlich waren auf dem Land auch die Immobilien erschwinglicher als in der Stadt. Und ein paar Rücklagen hatte er in den letzten Jahren gesammelt. Ulbricht ertappte sich bei der Frage, wie Maja wohl auf die Nachricht reagieren würde, wenn er ihr mitteilte, den Rest seines Lebens im Weserbergland zu verbringen.

Den Rest des Weges über die Linser Straße legte er zu Fuß zurück und konnte, als die Straße einen Bogen beschrieb, auf dem gegenüberliegenden Weserufer das „Hotel & Restaurant Goldener Anker" sehen. Ein prächtiger Fachwerkbau, aus dessen großen Fenstern ein anheimelnder Lichtschein hinaus auf die Weserpromenade fiel. Eine Treppe führte hinter dem Außenbereich des Restaurants zum Ufer, wahrscheinlich legten hier im Sommer kleinere Boote an. Ulbricht verharrte einen Moment lang und genoss die friedliche Stille der Ortschaft, in der einst der Lügenbaron Münchhausen gelebt hatte.

Es ist komisch, dachte er dann. Jedes Kind kennt die Geschichten vom Mann, der auf der Kanonenkugel reitet, aber kaum jemand kennt den Namen seines Heimatdorfes Bodenwerder.

Es war eine kleine Idylle, in der er hier gelandet war, und um ein Haar hätte er den Grund seines Besuches in Bodenwerder vergessen. Als es neben ihm im Dickicht raschelte, zuckte er zusammen. Als er dann aber eine getigerte Katze durch das Unterholz eines verwilderten Gartens streifen sah, schalt er sich einen Narren.

„Ulbricht, du drehst langsam durch“, murmelte er halblaut. „Wird Zeit, dass du mal Urlaub machst.“ Dann lachte er, als hätte er sich einen guten Witz erzählt, und setzte seinen Weg fort. Vielleicht, so überlegte er noch, hätte er lieber die neue Jacke angezogen, die er mit Maja in Rinteln gekauft hatte. Sie war doch ein wenig dicker und besser gefüttert als sein Trenchcoat. Die Feuchtigkeit schien aus dem Fluss am Ufer hochzukriechen und ihn zu lähmen. Eine Erkältung war so ziemlich das Letzte, was er sich jetzt leisten konnte und wollte. Er war an einem Jägerzaun stehen geblieben, hinter dem sich ein Garten befand. Dahinter ragte der spitze Giebel eines Hauses in den wolkenverhangenen Himmel.

„Wer sind Sie?“, riss ihn eine schrille Frauenstimme aus den Gedanken.

Ulbricht wirbelte herum und blickte in die Mündung einer Waffe. Die Frau stand auf ihrem Grundstück und bedrohte ihn, der sich auf einer öffentlichen Straße befand, mit einer Waffe. Der Umstand, dass es sich dabei um ein zweiläufiges Jagdgewehr handelte, machte die Sache auch nicht leichter. Sofort hob er die Hände. Die Person hinter der Waffe konnte er im Zwielicht nur schemenhaft ausmachen. Dass es sich dabei um eine Frau im fortgeschrittenen Alter handelte, hatte er am Klang ihrer Stimme gehört. „Frau Terichsen? Bärbel Terichsen?"

„Wer will das wissen?" Die alte fuchtelte mit der Waffe herum und machte Ulbricht zugegebenermaßen nervös. Er überlegte, ob es besser war, gleich mit offenen Karten zu spielen. Scheinbar hatte er die Frau gefunden, die er gesucht hatte. Also befand er sich eigentlich in einer recht guten Position.

„Norbert Ulbricht, Hauptkommissar. Es geht um Laurens Wulf."

„Was wollen Sie von dem?", kreischte die Alte und trat näher. Nun konnte er etwas von ihrer Gestalt erkennen. Sie war um die siebzig, zwei Köpfe kleiner als Ulbricht und untersetzt.

Beruhigt registrierte Ulbricht, dass sie den Lauf ihres Gewehrs ein wenig sinken ließ. Auf eine Ladung Schrot im Körper hatte er wahrlich keine Lust.

„Er ist tot, und wir haben ihn heute aus der Weser gezogen", rief Ulbricht mit erhobenen Händen, während er hoffte, dass die Alte keinen nervösen Zeigefinger hatte.

„Sie erzählen großen Mist. Wulf ist schon vor Jahren spurlos verschwunden, und ich hatte die Entrümpelung seiner Wohnung am Hut. Fast ein halbes Jahr keine Mieteinnahmen und die Ausgaben für die Haushaltsräumung, haben Sie eine Vorstellung, was mich das gekostet hat?" Als Bärbel Terichsen keine Antwort bekam, fuhr sie aufgebracht fort: „Ein Vermögen hat mich das gekostet." Dann hielt sie inne. „Moment, haben Sie eben gesagt, er ist tot?"

„Ja", nickte Ulbricht und ließ die immer noch erhobenen Hände ein wenig winken. „Das habe ich gesagt. Es hat vor zehn Jahren einen Autounfall gegeben, bei dem sein Wagen in der Weser landete. Er ertrank elendig und wurde erst heute früh zufällig von Flussarbeitern gefunden."

„Das ist ja schrecklich." Nun setzte die Alte das Gewehr ab. „Und ich mache ihm Vorwürfe, weil ich keine Mieteinnahmen hatte die ganze Zeit über." Sie schüttelte das graue Haupt und humpelte ein wenig auf Ulbricht zu. „Kommen Sie schon rein, wenn Sie ein echter Bulle sind."

„Und ob ich das bin", grinste Ulbricht. „Das kann ich Ihnen sogar mit meinem Dienstausweis beweisen, wenn Sie mögen."

„Reden Sie keinen Quatsch. Nun kommen Sie schon, oder wollen Sie da Wurzeln schlagen und die Weser bewundern?"

Ulbricht schüttelte den Kopf und durchschritt ein kleines Gartentor im hüfthohen Jägerzaun, der das Grundstück umgab, auf dem das Einfamilienhaus von Bärbel Terichsen lag. Während er der Frau folgte, wunderte er sich: Hatte sie sich eben noch mit einem Gewehr verteidigt, bat sie ihn nun völlig bedenkenlos in ihr Haus, und das, obwohl er sich ihr gegenüber nicht als Polizeibeamter ausgewiesen hatte. Er ließ den Blick über das Grundstück gleiten und wähnte sich in einem Heimatfilm der 1950er-Jahre. Jägeridyll, so weit das Auge reichte. Rechts und links im kleinen Garten gab es zwei rund zehn Meter hohe Tannen, die im seichten Abendwind leise rauschten. Neben dem Eingang vertrieb eine Stalllaterne die Dunkelheit. Der Giebel des schneeweiß getünchten Hauses war mit dunklem Holz versehen; über dem Eingang befand sich ein mächtiges Geweih, wohl eine Jagdtrophäe. Ulbricht fragte sich, wessen Trophäe das gute Stück wohl war. Er konnte sich nicht vorstellen, dass sich ein Mann wie Laurens Wulf zu Lebzeiten mit der Jagd auseinandergesetzt hatte.

Sie betraten das Haus, und Ulbricht fühlte sich einmal mehr wie in der Kulisse eines Heimatfilmes. Dicke, tiefrote Läufer auf dem gefliesten Boden, an den Wänden Ölmalereien von Drei- Vier- und Fünfendern – falls es die denn gab. So genau kannte er sich mit der Jagd nicht aus. Eine schwere Kommode in Eiche stand mittig zwischen zwei Zimmertüren, darauf verbreitete eine kleine Lampe mit weinrotem Stoffschirm einen schwachen Lichtschein.

Bärbel Terichsen hatte die schwere Haustür ins Schloss gedrückt und einen Riegel vorgelegt. Ulbricht beobachtete sie so unauffällig wie möglich. Die Hausherrin trug einen geblümten Kittel und Filzpantoffeln, die silbergrauen Haare waren kurz und Make-up suchte man in ihrem fast faltenfreien Gesicht vergeblich. Nun stellte sie das Gewehr hinter der Haustüre ab.

„Was gaffen Sie denn so?", fragte sie, als sie sich zu ihrem Besucher umwandte und dessen Blicke bemerkte.

„Es ist nicht üblich, dass man eine Flinte neben der Tür stehen hat", erwiderte Ulbricht.

„In meinem Alter schon. Ich bin eine alleinlebende, alte Frau und wehrlos. Und wenn Sie Polizist sind, dann muss ich Ihnen nicht erzählen, wie viele Verrückte da draußen herumlaufen. Mit irgendetwas muss ich mich doch wohl wehren können."

„Ich nehme an, Sie sind im Besitz eines Waffenscheins?"

„Sind Sie hier, um mit mir über möglicherweise illegalen Waffenbesitz zu streiten?" Bärbel Terichsen schüttelte energisch den Kopf. „Das Gewehr stammt noch von meinem Mann. Er war Jäger, wie Sie unschwer erkennen können. Manchmal erdrückt mich das alles, die Möbel, die Bilder, die Geweihe an den Wänden. Aber ich bringe es nicht übers Herz, das alles wegzuschmeißen."

„Und wo lebte Herr Wulf?"

Ulbricht blickte sich demonstrativ in der Jägeridylle um.

„Hier bei Ihnen? Als Untermieter?"

„Es gibt eine kleine Souterrain-Wohnung, die ich ihm vermietet hatte." Bärbel Terichsen führte Ulbricht in eine hell erleuchtete Wohnküche. In der Ecke verrichtete ein alter Kaminofen seinen Dienst. Die Holzscheite im Ofen knackten, und Ulbricht genoss die wohlige Wärme des Ofens und den Duft nach verbranntem Holz. Er nahm auf einer Eckbank Platz, ebenfalls in Eiche rustikal. Auf dem Küchentisch eine geblümte Wachstuchdecke, darauf eine Kanne Tee und Gebäck.

„Schön haben Sie es", kommentierte Ulbricht.

„Sie verscheißern mich, junger Mann."

„Nein wirklich es ist ..."

„Gruselig ist es, also streiten wir uns nicht über den Einrichtungsgeschmack meines verstorbenen Mannes. Sie kommen wegen Wulf. Erzählen Sie, was passiert ist?"

„Das habe ich doch schon. Ein Bagger hat heute morgen einen Wagen aus der Weser gezogen, darin saß eine tote Person, die wir inzwischen als Laurens Wulf identifizieren konnten. Und weil Wulf zuletzt bei Ihnen gemeldet war, bin ich jetzt hier."

„Dann fragen Sie." Bärbel Terichsen zog sich einen Stuhl heran und blickte Ulbricht aufmerksam an.

„Sie sagten eben, dass Sie die Wohnung entrümpelt haben. Was ist mit den persönlichen Dingen geschehen?"

„Ich habe sie in Kartons gepackt, das Zeug gehörte mir ja nicht. Trotzdem waren wir stinksauer auf Laurens. Einfach so zu verschwinden und uns im Stich zu lassen." Sie schüttelte den Kopf. „Heinz, also mein Mann, hatte ein fast schon väterliches Verhältnis zu ihm. Wenn er noch leben würde, dann könnte er Ihre Fragen bestimmt besser beantworten als ich."

„Zeigen Sie mir seine persönlichen Dinge?"

„Haben Sie 'nen Durchsuchungsbefehl?"

„Beschluss", korrigierte Ulbricht sie betont ruhig. „Es heißt Durchsuchungsbeschluss und wird vom Richter ausgestellt, um Wohnungen von Tatverdächtigen durchsuchen zu dürfen. Bei Laurens Wulf handelt es sich erstens nicht um einen Tatverdächtigen, sondern offensichtlich um das Opfer einer Straftat. Zweitens lebt er nicht mehr, womit sich der Beschluss des Richters erledigt hätte." Nun schenkte er der Alten sein nettestes Lächeln. „Also, zeigen Sie mir die Sachen, die Sie von Laurens Wulf verwahren?"

Bärbel Terichsen schien von Ulbrichts Vortrag offenbar schwer beeindruckt zu sein. Dennoch wollte sie nicht kampflos aufgeben. „Wie stellen Sie sich das vor? Heinz hat sie damals in den Keller geschafft. Irgendwann sind die Sachen dann in Vergessenheit geraten, und nun gammeln sie unten vor sich hin, nehme ich an."

„Wissen Sie, ob sich unter den Sachen auch ein Computer befand?"

Die Alte dachte kurz nach, dann nickte sie. „Natürlich, er war doch Reporter. Heutzutage schreibt man ja nicht mehr mit einer Schreibmaschine. Ohne diese elektronischen Dinger geht doch nichts mehr. Und Laurens war damals immer mit so einem kleinen Ding zum Aufklappen zugange."

„Er besaß einen Laptop?"

„Was weiß ich, wie die Dinger heißen?", rief Bärbel Terichsen. „Kann aber sein. Ich weiß noch, dass da ein großer angebissener Apfel auf der Rückseite war. Sah aus wie eine Handtasche aus Plastik, wie gesagt, zum Aufklappen. Damit hat er immer gearbeitet."

„Zeigen Sie mir den Computer?", startete Ulbricht einen zweiten Anlauf, auf diese Art etwas über das Leben von Laurens Wulf zu erfahren.

„Von mir aus." Sie stand auf und verzog das Gesicht. „Die verdammte Hüfte", murmelte sie, dann gab sie Ulbricht ein Zeichen. „Kommen Sie schon, oder wollen Sie in meiner Küche festwachsen?"

Ulbricht musste sich ein Schmunzeln verkneifen und folgte der Frau in den Keller. Hier roch es muffig und feucht, und Ulbricht hatte große Bedenken, dass sich der Laptop von Wulf nach all den Jahren in der klammen Luft noch einschalten ließ.

Bärbel Terichsen betätigte einen altmodischen Drehschalter neben der Kellertür. Mit einem lauten Klick flammten zwei nackte Glühbirnen an der niedrigen Decke auf und hüllten den gewölbeartigen Keller in ein gedämpftes Licht. Ulbricht fand sich mit der alten Frau inmitten unzähliger hölzerner Regale wieder.

Unter der Decke verliefen rostige Rohre, wohl die Abwasserleitungen des alten Hauses. Dichte Spinnweben spannten sich in den Ecken, und Ulbricht rechnete damit, dass mindestens eine der Wände von einem aggressiven Schimmelpilz befallen war. Er atmete flach, um die feuchte Luft nicht unnötig zu inhalieren.

Während Ulbricht sich noch umblickte, war Bärbel Terichsen bereits damit beschäftigt, in Kartons zu wühlen, die ihr Mann in einer Ecke fein säuberlich gestapelt hatte. „Hier", sagte sie nach kurzem Suchen und zeigte auf einen beschrifteten Umzugskarton. „Da müsste das Ding drin sein. Heinz hat Büro draufgeschrieben. Helfen Sie mir mal!"

Der Hauptkommissar zog den besagten Karton herunter und stellte ihn auf den Boden. Fast war es ein wenig wie Weihnachten – ein großer, geheimnisvoller Karton, von dem man nicht wusste, was sich darin befand, man aber gleichwohl hoffte, das heiß ersehnte Geschenk zu erhalten.

„Da ist es doch", sagte die alte Frau und schob Ulbricht ein wenig unsanft zur Seite. Sie beugte sich in den großen Karton und zog einen Laptop heraus, der schon einige Jahre auf dem Buckel zu haben schien, ohne veraltet zu wirken. Die anthrazitfarbene Oberfläche fühlte sich gummiert und edel an, ein Teil des Deckels war milchig-transparent.

„Das ist ein Mac", staunte Ulbricht und erinnerte sich daran, dass er sich vor einiger Zeit einmal ein Macbook der neueren Generation zulegen wollte. Aus Kostengründen hatte er sich jedoch für die preiswertere PC-Variante mit dem weitverbreiteten Windows-Betriebssystem entschieden. Und das Gerät dreimal in der Garantiezeit eingeschickt, weil die Festplatte ihre Daten für immer verloren hatte. Als die Garantiezeit abgelaufen war und das Display den Geist aufgegeben hatte, war für Ulbricht die kurze Ära des eigenen tragbaren Computers auch wieder beendet gewesen.

„Was ist das? Das sind doch die flachen runden Dinger, die man bei McDonald's kaufen kann", murmelte Bärbel Terichsen ein wenig ratlos.

„Ein Apple-Rechner", erwiderte Ulbricht und zeigte auf das Apfelsymbol, von dem die alte Dame schon in der Küche berichtet hatte. Er klappte das Gerät auf und betätigte den Einschaltknopf. Erwartungsgemäß blieb der kleine Bildschirm dunkel. „Tot", sagte er.

„Das verbindet die Kiste mit ihrem Besitzer", sagte die Alte grimmig. „Und jetzt können Sie nichts damit anfangen?"

„Doch. Der Akku ist nach der langen Zeit natürlich leer." Von seiner Sorge, dass durch die Feuchtigkeit das Gerät beschädigt sein könnte, sagte er nichts. „Sicherlich gibt es im Karton noch ein Ladekabel."

„Ich such' schon", murmelte die alte Frau und beugte sich bereits wieder in den Karton. „Meinen Sie so was hier?"

Ulbricht betrachtete das kleine runde Teil, das sie ihm entgegenhielt. Auch dort befand sich der berühmte Apfel. Das Ladekabel selber hatte der Besitzer sorgsam um das Gerät gelegt. „Das sieht schon mal gut aus", sagte er und überzeugte sich davon, dass der Adapter in den Laptop passte. „Und er hat immer mit diesem Ding gearbeitet?"

„Immer. Einen anderen Computer hatte er nicht. Laurens sagte immer, dass es ihm wichtig war, überall arbeiten zu können." Sie deutete mit dem stoppeligen Kinn auf den mobilen Rechner. „Und das konnte er damit wohl. Eigentlich praktisch, dieser neumodische Kram."

Neumodisch ist gut, dachte Ulbricht. Immerhin ist der Laptop schon mindestens zehn Jahre alt.

„Ich werde ihn mitnehmen und versuchen, ihn zum Laufen zu bringen."

„Tun Sie, was Sie nicht lassen können", erwiderte die Alte.

„Sicher wissen Sie, wo seine Frau lebt?"

Bärbel Terichsen schüttelte den Kopf. „Nein. Ich habe keine Ahnung, hab sie auch nur ein-, zweimal gesehen. Und wahrscheinlich ist sie längst umgezogen. Sie lebte damals in Holzminden. Schubertstraße irgendwas, ich glaube zwei."

Das konnte sich Ulbricht merken. Er speicherte die Adresse von Wulfs Witwe im Kopf ab. „Wie war er als Mensch?", wechselte er das Thema, nachdem er das Netzteil des Computers in die Manteltasche gesteckt und den Rechner unter den Arm geklemmt hatte.

„Ein lieber Mensch war er. Ständig gearbeitet hat er, Tag und Nacht, wenn er denn zu Hause war. Hatte kaum Freunde, jedenfalls kaum Freunde, die ihn hier besucht haben."

„Und Frauen?"

„Nicht dass ich wüsste. Er lebte ja von seiner Frau getrennt, aber die beiden waren wohl zu feige, die Scheidung einzureichen. Wahrscheinlich haben die ernsthaft gedacht, dass sie doch noch mal zusammenfinden." Bärbel Terichsen lachte trocken auf. „Wenn das einmal in die Brüche geht, dann ist das für immer. Die hätten Nägel mit Köpfen machen sollen, dann wären sie frei gewesen."

Ulbricht schwieg. Zum Thema Beziehungen konnte er nicht viel beitragen, immerhin blickte er selber auf eine gescheiterte Ehe zurück. Seine Frau hatte ihn mitsamt Tochter verlassen, weil er Tag und Nacht gearbeitet hatte. Das Verbrechen schläft nie, hatte er üblicherweise gesagt, wenn man ihn nachts und an den Wochenenden angerufen hatte, weil es wieder einen Zwischenfall gegeben hatte. Irgendwann, als er von einer Geiselnahme in den frühen Morgenstunden nach Hause gekommen war, hatte er die gemeinsame Wohnung verlassen vorgefunden. Am Spiegel im Flur hatte ein Zettel gehangen.

Ich halte das so nicht mehr aus, und ich werde mit Wiebke ein neues Leben an der See anfangen.

So einfach war das gewesen, und inzwischen war es Ulbricht sogar gelungen, den Kontakt zu seiner längst erwachsenen Tochter wiederherzustellen.

Wiebke war in seine Fußstapfen getreten und arbeitete bei der Kriminalpolizei in Husum. Sie hat nichts gelernt, pflegte Ulbricht immer zu sagen, wenn man ihn darauf ansprach. Seine Frau war vor vielen Jahren einem Krebsleiden unterlegen, und Ulbricht hatte sich kaum zu ihrer Beerdigung getraut, weil längst ein anderer Mann an ihrem Grab stand und um sie weinte.

„So ruhig geworden, Herr Kommissar?", riss ihn die Stimme von Bärbel Terichsen aus den trüben Gedanken.

„Sind wohl auch ein Eheversager, was?"

Als er ein wenig wehmütig lächelte, winkte sie ab. „Machen Sie sich nichts draus. Andere Mütter haben auch schöne Töchter. Und wenn Sie aus Ihren Fehlern gelernt haben, dann wissen Sie, was Sie demnächst besser machen müssen."

„Danke", erwiderte Ulbricht melancholisch. „Ich finde alleine heraus."

Holzminden, Schusterstraße, 18.55 Uhr

Ulbricht hatte ein Déjà-vu-Erlebnis, als er den Ortseingang von Holzminden erreichte. Hier hatte der ermordete Fotograf Christian Vorberg gelebt, als Ulbricht zum ersten Mal im Weserbergland gewesen und prompt über dessen Leiche gestolpert war. Der Opel rollte über die Weserbrücke, doch diesmal parkte er nicht am Johannismarkt, denn das Ziel lag nicht in der Altstadt. Das Navi führte ihn quer durch die Stadt an den südlichen Rand von Holzminden. Beate Wulf lebte in einem Komponistenviertel: Es gab die Wagner-, die Mozart- und die Beethovenstraße, und natürlich auch die Schubertstraße, in der das Haus lag, das Bärbel Terichsen ihm genannt hatte. Als der Opel durch den Haydnweg rollte, fragte er sich, ob Haydn aus musikalischer Sicht nur einen Weg und keine Straße verdient hatte.

Sie haben Ihren Bestimmungsort erreicht, riss ihn die freundliche Frauenstimme des Navigationsgerätes aus den Überlegungen. Ulbricht suchte einen freien Parkplatz und stieg aus. Er bewunderte die eher brave Gegend. Gepflegte Mehrfamilienhäuser, noch keine zwanzig Jahre alt, teils mit kleinem Vorgarten und hölzernen Carports, bestimmten das Bild. Der Kindergarten auf der gegenüberliegenden Straßenseite lag verlassen da, nur die bunten Fensterdekorationen erinnerten daran, dass hier tagsüber Kinder spielten und bastelten. Und im Augenblick zierten herbstlich-bunte Fenstermalereien die großen Fensterflächen. Grinsende Kürbisse mischten sich unter buntes Laub in allen Farben und erinnerten Ulbricht ein wenig an seine eigene Kindheit, die schon gefühlte hundert Jahre zurücklag.

Der Hauptkommissar zog die feuchte Abendluft tief in seine Lungen ein und fand, dass der Herbst im Weserbergland irgendwie besser duftete als daheim in Wuppertal. Er hatte die Hände tief in den Taschen vergraben, während er auf Haus Nummer zwei zustapfte. Ein kleiner, ebenerdig angelegter Wohnblock, den sich offenbar vier Mietparteien teilten. Im Obergeschoss gefällige Gauben, auch unten sorgten großflächige Fenster tagsüber für Helligkeit in den Räumen. Jetzt, in der hereinbrechenden Dämmerung, drang bläuliches, flackerndes Licht hinter geschlossenen Gardinen ins Freie – die Leute sahen fern. Umgeben war das Gebäude von einer mannshohen Hecke. Ein schmaler Weg führte durch einen kleinen Vorgarten zum Haupteingang.

Mit einem Blick auf die Klingelschilder überzeugte Ulbricht sich davon, dass er richtig war. Also hatte Bärbel Terichsen ein gutes Gedächtnis, und entgegen ihrer Befürchtung wohnte die Witwe von Laurens Wulf schon seit mehr als zehn Jahren hier. Manchmal muss man eben auch Glück haben, dachte Ulbricht, als er den schnörkellosen Namenszug auf dem Klingelschild entdeckte und den Daumen auf den Knopf legte. Irgendwo im Haus schlug eine Glocke an. Ulbricht wartete einen Augenblick, dann ertönte der Türsummer, und er stand in einem kleinen Treppenhaus. Wischte mit der Hand über die Wand neben dem Eingang, erwischte und betätigte den Lichtschalter und bemerkte, wie ihm gegenüber eine Wohnungstür geöffnet wurde.

Die Tür stand einen Spaltbreit auf, ein fragendes Gesicht blickte ihm hinter dem Schutz einer Kette entgegen.

„Frau Wulf?“, fragte Ulbricht. „Beate Wulf?“

Sie nickte schweigend.

„Hauptkommissar Ulbricht von der Kripo." Er verzichtete darauf, den Dienstausweis zu zücken. Letzten Endes würde ihn das nordrhein-westfälische Wappen noch verraten. Auch wenn die Weser bei Holzminden die natürliche Grenze zwischen Niedersachsen und NRW bildete, so wollte er sein Glück nicht provozieren. „Ich habe ein paar Fragen an Sie."

„Ist es wegen Laurens?" Ihre Stimme klang verunsichert, ihre grauen Augen blickten ihm beinahe scheu entgegen.

„Ja." Ulbricht nickte und sah zu, wie die Wohnungstür vor seiner Nase ins Schloss fiel. Während er so dastand und wartete, fragte er sich, wie die Frau darauf kam – war Laurens doch vor zehn Jahren verunglückt. Drinnen rasselte es, dann öffnete sich die Tür wieder. Ein flauschiger Bademantel umschmeichelte Beate Wulfs schlanke, fast schon zierliche Erscheinung. Tiefe Furchen lagen in ihrem Gesicht, die durch eine schmale und ein wenig zu lange Nase noch betont wurden. Das Gesicht wurde von dunkelblondem Haar eingefasst, das sie hinter dem Kopf zu einem Pferdeschwanz zusammengeknotet hatte. Eine etwas unauffällige, aber durchaus attraktive Frau Ende vierzig.

Jetzt lächelte sie ihn mit einem fast spöttischen Blick an, während sie auf die Sicherheitskette an der Tür deutete. „Im Laufe der Zeit wird man sehr, sehr vorsichtig", kommentierte sie ihr offenbar erhöhtes Sicherheitsbedürfnis. Umso mehr wunderte sich Ulbricht, dass sie ihn eintreten ließ, ohne seinen Ausweis gesehen zu haben.

„Kein Problem." Ulbricht folgte ihr in den Flur. Rechts und links zweigten Türen ab, und er tippte auf drei, vielleicht sogar auf vier Zimmer. Helle Raufasertapete an den Wänden, im Korridor selbst brannte eine kleine Lampe auf einer Kommode. Sie betraten das Wohnzimmer. Auch hier gedämpftes Licht, der Fernseher lief ohne Lautstärke. Eine gefällige Sitzecke und ein Sessel, dazwischen ein flacher Tisch, auf dem sich eine geöffnete Rotweinflasche und ein halbvolles Glas befand. Eine dicke Stumpenkerze auf dem Tisch verbreitete einen anheimelnden Lichtschein. Die bunten Zierkürbisse in einer Glasschale ließen keinen Zweifel daran, dass der Herbst im Weserbergland angekommen war.

„Ich liebe den Herbst", gestand Beate Wulf, als sie Ulbrichts Blick bemerkte.

„Wenn die Tage kürzer werden, wenn es draußen stürmt und schüttet, ist es zu Hause doch am schönsten, finden Sie nicht?"

„Doch, doch", nickte Ulbricht und dachte unwillkürlich an die stillen Abende in seiner Bude in Wuppertal. Dem Herbst konnte er absolut nichts Schönes abgewinnen. Es war draußen kalt und nass, das Verbrechen machte auch dann keine Pause, und so musste er Tag und Nacht raus, wenn wieder etwas passiert war. Und irgendwann nach Hause kommen und die Wände anstarren. Niemand, der auf ihn wartete und niemand, mit dem er sich austauschen konnte. Ulbricht war ein einsamer alter Wolf. Doch er hatte nicht vor, das Beate Wulf auf die Nase zu binden.

„Ich gehe das Wochenende gemütlich an", lächelte Beate Wulf nun und ließ sich auf die L-förmige Couch sinken. Sie zog ein Bein unter den Hintern, wobei der Bademantel ein wenig auseinanderklaffte und Ulbricht zwei schöne Beine präsentierte. Sie bemerkte seinen Blick, griff nach einem Kissen, das sie sich in den Schoß legte und schwieg.

Ulbricht, dem es peinlich war, dass er auf ihre Beine gestarrt hatte, blickte auf den Fernseher und nickte. Auf NDR lief eine Nachrichtensendung, die er nicht kannte. Wahrscheinlich wieder eines dieser regionalen Abendmagazine. Unaufgefordert ließ er sich auf den Sessel sinken.

„Sie kommen also wegen Laurens." Beate Wulf musterte den Hauptkommissar durchdringend. Sie griff nach dem Weinglas und nippte daran.

„Ja", nickte er und legte sich die nächsten Sätze zurecht.

„Dann haben Sie ihn wohl endlich gefunden? Steht es fest, dass er es war, den Sie aus der Weser gezogen haben?"

Als er aufblickte, bemerkte er, dass sie eine Augebraue hochgezogen hatte. Unwillkürlich fragte sich Ulbricht, was die Frau wusste. Er zog es vor zu schweigen und nickte nur.

„Ich habe ihn seit einer Ewigkeit nicht gesehen." Sie breitete die Arme aus. „Das hier war unsere gemeinsame Wohnung. Er hat gut verdient als freier Journalist. Nie wollte er für eine Zeitung als angestellter Mitarbeiter schreiben. Immer brauchte er den Biss, als freier Journalist eine heiße Geschichte auszugraben und eines Tages das große Geld zu machen. Er sagte immer, wer im Angestelltenverhältnis lebt, wird träge, weil er sein Geld an jedem Ersten des Monats auf dem Konto hat. Und er wollte nicht träge werden."

Ulbricht beschloss, sie nicht mit Zwischenfragen zu unterbrechen. Vielleicht erfuhr er so mehr, als wenn er gezielte Fragen stellte.

„Er war verdammt gut in seinem Job", fuhr Beate Wulf fort. „Aber das war wohl ein Grund dafür, dass unser sehnlichster Wunsch nicht in Erfüllung ging.

Wir bekamen niemals ein Kind. In dieser Zeit haben wir oft gestritten. Und in letzter Konsequenz ist Laurens ausgezogen. Er hat sich eine eigene Wohnung genommen. Auf die Scheidung haben wir aber in gegenseitigem Einverständnis verzichtet."

Sie lächelte, und im Kerzenschein glaubte Ulbricht zu sehen, dass ihre Augen glänzten. „Es war, als hätten wir uns an einen Strohhalm geklammert. Bis zuletzt." Die Hand, mit der sie das langstielige Glas festhielt, zitterte.

„Bis zuletzt?" Ulbricht war hellhörig geworden.

„Ja. Bis er eines Tages verschwand." Wieder ein Schluck Wein, diesmal trank sie hektisch.

„Und Sie haben die Vermisstenanzeige aufgegeben?"

Beate Wulf nickte. „Ja. Wir waren nicht geschieden, klammerten uns wohl unbewusst an der Hoffnung fest, eines Tages wieder zusammenzukommen." Sie seufzte. „Das ist nicht mehr eingetroffen." Als sie aufblickte, lächelte sie Ulbricht verständnisvoll an. „Aber es ist Freitagabend, und ich langweile Sie mit einer unglücklichen Liebe, die schon damals gestorben ist. Also: Ich fühlte mich irgendwie für ihn verantwortlich, auch wenn er großen Wert auf seine Freiheit legte und die Wohnung im Haus dieser Hexe angemietet hatte."

„Im Haus von Bärbel Terichsen, meinen Sie?"

„Ja, in Bodenwerder. Ich sehe, Sie hatten bereits das Vergnügen?" Nun klang Spott in ihrer Stimme mit, und Ulbricht konnte Beate Wulf nicht einschätzen. War sie kalt wie eine Hundeschnauze oder versteckte sie sich hinter einer Maske? Oder war es normal, dass der Tod eines Menschen, den man seit zehn Jahren nicht mehr gesehen hatte, einen relativ kaltließ? Immerhin hatten sie sich getrennt, und die Trennung hatten die beiden offenbar im Guten und ohne Streit vollzogen.

„Frau Terichsen war so nett, mir Ihre Adresse zu nennen", sagte Ulbricht und legte die Hände auf die Knie. „Ich hoffe, das war in Ordnung?"

„Aber natürlich - ich habe nichts zu verbergen." Nun lachte sie, doch es klang humorlos, fast schon sarkastisch. „Oder stehe ich unter Mordverdacht? So als frustrierte Ehefrau müsste das doch für Sie in Betracht kommen."

„Das werden die weiteren Ermittlungen ergeben, Frau Wulf."

Er fixierte Beate Wulf mit seinen Blicken.

„Aber wie kommen Sie darauf, dass Ihr Mann umgebracht wurde?"

Sie zupfte sich einige Falten im Morgenmantel glatt und vermied es, Ulbricht direkt anzuschauen. Er spürte ihre Nervosität und ahnte, dass er auf dem richtigen Wege war. Es war so einfach: Sie hatten sich damals getrennt, sie war die Gehörnte und wütend auf ihren Mann, der sie möglicherweise sogar wegen einer anderen Frau verlassen hatte. Eifersucht war seit Generationen eines der meisten Mordmotive. Um den Verdacht von sich abzulenken, hatte sie bei der Polizei eine Vermisstenmeldung aufgegeben und war seitdem aus dem Schneider.

„Gab es eine Lebensversicherung für Ihren Mann?", fragte er.

„Natürlich." Beate Wulf nickte und zupfte ein Haar vom Ärmel ihres Morgenmantels. Nun blickte sie ihn wieder an. „Aber wie Sie wissen, zahlt keine Lebensversicherung, solange nicht feststeht, ob der vermeintlich Tote tatsächlich das Zeitliche gesegnet hat. Insofern hätte ich mir ins eigene Fleisch geschnitten, wenn ich dahintersteckte – also vergessen Sie Ihre Theorie ganz schnell wieder."

„Sie haben nichts von dem Geld, das Ihr Mann angelegt hatte, bekommen?"

„Ohne Leiche ist offiziell niemand gestorben. Und wenn niemand stirbt, zahlt auch keine Versicherung."

„Das wird sich jetzt ändern."

Beate Wulf fuhr sich mit den Händen durch das Gesicht. „Ehrlich gesagt scheiße ich auf das verdammte Geld. Ich will keinen Cent davon haben."

„Aber es steht Ihnen zu."

„Mag sein. Aber ich habe eine schöne Wohnung und einen recht sicheren und gut bezahlten Job und ich muss mich bei niemandem rechtfertigen."

„Wofür sollten Sie sich rechtfertigen?" Ulbricht wurde nicht schlau aus dieser Frau.

„Dafür, dass ich mir ab und zu einen Callboy leiste, beispielsweise", antwortete sie nun in einer für Ulbricht absolut unerwarteten Offenheit. „Ich habe keinen neuen Freund, lebe seit der Trennung von Laurens alleine. Aber glauben Sie ernsthaft, ich hätte nicht das Bedürfnis nach körperlicher Nähe und nach gutem Sex?" Sie machte eine ausladende Handbewegung. „Ja, es ist so: Ich bezahle dafür, dass ein Mann mit mir schläft. Und?" Jetzt lachte sie laut. „Dafür kann ich mir den Mann aussuchen, und nicht nur das: Er besorgt es mir so, wie ich es gern hätte."

Wäre Ulbricht ein paar Jahre jünger gewesen, wäre er errötet. Doch nun hüllte er sich in Schweigen. Es stand ihm nicht zu, über die Lebensart dieser Frau zu urteilen. Und dennoch wurde er das Gefühl nicht los, dass sie mit dem Tod von Laurens Wulf in Zusammenhang stand. Warum hatte sie gleich von einem Mord gesprochen, ohne dass sie Details zu den Todesumständen kannte? Andererseits, so viel musste er sich eingestehen, war es einer zierlichen Frau wie Beate Wulf wohl kaum möglich, das Unglücksfahrzeug so zu manipulieren, dass die Achse brach und das Auto in der Weser landete. Also musste sie einen Verbündeten haben.

„Muss ich ihn nicht identifizieren?", fragte sie so unvermittelt, dass Ulbricht ein wenig erschrak. Beate Wulf beugte sich weit über den niedrigen Couchtisch und schenkte sich Wein nach. Dabei klaffte der Morgenmantel noch ein Stück weiter auseinander und präsentierte ihm den Ansatz ihrer vollen Brüste. Als sie seinen Blick bemerkte, lachte sie. „Gefalle ich Ihnen?"

„Nein", erwiderte Ulbricht, dann setzte er schnell nach: „Also ich meine damit, dass Sie ihn nicht identifizieren müssen. Das Unglück liegt schon viele Jahre zurück. Jahre, die er im Wasser eingeklemmt im Auto verbracht hat."

Beate Wulf schüttelte den Kopf. „Wie schrecklich." Ihre Frage, ob sie ihm gefiel, schien sie schon wieder vergessen zu haben.

„Hatte er Feinde?"

„Nun, er hat sich den brisanten Themen angenommen, wann immer er konnte; hat auch den einen oder anderen Polit- und Wirtschaftsskandal aufgedeckt. Möglich, dass manchmal mit harten Bandagen gekämpft wurde."

„Wissen Sie, ob er Kontakte zum Kernkraftwerk in Grohnde hatte?"

„Nein. Aber er kannte viele Leute, also möchte ich das nicht ausschließen. Warum fragen Sie?"

Ulbricht murmelte eine Entschuldigung. „Das darf ich Ihnen nicht sagen." Er legte eine kleine Pause ein, bevor er fortfuhr. Dabei beobachtete er, wie Beate Wulf nach dem Weinglas griff und den Inhalt in einem Schluck leerte. Sie schüttelte sich, wandte den Kopf zur Seite und hielt seinem Blick stand.

„Unsere Ehe war im Arsch", murmelte sie. „Aber so etwas hätte ich Laurens nicht gewünscht."

Ulbricht nickte und verspürte für einige Sekunden das Verlangen, die Frau in den Arm zu nehmen. Sie wirkte schutzlos und völlig ratlos. Oder, dachte er im nächsten Augenblick, sie war eine gute Schauspielerin. Er vermochte sie nicht einzuschätzen.

„Gibt es Verwandte?"

„Ich kann Ihnen alles aufschreiben." Beate Wulf erhob sich und verließ das spärlich beleuchtete Wohnzimmer, um kurz darauf mit Block und einem Stift zurückzukehren. Sie setzte sich, schüttelte den Kopf und begann zu schreiben. Als sie fertig war, riss sie den Zettel aus der Spirale und reichte ihn Ulbricht. Er warf einen flüchtigen Blick darauf und faltete ihn zusammen. Danach steckte er ihn in die Manteltasche und erhob sich. Sie begleitete ihn zur Tür. Dort angekommen, drehte sich Ulbricht noch einmal zu ihr um. „Wenn Ihnen noch etwas einfällt, melden Sie sich bitte bei den Kollegen der Polizeiinspektion in Hameln."

Sie nickte stumm und verschränkte die Arme vor der Brust.

„Noch etwas", rief Ulbricht dann. „Haben Sie vielleicht ein Foto von Ihrem Mann? Eines, das ihn kurz vor Ihrer Trennung zeigt?"

„Tut mir leid, ich habe alle Bilder von ihm verbrannt." Beate Wulf presste die farblosen Lippen zu einem Strich zusammen. „Wir waren einfach fertig miteinander."

„Vielleicht auch eine Folge des Hasses, den Sie zuletzt für ihn empfunden haben?"

„Bitte gehen Sie jetzt.“ Ihre Stimme klang tonlos.

Ulbricht hatte nichts hinzuzufügen und fand sich im nächsten Moment an der frischen Luft.

Hameln, Grüner Reiter, Kastanienwall, 19.35 Uhr

„Raus mit der Sprache“, rief Maja aufgeregt und war dabei ein wenig zu laut geworden. Die Leute an den Nebentischen in Hamelns mediterranstem Wintergarten blickten neugierig auf. Maja ignorierte die Blicke und richtete ihre volle Aufmerksamkeit auf Ulbricht. „Ich weiß, dass du mir was sagen willst“, setzte sie ungeduldig nach. Ein wenig atemlos war sie mit Verspätung im „Grünen Reiter“ angekommen, wo er bereits an einem der Tische unter dem hohen Glasdach saß und geduldig bei einem kühlen Bier vom Fass auf sie wartete. Er hatte Glück gehabt, denn auch sie war zu spät zu ihrem Treffen erschienen.

„Ich bin auch eben erst rein“, erwiderte er mit einem Schmunzeln und faltete die Hände auf der blütenweißen Tischdecke.

„Das will ich nicht wissen. Also – was ist passiert?“ Ihr war nicht verborgen geblieben, dass Ulbricht ihr etwas mitzuteilen hatte. Und die Tatsache, dass er sie zappeln ließ, brachte Maja zur Weißglut. Sie hatte ein schlimmes Gefühl, das sie jedoch nicht recht zu deuten vermochte.

„Sag mir, was du willst, aber die Frau ist ein Buch mit sieben Siegeln“, brummte Ulbricht, während er von seinem Bier trank.

„Welche Frau?“ Da war dieser bedrohliche Unterton in Majas Stimme, dessen war sie sich bewusst. Das schlimme Gefühl wurde mächtiger in ihr und zu einer

Befürchtung. Ulbricht war kein Mann, der die Hände in den Schoß legte und abwartete, wenn sich um ihn herum die Ereignisse überschlugen.

„Na, Beate Wulf eben." Ulbricht zog die Mundwinkel nach unten. „Ich kann sie nicht einschätzen."

„Norbert – bitte. Du bist Bulle!"

„Na und?"

„Und überhaupt: Was hast du mit Beate Wulf zu schaffen? Das ist doch ..."

„Ja, das ist die Witwe von Laurens Wulf." Ulbricht nickte. „Beate Wulf. Ich habe sie besucht und mit ihr gesprochen." Ulbricht verkündete das so, als hätte er ihr soeben einen Wochenendtrip nach Paris geschenkt. Dazu setzte er eine feierliche Miene auf.

„Moment, Moment", rief Maja. „Soll das bedeuten, dass du dich schon wieder in meinen Fall einmischst?"

„In deinen Fall?" Ulbricht schüttelte den Kopf. „Es ist unser Fall – ich war zuerst am Tatort."

„Norbert, bitte!" Maja war erneut laut geworden, was ihr wieder missbilligende Blicke der Gäste an den benachbarten Tischen einbrachte. „Es ist nicht dein Fall, du hast nämlich Urlaub, falls du das schon vergessen haben solltest."

Ulbricht beugte sich über den Tisch. „Glaubst du wirklich, dass ich dich im Stich lasse? Du erstickst in Arbeit, und ich lasse es mir gut gehen?" Er schüttelte den kantigen Schädel. „Ich glaube, du kennst mich gut genug um zu wissen, dass ich dich nicht hängen lasse."

„Nicht hängen lassen ist gut – ich komme in Teufels Küche, Norbert!" Maja spürte, wie ihr das Blut ins Gesicht schoss. Sie zwang sich, Ruhe zu bewahren. „Also gut", sagte sie dann. „Was hast du Tolles herausgefunden? Ist sie die Mörderin von Laurens Wulf? Hat sie ihren Mann auf dem Gewissen und den Wagen so manipuliert, dass er in der langgezogenen Weserkurve bei Hessisch Oldendorf in den Fluss stürzt und qualvoll im Auto ertrinkt?"

„Womöglich hatte sie jemanden, mit dem sie kooperiert hat", erwiderte Ulbricht und rieb seinen Nasenrücken. „Ich will nichts ausschließen, und sie ist eine geheimnisvolle Frau."

„Du spinnst." Maja tippte sich bezeichnend an die Stirn.

Ulbricht zuckte die Schultern, grinste und zog ein Stück Papier aus der Tasche, das offenbar aus einem Spiralblock herausgerissen worden war und handschriftliche Notizen enthielt. „Hier", sagte er, während er das Blatt auseinanderfaltete und sorgsam auf der Tischdecke glatt strich.

„Und was ist das?" Maja verstand nicht, was Ulbricht wollte.

„Eine Liste aller gesellschaftlichen Kontakte von Laurens Wulf. Ich denke, das erspart dir und deinen Kollegen eine Menge Arbeit und Zeit. Arbeitet die Liste ab, und vielleicht habt ihr den Täter, wenn es denn einen gab, unter diesen Namen hier." Er tippte mit seinem fleischigen Zeigefinger auf das Blatt Papier. „Das könnte die Lösung sein, Maja", sagte er eindringlich. „Und sollte sie mit dem Mord, wenn es kein Unfall war, zusammenhängen, dann werdet ihr es erfahren."

„Ich dreh wirklich bald durch. Dauber hat LKA, BKA und alle anderen auf der Pelle, und du mischst dich permanent in unsere Arbeit ein, obwohl du nicht zu unserer Behörde gehörst und zudem auch noch beurlaubt bist?"

„Es tut doch nichts zur Sache, wie du an die Informationen gekommen bist, Hauptsache, du kommst einen Schritt weiter."

„Ich glaub das alles nicht." Sie schüttelte den Kopf. „Also: Willst du mir weitere Details verraten?"

„Nö", murmelte Ulbricht und schüttelte den Kopf. Jetzt hatte er auch keine Lust mehr. „Ich hab Wochenende. Und Hunger - also, lass uns was essen, es soll ziemlich gut schmecken hier!"

Hameln, Kastanienwall, 19.40 Uhr

Sie hatten es sich bei Gino im „Grünen Reiter" gemütlich gemacht. Längst waren in der Rattenfängerstadt die Lichter angegangen, und so nutzte er den Schutz der Dunkelheit, um unerkannt zu bleiben. Niemand der wartenden Fahrgäste an der Haltestelle schenkte ihm Beachtung, und er konnte ungeniert in den Glasbau des Restaurants blicken, das im anheimelnden Licht der kleinen Laternen und Kerzen auf den Tischen dalag. Im Sommer konnte man um den Brunnen herum im Freien sitzen, doch pünktlich zur dunklen Jahreszeit hatte man Tische und Stühle in den Winterschlaf geschickt. Da es noch keinen Frost gegeben hatte, plätscherte der Brunnen neben dem Eingang noch munter vor sich hin.

Hinter seinem Rücken rollte der Verkehr vorüber, doch er sah nur die Kommissarin. Sie lächelte, freute sich offenbar über ihre männliche Begleitung.

Lange würde sie sich nicht mehr über den Mann freuen können, dafür würde er sorgen. Noch saßen sie sich wie ein verliebtes Paar im fortgeschrittenen Alter gegenüber und hingen förmlich an den Lippen des Anderen. Und trotz der Entfernung glaubte er Maja Klausens grüne Augen funkeln zu sehen. Es war höchste Zeit, einzuschreiten. Doch noch war es nicht so weit. Er musste sich gedulden, sollten die Bemühungen der letzten Jahre endlich belohnt werden.

Drinnen tat sich gerade etwas. Offenbar war die Stimmung gekippt. Maja Klausen war von ihrem Stuhl gesprungen und redete erregt auf ihren Begleiter ein. Die neugierigen Blicke der Gäste an den anderen Tischen interessierten sie nicht im Geringsten.

Er stand im Freien und hatte keine Ahnung, was drinnen gerade geschah, doch es sah ganz danach aus, als hätte es Streit gegeben. Die Hauptkommissarin wandte sich ab und stürmte wütend aus dem Lokal.

Unwillkürlich drehte er sich um und wandte sich ab, um Schutz in der Dunkelheit der angrenzenden Altstadt zu suchen.

Hameln, 19.45 Uhr

„Maja, warte doch, was soll denn der Kinderkram?" Ulbricht war aufgesprungen, nachdem Maja das Lokal wütend verlassen hatte. So hatte er sich das freie Wochenende nun wirklich nicht vorgestellt. Es war Freitagabend, viele Leute starteten mit einem Abendessen bei Gino in das Wochenende. Entsprechend viele Menschen waren Zeugen von Majas Wutausbruch geworden, nachdem Ulbricht ihr die Liste überreicht hatte, die er von Beate Wulf bekommen hatte. Maja hatte sich fürchterlich aufgeregt, dass er sich in ihren Fall eingemischt hatte, anstatt seine freien Tage im Weserbergland zu genießen. Und sie hatte sich nicht im Entferntesten dankbar dafür gezeigt, dass er ihr den Besuch bei der Witwe von Laurens Wulf abgenommen hatte. Manchmal verstand er die Frauen einfach nicht. Aus diesem Grunde hatte er ihr auch nichts davon erzählt, dass er den Laptop von Laurens Wulf im Kofferraum umherfuhr.

In diesem Augenblick war es ihm wichtig, sie zu beruhigen, und so rannte er ihr nach. Draußen hatte feinster Nieselregen eingesetzt, der sich auf seine Kleidung legte und ihn frösteln ließ.

Nachdem er das Lokal verlassen hatte, hielt er sich rechts und stand plötzlich am Eingang der Hamelner Altstadt. Doch für die schmucken Fassaden der Osterstraße hatte Ulbricht in diesem Moment kein Auge. Er sah zu, dass er Maja fand, und hatte schließlich vor dem Schaufenster eines Souvenirladens Erfolg. Sie stand einfach dort und schien sich für die Auslagen zu interessieren. Still trat er hinter sie und bewunderte die Deko-Ratten, die es hier an jeder Ecke gab. Hameln, die Rattenfängerstadt. Logisch, dass die kleinen Nager in allen Variationen für Touristen zur Verfügung standen.

„Norbert, was soll der Scheiß?“, fragte sie, ohne sich zu ihm umzudrehen. Natürlich hatte sie seine Schritte auf dem feuchten Pflaster hinter sich gehört.

Ulbricht streckte die Hände aus und packte sie von hinten an den Schultern. Sie ließ es geschehen, schüttelte seine Hände nicht ab und atmete tief durch. Nachdenklich betrachtete er ihre Spiegelbilder im Schaufenster. „Ich wollte dir helfen“, murmelte er ein wenig unbeholfen. Zu selten hatte er solche Situationen, in denen er sich für sein Handeln rechtfertigen musste, erlebt.

„Du bringst dich und mich in Teufels Küche“, erwiderte Maja tonlos. „Es ist ein wenig wie damals, als du Christian Vorberg gefunden hast und dir Zutritt in die Wohnung des Toten verschafft hast, obwohl man mich auf die Sache angesetzt hatt.“

„Du weißt, wie ich bin", murmelte er ein wenig kleinlaut.

„Ganz genau. Und deshalb wäre ich dir sehr dankbar, wenn du dich aus meinem Job heraushalten würdest, solange du dich hier befindest. Das hier ist Niedersachsen, das liegt nicht in deinem Zuständigkeitsbereich. Und ich habe keine Lust, gefeuert zu werden."

„Du bist Beamtin", erinnerte er sie. „Da wird man nicht gefeuert."

„Aber strafversetzt."

„Wie schön, dann sorge ich dafür, dass man dich nach Wuppertal versetzt." Nun musste er schmunzeln.

„Wuppertal?" Ihre Stimme klang, als hätte sie ein fürchterliches Schimpfwort ausgesprochen.

„Du wolltest es sehen, so hat sich das jedenfalls vor ein paar Stunden noch angehört", erinnerte er sie ein wenig pikiert.

Jetzt drehte sie sich zu ihm um und blickte ihm tief in die Augen.

„Das ist etwas ganz anderes, Norbert. Ich bin hier aufgewachsen, lebe und arbeite hier in Hameln. Und ich mag die Stadt, die nicht an allen Stellen so schön ist wie es die Touristen gern hätten, aber Hameln ist eine sehr ehrliche Stadt. Und wenn ich auch ehrlich bin, sehe ich nicht den geringsten Anlass, von hier zu verschwinden. Also bitte … halt dich aus meiner Arbeit heraus, Norbert." Ihre Augen schimmerten feucht, und Ulbricht wusste nicht, ob sie Tränen in den Augen hatte oder der Nieselregen in ihren grünen Augen schimmerte.

„Was bewegt dich so sehr?", fragte er sanft und zog sie in eine kleine Passage, die zu einem Erotikshop führte, der in einem dunklen Hinterhof lag.

„Das kann ich dir sagen, will es aber auch nicht. Ich weiß, wie du drauf bist. Und wenn ich dir das erzähle, wirst du der Letzte sein, der die Hände in den Schoß legt und alles abwartet."

„Ich werde dir versprechen, dich nicht in Schwierigkeiten zu bringen."

„Gut." Sie wiegte den Kopf und strich ihm sanft über das kantige Kinn. „Kann ich mich auf dich verlassen, Norbert?"

„Klar."

„Also, es hat einen Zwischenfall in Grohnde gegeben."

Eine steile Falte stand plötzlich zwischen seinen buschigen Augenbrauen.

„Moment, etwa einen Störfall im Kernkraftwerk? Ist etwas passiert?"

„Nicht so", erwiderte Maja. „Nichts, was mit der atomaren Sicherheit zu tun hat. Jedenfalls noch nicht. Die Betreibergesellschaft wird erpresst. Bis Sonntag soll ein Millionenbetrag übergeben werden, sonst wird man den Reaktor so manipulieren, dass er überhitzt. Die Folgen kannst du dir ja denken."

„Scheiße."

„Du sagst es. Jedenfalls habe ich vorhin durch Dauber davon erfahren. Und er hat mir mitgeteilt, dass das Innen- und das Umweltministerium und natürlich der BND an der Sache arbeiten. Das ist ein Fall von nationaler Bedeutung, Norbert. Da haben andere, viel höhere Stellen die Hände drauf. Und wenn wir eine Weserleiche bergen, die offenbar etwas mit Grohnde zu tun hatte, oder wenn wir den Sicherheitschef des Kraftwerkes ermordet auffinden, dann ist das eine große Nummer. Niemand wird dulden, wenn du dich in unsere Arbeit einmischst, Norbert."

„Hm.“ Damit hatte er nicht gerechnet. „Die Sache läuft aus dem Ruder“, brummte er.

„Das ist zu befürchten. Niemand weiß, wer hinter der Erpressung steckt. Fest steht aber, dass es technisch betrachtet machbar ist, die Reaktorkühlung von außerhalb so zu programmieren, dass der Reaktor heißläuft. Niemand gibt das gerne zu, aber ein gewiefter Hacker wäre grundsätzlich in der Lage, die Software so zu beeinflussen, dass die Katastrophe auch von außerhalb des Kraftwerkes besiegelt werden könnte. Dann käme es zum Gau, und wir hätten das zweite Fukushima hier im Weserbergland. In einem solchen Fall ist kein Platz für Ermittlungen, die du hier in deiner Freizeit anstellst, Norbert. Selbst wenn du etwas herausfinden würdest – niemand würde es akzeptieren, wenn du hier ohne den offiziellen Apparat im Hintergrund ermittelst. Dauber hat keinen Antrag auf Amtshilfe bei deinem Chef gestellt. Somit bist du hier ein Privatmann, ohne besondere Rechte und Befugnisse. Und wenn diesmal etwas schiefläuft, würde dies das Ende meiner Karriere bedeuten, Norbert.“

„Ich verstehe. Und während wir hier stehen und sprechen, läuft im Hintergrund die große Maschine an, um die Erpresser zu stellen.“

Maja nickte. „Womöglich steht das alles in einem Zusammenhang, und wir sind den Fall sowieso los.“

Ulbrichts Gedanken fuhren Karussell. Er wollte Maja nicht im Stich lassen, andererseits wollte er sie auch nicht in Gefahr bringen. Es musste eine Lösung geben. „Und nun?“, fragte er.

„Lade ich dich zu einer Pizza ein. Zu mir nach Hause – wenn du noch magst. Den ‚Grünen Reiter‘ verschieben wir einfach. Sorry, aber ich bin nicht in der Stimmung, jetzt noch essen zu gehen.“

Ulbricht nickte. Seite an Seite gingen sie durch die nahezu verlassen daliegende Altstadt, ohne ein Wort zu wechseln. Er suchte nach einer Lösung und wusste, dass es für Maja eine Katastrophe sein würde, wenn man ihr die Leitung der Mordkommission von höherer Stelle abnehmen würde. So weit durfte es nicht kommen.

Hameln, Pyrmonter Straße, 21.00 Uhr

Das Rauschen der Autos auf der vierspurigen Straße drang durch das offene Fenster bis ins Wohnzimmer des Hauses, in dem Maja vor zwei Jahren eine Wohnung bezogen hatte. Der Blick aus dem Fenster hinab auf das Torbayufer und die Weser hatte sie schon bei der ersten Besichtigung fasziniert – und so hatte sie damals nicht lange gezögert, den Mietvertrag zu unterschreiben. Der Nachteil an dieser Wohnung war, dass sie oft im Stau stand, wenn sie nach Feierabend noch mal losmusste. Die Pyrmonter Straße führte am westlichen Ufer der Weser entlang, und immer wieder kam es in Stoßzeiten zu Staus der Fahrzeuge, die über die nahegelegene Münsterbrücke in Richtung Stadtmitte unterwegs waren. Dafür lag das Klütviertel nicht weit weg, und sie konnte sich herrlich beim Joggen am Weserufer oder durch den Hamelner Wald entspannen – wenn sie denn dazu die Zeit fand. Für die kurzen Wege in ihrer Freizeit nutzte sie meistens das Rad, damit war sie schneller in der Stadt als mit dem Auto.

Das alles hatte Maja Norbert beim Abendessen in ihrer kleinen, aber gemütlichen Küche erzählt, und während er ihr aufmerksam zugehört hatte, wunderte er sich, wie viel sie ihm erzählte. Dennoch war ihm aufgefallen, dass sie ihr Liebesleben bislang stets ausgeklammert hatte.

Wie durch eine stille Absprache hatten beide auch den Fall nicht ein einziges Mal angesprochen, und Ulbricht kam es vor, als habe Maja ein schlechtes Gewissen, dass sie die geplante gemeinsame Freizeit nun doch mit Ermittlungen verbrachten.

„Puh, jetzt bin ich aber satt", murmelte sie, während sie sich mit der gelben Papierserviette über die Mundwinkel strich und ihren Teller von sich wegschob. Sie hatte ihnen eine Tiefkühlpizza in den Backofen geschoben, denn eine begnadete Köchin war Maja nicht. Oft musste es schnell gehen, und da griff sie gern zu Fertiggerichten.

Ulbricht hatte damit keine Probleme; ihm erging es im Alltag meist nicht anders. Gerade spülte er mit einem Schluck Einbecker Brauherren Pils nach und lehnte sich sichtlich zufrieden zurück.

„Wir speisen mal wieder wie Gott in Frankreich", bemerkte er und blickte Maja im Schein der Kerze, die sie zwischen ihnen auf den kleinen Tisch in der Küche gestellt hatte, an.

„Spar dir deine Ironie." Sie winkte ab und erhob sich, nachdem sie einen Schluck Rotwein genommen hatte.

„So ist das eben in unserem Job. Wir müssen froh sein, überhaupt Zeit zum Essen zu finden, wenn es mal wieder hoch hergeht." Er half ihr beim Abräumen und genoss die Nähe, als sie Seite an Seite die kleine Spülmaschine einräumten. Täuschte er sich, oder hatte sie heute Abend Parfüm aufgelegt?

„Allerdings." Maja drehte sich zu Ulbricht um, nachdem sie die Teller und das Besteck in die kleine Spülmaschine gestellt hatte. „Und ich wäre froh, wenn sie das Auto ein paar Tage später aus der Weser gezogen hätten." Ihr Lächeln misslang. „Dann hätten wir mehr Zeit für uns gehabt – für unsere gemeinsame Freizeitgestaltung, meine ich." Sie senkte den Blick.

Ulbricht war versucht, die Hand auszustrecken und ihr eine Strähne ihres kastanienbraunen Haars aus dem Gesicht zu wischen, doch im letzten Moment ließ er die Hand, die er schon erhoben hatte, wieder sinken. Auf keinen Fall wollte er, dass sie die körperliche Nähe falsch verstand.

„Wo schläfst du heute?", fragte sie unvermittelt.

„Ich habe mir ein Zimmer gebucht, im „Hotel Zur Börse" am Kopmanshof."

„Hättest auch hier schlafen können, ich habe eine sehr gemütliche Couch."

War das ein Angebot? Ulbricht fand, dass sie enttäuscht klang. Über die Frage der Übernachtung während seines Hameln-Aufenthaltes hatten sie im Vorfeld nicht gesprochen. Hatte sie vorausgesetzt, dass er bei Maja nächtigte?

„Und außerdem bin ich niemandem Rechenschaft schuldig", fügte sie trotzig hinzu und blickte ihm tief in die Augen, so tief, wie es schon lange keine Frau mehr getan hatte.

Dies wäre die Gelegenheit für Ulbricht, ihr die Frage zu stellen, die ihm schon so lange unter den Nägeln brannte. Gab es einen Freund in ihrem Leben, war sie geschieden oder sogar verwitwet, war sie so ungebunden, wie sie es immer signalisierte, oder spielte sie mit ihm? Nein, Letzteres war nicht vorstellbar für ihn. Sie war eine Frau mit Ecken und Kanten und durchaus in der Lage, ihm rhetorisch Paroli zu bieten, aber sie war eine sehr ehrliche Haut, dafür hätte er die Hand ins Feuer gelegt.

Er öffnete den Mund, noch während er nach einer passenden Formulierung suchte, stammelte einige Silben und brach dann ab. Vielleicht hatte er es in all den Jahrzehnten voller Einsamkeit verlernt, mit Frauen tiefgründigere Gespräche zu führen.

„Gibt es …", setzte er an, brach ab und schüttelte den Kopf. „Ich meine, hast du …"

„Norbert, du benimmst dich wie ein Schuljunge mit einem schlechten Gewissen", rügte Maja ihn augenzwinkernd. „Du kannst ruhig sagen, dass du keine Lust hast, mich bei den Ermittlungen zu unterstützen. Schließlich hast du extra freigenommen, um hier ein paar schöne Tage zu verbringen."

„Aber das ist doch …"

Sie schüttelte energisch den Kopf. „Das ist kein Unsinn. Du darfst mich nicht begleiten. Wir treffen uns einfach, wenn du Lust hast und ich Zeit habe. Schließlich sind wir beide erwachsen. Und in unserem Alter ist der Beruf eine Verpflichtung", sie schob einen theatralischen Seufzer ein, „der man sich stellen muss. Das Verbrechen schläft nie, Blabla." Nun musste sie selber lachen. „Also: Du kannst tun und lassen, was du möchtest, und ich würde mich freuen, wenn wir zumindest den Feierabend zusammen verbringen würden, solange du hier bist. Morgen früh um acht muss ich in der Inspektion sein. Aber nach der Arbeit werden wir uns sehen und irgendetwas unternehmen, wenn du magst. Nur lass mich meinen Job machen, ich habe keine Lust, meinen Hut nehmen zu müssen, weil ich ständig ..."

„... weil du ständig einen alten Sack mit dir rumschleppst, der seine Nase in Dinge steckt, die ihn nichts angehen." Er grinste schief. „Du kannst es ruhig aussprechen!"

„Ich habe keine Kraft für unnötigen Ärger, verstehst du das nicht?" Sie blickte ihm tief in die Augen. „Also, lass uns die gemeinsamen Abende genießen, und ich werde dir alles erzählen, was ich erlebt habe."

„Wie ein altes Ehepaar", brummte Ulbricht, ein wenig enttäuscht darüber, dass Maja seine Ansätze, das Gespräch mit ihr zu suchen, völlig falsch gedeutet hatte.

„Ja", nickte sie. „Wie ein altes Ehepaar. Auch das kann sehr schön sein, Norbert. Man kennt sich lange, weiß, wie der andere tickt und kann sich blind vertrauen. Und man kann stundenlang einfach nur quatschen und sich herrlich austauschen. So schlecht finde ich das gar nicht."

„Aber heiraten muss ich dich jetzt nicht?" Ulbricht grinste schief und freute sich innerlich, wieder die Oberhand zu gewinnen. Er ging zum Tisch zurück und setzte sich. Ein Schluck Bier. Den Schaum wischte er sich genießerisch mit dem Handrücken von den Lippen. Jetzt sehnte er sich nach einer Zigarette, doch er blieb standhaft.

„Nein", lachte Maja und folgte ihm zum Tisch. „Wir müssen nicht heiraten. Das ist etwas für postpubertäre Teenager."

Um ein Haar hätte er die Hand zurückgezogen, als sie ihre Hand auf seine legte und ihm wieder tief in die Augen blickte. „Also, mach dir keinen Kopf, es reicht schon, wenn ich mich darüber ärgere, dass unser freies Wochenende flachfällt."

Ulbricht dachte an den Laptop im Auto. Wäre dies der richtige Moment, ihr zu beichten, dass er den mobilen Rechner von Laurens Wulf eingezogen hatte? Er schwieg, wollte die Stimmung nicht verderben. „Wie du meinst." Ulbricht wiegte den Kopf und betrachtete sie aufmerksam. Im warmen Licht der Kerze wirkte ihr Gesicht wunderschön und geheimnisvoll. Sollte er ihr das, was er in diesem Augenblick sah und spürte, einfach sagen? Ein weiteres Mal dachte er daran, ihr doch noch von dem Laptop zu berichten, doch er traute sich einfach nicht, mit offenen Karten zu spielen.

„Ich werde mal das Hotel aufsuchen", sagte er stattdessen und leerte sein Bier. „Sonst lassen die mich nicht mehr rein. Ich habe doch noch gar nicht eingecheckt."

„In Ordnung." Maja blickte auf die Wanduhr. „Spät ist es geworden, und ein wenig Schlaf tut uns sicher gut."

„Ja."

Er nickte und ging zur Garderobe im Flur, wo sein zerknitterter Trenchcoat am Haken hing. Er zog ihn über und beobachtete Maja amüsiert dabei, wie sie sich an der Wohnungstür zu schaffen machte. Sie hatte eine Sicherheitskette vorgelegt, abgeschlossen und einen Riegel, der Schutz vor Einbrechern bieten sollte, vorgelegt.

„Berufsbedingte Paranoia", kommentierte Maja lachend, als sie seinen Blick sah. „Ich habe eben ein erhöhtes Sicherheitsbedürfnis."

„Das ist dein gutes Recht", nickte Ulbricht, der so etwas heute schon einmal von Beate Wulf gehört hatte. „In unserem Beruf sieht man ja eine ganze Menge."

Er reagierte einigermaßen überrascht, als Maja ihn an sich zog und die Arme um ihn schlang, wehrte sich aber nicht.

Rasch stellte sie sich auf die Zehenspitzen und hauchte ihm einen Kuss auf den Mund. Wie gut sich ihre Lippen anfühlten, wie gut sie duftete, dachte er noch, dann war der Traum vorüber.

„Wir telefonieren?“ Ihre Stimme klang ein wenig heiser, wie er fand. „Und versprich mir, in der Zwischenzeit keine Dummheiten zu machen. Du weißt, was für mich auf dem Spiel steht.“

„Natürlich.“ Dann war er draußen.

Lange hatte er nahezu regungslos im kalten Lichtkegel der Straßenlaterne gestanden und zu ihrem Fenster hinaufgeblickt. Immer, wenn ihre Gestalt schemenhaft am Fenster erschien, presste er sich ein wenig näher an die hohe Hecke in seinem Rücken. Er hatte geraucht und versucht, seine Ungeduld zu zähmen, was ihm von Stunde zu Stunde schwerer fiel. Doch er hatte sich in der Gewalt und beherrschte sich. Es nutzte nichts, wenn er sich benahm wie der Elefant im Porzellanladen. Alles zu seiner Zeit, beruhigte er sich, wenn er ihren Umriss oben am Fenster vorbeihuschen sah, bevor sie wieder im Schutz der Wohnung verschwand.

Sie ahnt nicht, dass ich hier bin, dachte er mit einem triumphierenden Grinsen auf den Lippen.

Ein kalter Wind fegte durch die kleine Seitenstraße, in der Maja Klausens Haus lag, und er fröstelte. Ihre beiden Autos standen vor dem Haus, das von einem blauen Holzzaun umgeben war. Wenigstens hatte es der Wind geschafft, die tiefhängenden Wolken über dem Weserbergland zu vertreiben. Nun regnete es nicht mehr, aber die Straße schimmerte noch feucht im Schein der Straßenlaternen. Als er den Kopf in den Nacken legte und nach den Sternen suchte, erschien es ihm, als würde die Stadt heute besonders hell leuchten. Er blickte sich um. Niemand außer ihm hielt sich auf dem kleinen Seitenarm der Pyrmonter Straße auf. Vorhin hatte eine alte Frau ihren Köter zum Pinkeln rausgebracht, war aber schnell wieder in einem der angrenzenden Häuser verschwunden. Sicherheitshalber hatte er sich hinter einem großen Holunderbusch in einem Vorgarten versteckt. In solchen Gegenden wohnten meist Spießer, jeder achtete auf den anderen, und sobald sich ein fremdes Gesicht in der Straße aufhielt, wurde schon mal schneller als nötig die Polizei gerufen. Aktion wachsamer Nachbar nannte man das. So etwas konnte er jetzt am wenigsten gebrauchen, dachte er grimmig. Nicht so kurz vor dem Ziel.

Den Wagen hatte er absichtlich in einer anderen Straße geparkt. Die Grundstücke der umliegenden Häuser boten genügend Möglichkeiten, sich zu verstecken, falls der seltsame Mann mit dem Wuppertaler Auto plötzlich das Haus verließ. Wenn sie nur zusammen arbeiten, lag es auf der Hand, dass er nicht im Haus der Kommissarin übernachten würde.

Wie auf ein stilles Kommando tat sich am Haus etwas. Die Haustür klappte, ein Bewegungsmelder tauchte den Bereich vor dem Eingang in ein flackerndes Licht, und eine massige Gestalt tauchte auf, von deren Gesicht er nicht viel erkennen konnte. Der Mann, von der Statur her war es ein Mann, blieb unter dem kleinen Vordach stehen und schien etwas zu suchen. Dann zog er eine Packung Zigaretten heraus und zündete sich einen Glimmstängel an. Nachdem er einen tiefen Zug genommen hatte, stapfte er den schmalen Weg entlang, der durch den kleinen Vorgarten führte.

Er presste sich wieder in den Schatten des Holunderbusches und hielt den Atem an. Von hier aus konnte er beobachten, wie die Glut der Zigarette wie ein Glühwürmchen in der Dunkelheit leuchtete. Der Mann ging zielstrebig zu seinem Auto, schloss auf und klemmte sich hinter das Steuer. Quietschend öffnete sich das Seitenfenster, und eine Qualmwolke waberte ins Freie, bevor drüben der Motor gestartet wurde. Er fuhr los und ordnete sich in den fließenden Verkehr auf der Pyrmonter Straße ein, dann war der Vectra in der Nacht verschwunden. Stille kehrte ein in dem kleinen Seitenarm der Hauptstraße.

Nun hatte er also freie Bahn. Er wartete ein paar Minuten, bis er sein Versteck verließ und sich dem Haus der Kommissarin näherte. Nun würde ihn niemand mehr von seinem Vorhaben abbringen.

Hameln, Kopmanshof, 21.40 Uhr

Natürlich hatte er sich an der Westfalen-Tankstelle noch mit einigen Dosen Pennerbier versorgt, die ihm die wohlverdiente Bettschwere nach dem ereignisreichen Tag bescheren sollten. Prinzipiell widerstand er den gekühlten Getränken der Minibars in den Hotels, die er besuchte. Die winzigen Flaschen waren völlig überteuert, und so stand er mit einer Kippe und einer halbleeren Dose Bier am offenen Fenster seines Hotelzimmers und blickte scheinbar gedankenverloren auf den einsamen Kopmanshof hinab. Der Nieselregen hatte nachgelassen, es war sogar ein paar Grad wärmer geworden. Jetzt schlichen erste Nebelschwaden wie Geister einer anderen Welt durch die verwinkelten Straßen der Rattenfängerstadt. Während er den würzigen Tabakrauch inhalierte, versuchte er seine Gedanken zu ordnen. Einmal mehr war er an einen Mordfall geraten; eigentlich nichts Ungewöhnliches – dies war schließlich sein Job. Doch dass er jetzt auch schon in seiner knappen Freizeit Verbrechen aufklärte, empfand er als befremdlich. Ulbricht fragte sich, warum er das tat und nicht einfach einmal ein paar freie Tage genießen konnte. War er schon so mit dem

Beruf verwachsen, dass er einfach nicht anders konnte, oder tat er das alles nur, um Maja Klausen zu gefallen? War es vielleicht sogar Mitleid, wenn er sie ermitteln ließ, während er demonstrativ die Füße hochlegte? Würde sie sich auch in seine Arbeit einmischen, wenn er in Wuppertal an einem Mordfall arbeitete und sie sich gerade im Bergischen Land aufhielt?

Er wusste es nicht, war sich aber ziemlich sicher, dass sich Maja ähnlich verhalten hätte. Und warum? Weil sie auch Polizistin mit Leib und Seele war? Oder weil er ihr nicht so egal war, wie sie es immer nach außen hin zeigte? Heute hatte sie ihm klar zu verstehen gegeben, dass es keine Alternative für sie war, nach Wuppertal zu ziehen, obwohl sie sich sympathisch waren. Vielleicht, so machte er sich Mut, hatte sie es auch nur gesagt, weil sie wütend auf ihn gewesen war. Das Thema hatten sie für den Rest des Abends ausgeklammert.

So wie er ihr noch immer nicht gestanden hatte, im Besitz des Laptops von Laurens Wulf zu sein. (Schlimm genug und ebenso wenig, dass er bei seiner Vermieterin war.) Das Gerät stand nun zusammengeklappt auf dem Schreibtisch. Er hatte den Netzadapter eingesteckt und betrachtete versonnen den leuchtenden Ring am Stecker.

Vielleicht würde er die Kiste mit Strom zum Laufen bekommen. Und er wagte sich noch nicht auszudenken, welche Informationen sich möglicherweise auf der Festplatte des Gerätes befanden. Nein, machte er sich selber Mut, es war richtig gewesen, Maja noch nichts von seiner Eroberung zu sagen. Es hätte den Abend sicherlich verdorben, wenn er es ihr eröffnet hätte, und deshalb hatte er das Thema versucht auszublenden, so gut es ging.

Aber der Fall, auch wenn sie nicht mehr darüber gesprochen hatten, zog weitere Kreise. Und Ulbricht war lange genug bei dem Verein, um zu wissen, dass die Kollegen beim Bundesnachrichtendienst so lange bohren würden, bis man den Ermittlern vor Ort jede Kompetenz geraubt hatte und der Fall aufgedeckt war. Zumindest so, dass die Medienvertreter beruhigt waren. Ob der Fall dann tatsächlich geklärt war und die richtigen hinter Gittern saßen, das stand oft auf einem ganz anderen Blatt.

Ulbricht zog an seiner Zigarette und pustete den Rauch in die nebelige Herbstnacht hinaus. Mit einem Schluck Bier spülte er nach. Das Bier in der Dose schäumte leise. Auf den am Straßenrand geparkten Autos hatte sich Beschlag gebildet. Tagsüber glänzende Lacke und die Scheiben der Autos wirkten jetzt stumpf und milchig im Licht der Straßenlaternen. Die Arbeit des BND war ihm schon immer unheimlich gewesen. Ulbricht war froh darüber, noch nicht allzu oft mit den Kollegen aus Berlin zusammengearbeitet zu haben. Er war ein Mann der Tat und ließ sich die Zügel nicht gern aus der Hand nehmen. Er zog ein letztes Mal an seiner Zigarette, bevor er den Stummel in die Nacht schnippte und die Glut ein letztes Mal aufglimmte, bevor sie mit einem leisen Zischen in einer Pfütze erstarb. Ulbricht wandte sich ab und durchquerte den Raum. Mit verschränkten Armen blieb er vor dem Fernseher stehen, der mit geringer Lautstärke lief. Eine dieser nervigen Gameshows mit einem durchgestylten Moderator, der sein Sohn sein könnte. Ulbricht nahm die Fernbedienung und zappte sich seufzend durch die Programme. Auf einem anderen Sender befand sich Mario Barth, der Weltrekordcomedian mit Berliner Schnauze, schon wieder auf dem

Handtaschen-Trip nach Nussloch. „Denk dir mal was Neues aus, Junge“, brummte Ulbricht und zappte weiter. Doch nichts konnte ihn ablenken, immer wieder kreisten seine Gedanken um den Fall und um Maja, die sich in der Zwickmühle befand. Der Hauptkommissar leerte die Bierdose und knüllte das dünne Weißblech mit dem Logo der Brauerei zusammen, um es mit einem Schwung in den Papierkorb neben den kleinen Schreibtisch am Fenster zu befördern.

Müde war er immer noch nicht. Ulbricht stierte auf die kleine Plastiktüte neben dem Fernseher. Zwei Dosen warteten noch auf ihn, und er war kein Freund halber Sachen. Doch nichts hielt ihn im Zimmer. Er musste noch mal raus, an die frische Luft. Vielleicht würde es ihm bei einem Spaziergang gelingen, seine Gedanken zu ordnen. Er drückte mit dem Daumen den roten Knopf an der Fernbedienung und schaltete die Flimmerkiste aus, dann schlüpfte er noch einmal in die ausgelatschten Schuhe und machte sich an der Plastiktüte des Bekleidungsgeschäftes in Rinteln zu schaffen. Die neue Jacke duftete frisch. Er riss die Papieretiketten ab und warf sie zu den leeren Bierdosen in den Papierkorb, dann streifte er sich die Jacke über. Ulbricht trat vor den großen Spiegel und betrachtete sich. Stellte den Kragen hoch und schob die Hände in die Taschen. Ja, so gefiel er sich. Die neue Jacke war gar nicht mal so schlecht, und immerhin hatte er mit der Investition in ein neues Bekleidungsstück Maja eine kleine Freude bereitet. Sie würde sich nicht länger über seinen alten Trenchcoat mokieren. Ulbricht nickte seinem Spiegelbild zu, schnappte sich den Zimmerschlüssel und ließ ihn in eine der tiefen Taschen gleiten. Nachdem er das Licht gelöscht hatte, stand er in dem einsamen Korridor. Der dunkelrote Teppich strahlte den üblichen Hotelgeruch aus, eine eigenartige Mischung aus Reinigungsmitteln, Kaffee und Nikotin. In einer Nische brummte ein Automat vor sich hin, an dem man sich rund um die Uhr mit Snacks und Getränken versorgen konnte. Ulbricht nahm das Treppenhaus, in dem bereits die Notbeleuchtung brannte. Die Rezeption lag verwaist da, aus dem Hinterzimmer drang Applaus an seine Ohren. Wer auch immer heute Nachtschicht schob - man vertrieb sich die ruhigen Nachtstunden bei der nervigen Gameshow. Ulbricht konnte es egal sein, er hatte sowieso keine Lust mehr auf Small Talk mit Hotelangestellten. So stand er schon bald auf der einsamen Straße und atmete tief durch. Ohne sich umzublicken, marschierte er einfach darauf los. Die Straße beschrieb nach wenigen Metern einen Bogen, dem er folgte. Irgendwann sah er linker Hand das blaue Hinweislicht eines Parkhauses durch die nebelige Nacht leuchten. Komisch, dachte er. So idyllisch Hameln auch streckenweise war, so gewöhnlich waren auch die Einrichtungen einer typischen Einkaufsstadt. Wie das Parkhaus, das mit einem eigenen kleinen Kiosk warb. Doch der Kiosk war längst geschlossen, und so marschierte Ulbricht weiter durch die Nacht und versuchte, seine Gedanken zu ordnen.

Einige kleine Nebenstraßen zweigten vom Kopmanshof ab; sie waren verwinkelt und strahlten durch ihre teils windschiefen Fachwerkfassaden einen märchenhaften Charme aus, der jetzt in der nebeligen Nacht surreal auf ihn wirkte. Auch wenn Ulbricht kein romantischer Mensch war, so konnte er sich in dieser Herbstnacht gut vorstellen, wie hier einst der Rattenfänger durch die Gassen marschiert war, um die Stadt von ihrer Plage zu befreien. Die zahlreichen kleinen Geschäfte und Kneipen, die längst geschlossen hatten, unterstrichen seinen Eindruck von der mittelalterlichen Stadt nur. Ulbricht blieb stehen, weil er glaubte, ein Geräusch hinter sich gehört zu haben. Er fuhr herum. Hinter ihm lag die Straße verlassen da. Wahrscheinlich, so machte er sich Mut, spann er schon. Oder es waren die Ratten, die sich mit Einbruch der Dunkelheit aus ihren Verstecken wagten, um den Menschen in Hameln das Leben schwer zu machen. Und nun drohte eine neue Plage über die Region hereinzubrechen. Diesmal viel bedrohlicher als damals im Mittelalter. Diesmal vernichtender und tödlicher, als dies in der Sage der Fall war. Ein Fall von atomarer Bedrohung, der die Stadt und das Umland für Jahrzehnte lang unbewohnbar machen würde - sollte es den Tätern gelingen, die Kühlanlage des Reaktors in Grohnde zu manipulieren. Ulbricht konnte trotz seiner langjährigen Erfahrung als Polizist nicht begreifen, wie Menschen zu einer solchen Tat imstande waren. Es passte einfach nicht in sein Bild vom Gerechtigkeitssinn, das er in all den Jahren nicht aus den Augen verloren hatte.

Ulbricht drehte sich wieder um und setzte seinen Weg durch die verwinkelten Nebenstraßen der Altstadt fort. Längst schon hatte er die Orientierung verloren, doch er war sicher, dass er ohne nach dem Weg fragen zu müssen zu seinem Hotel zurückfinden würde. Als er hinter sich wieder ein Geräusch vernahm, machte er auf dem Absatz seiner ausgelatschten Hush Puppies Schuhe kehrt und glaubte, einen Schatten zu sehen, der rechtzeitig mit der Dunkelheit einer Hofeinfahrt verschmolz.

„Feige Ratte", rief er in die Stille der Nacht und rechnete damit, dass jemand über seinem Kopf ein Fenster öffnete, um ihn mit einem Eimer Wasser zur Raison zu bringen. „Komm raus und zeig dich, wenn du was von mir willst!“ Nichts rührte sich hinter ihm, und Ulbricht glaubte schon, dass ihm seine angespannten Nerven einen Streich gespielt hatten. Nachdem Ulbricht einige Sekunden schweigend in der dunklen Gasse verbracht hatte und nichts geschehen war, setzte er seinen Weg durch die Nacht fort. Er versuchte sich die Namen der dunkelblauen Straßenschilder einzuprägen, gab aber schon bald auf. Irgendwie war er von der Bäckerstraße in die Hummenstraße gelangt, von hier aus noch zweimal abgebogen, als er einen Schlag am Hinterkopf spürte, der ihn glauben ließ, dass sein Kopf explodierte.

Mit einem kehligen Laut auf den Lippen sank Ulbricht zu Boden und dachte trotz der Situation an seine neue Jacke, die nun sicherlich dreckig war. Er rollte sich schützend zusammen und riss die Arme vor das Gesicht, wusste nicht, was ihm geschah, als er den festen Tritt in die Magengegend spürte und sich unter Schmerzen wandt. Hatte ihn jemand verfolgt und gesehen, wie er das Haus von Bärbel Terichsen in Bodenwerder mit dem Rechner des Toten verlassen hatte? Jemand, der Angst vor dem, was sich auf der Festplatte des kleinen Computers befand, haben musste?

„Ich will, dass du auf der Stelle dahin verschwindest, wo du hergekommen bist. Und lass die Finger von der Kommissarin, sonst schlag ich dich tot, du Schwein!“

Wieder ein Tritt, diesmal in die Seite, und Ulbricht glaubte das Brechen seiner Rippen nicht nur fühlen, sondern auch hören zu können. Ein kehliger Laut entwich seinem Mund, und er sah Sterne vor seinem Gesicht aufblitzen. Ein dunkler, bedrohlicher Schatten hatte sich vor ihm aufgebaut. Der Mann war größer als er und besaß breite Schultern. Das Licht der historischen Straßenlaterne fiel in den Rücken seines Peinigers, so dass Ulbricht vom Gesicht seines Gegners nichts erkennen konnte. Ulbricht versuchte, die Beine seines Gegners zu packen, und wollte sie wegziehen, doch er hatte keine Chance. Also winkelte er selber die Beine an, zog sie trotz seiner Schmerzen bis zum Bauch und setzte alle noch vorhandene Kraft in diesen einen Tritt, der auf den Unterleib des Hünen abzielte. Wenn es eine Chance gab, ihn zu überwältigen, dann nur, wenn er ihm ordentlich in die Eier trat, dachte sich Ulbricht, während er die Beine nach oben schnellen ließ.

Doch sein Gegner hatte offenbar mit diesem Versuch gerechnet. Mit einem seitlichen Schritt wich er aus und lachte, während er die Füße des Hauptkommissars zu packen bekam und sie mit voller Wucht zurückschleuderte. Ulbricht war beeindruckt von der schier unmenschlichen Kraft dieses Hünen.

„Halt' dich raus aus allem, was ich vorhabe, sonst wirst du deinen nächsten Geburtstag nicht erleben!" Noch ein Tritt, diesmal in die rechte Seite. Ulbricht krümmte sich vor Schmerzen. Seiner Lunge entwich ein asthmatisches Pfeifen, und zum ersten Mal im Leben nahm er sich ernsthaft vor, das Rauchen aufzugeben.

Sein Peiniger stand jetzt breitbeinig über Ulbricht, und er rappelte sich mit letzter Kraft auf und versuchte ihn an der Flucht zu hindern. Er stemmte die Arme hoch und versuchte, seinen Gegner zu Boden zu reißen. Vergeblich, denn im Gegensatz zu Ulbricht war er bei vollen Kräften und wehrte sich erfolgreich gegen den Versuch. Ulbricht hörte trotzdem, wie Stoff riss und er einen Fetzen zwischen den Fingern der rechten

Hand zu fassen bekam. Er fühlte auch etwas rundes und hartes in seiner Hand. Ein Knopf, wahrscheinlich aus Kunststoff. Eilig stopfte er den Knopf in seine eigene Jackentasche.

„Ich schlag dich tot, du Schwein. Hau ab aus Hameln, sonst ist das dein letzter Fall, du mieser Bulle!" Ein letzter Tritt in den Magen, dann gab die dunkle Gestalt Fersengeld. Immerhin wusste sein Gegner, dass er Polizist war. Ulbricht wandte den Kopf und blickte ihm nach. Er schätzte den Kerl auf mindestens zwei Meter, dazu breite Schultern und dunkle Kleidung. An den Füßen hatte er schwere Stiefel getragen, möglicherweise Springerstiefel. Eilig entfernten sich die Schritte auf dem Pflaster, dann war Ulbricht mit sich allein. Endlich, so dachte er sich, konnte er sich seinem Schmerz hingeben und auf seinen Tod warten.

Hameln, 21.55 Uhr

Kurzentschlossen hatte er es sich anders überlegt und die Verfolgung des Kommissars aufgenommen, um ihm eine Abreibung zu verpassen. Es war wohl besser, erst den Handlanger der Kommissarin auszuschalten, bevor er ans Eingemachte ging. Vielleicht genügte ein Warnschuss.

Er wusste es nicht, hatte zu wenig Erfahrung auf diesem Gebiet. Doch der Gedanke, dass sie ihm jetzt doch noch auf die Schliche kamen, war unerträglich für ihn. Mühsam hatte er sich einen Plan zurechtgelegt, wie er vorgehen sollte. Es ging darum, seine Spuren zu verwischen und falsche Fährten zu legen. Er hatte viel geopfert und viel riskiert. Und er war zum Mörder geworden. Hellmann war zu einer Gefahr geworden, deshalb hatte er keine Alternative gesehen, als ihn aus dem Weg zu räumen. Natürlich hatte das die Bullen auf den Plan gerufen, schließlich hatte Grohnde eine ganz aktuelle Brisanz gewonnen. Die Menschen reagierten sehr sensibel, wenn es um das Kernkraftwerk ging, das in ihrer geliebten Heimat stand. Der Reaktor war in den Augen vieler Menschen eine tickende Bombe, und diese Angst hatte er sich zunutze gemacht.

Ein wenig atemlos erreichte er den alten BMW, den er vorhin an der Mühlenstraße, unweit der Rattenfängerhalle, abgestellt hatte. Die spitzen Giebel der Vielzweckhalle ragten in den wolkigen Nachthimmel über dem Weserufer und ließen das Gebäude wirken wie ein riesiges Ufo, das am Rand der Hamelner Altstadt gelandet war. Den Knopf der Funkfernbedienung musste man ein wenig fester drücken, bis die Zentralverriegelung entsicherte. Wahrscheinlich war die Batterie, eine kleine Knopfzelle im aufklappbaren Zündschlüssel der Limousine, schwach. Er sank in die verschlissenen Lederpolster und sah den Autoscheiben beim Beschlagen zu. Zeit, die Gedanken zu ordnen. Wie sollte er jetzt vorgehen?

Kurz war er versucht, über den Fluss zur Pyrmonter Straße zu fahren und zum Haus der Kommissarin zurückzukehren. Doch wahrscheinlich schlief sie längst. Und er hatte keine Lust auf unnötigen Ärger, denn er war sicher, dass sein Eindringen in die Wohnung der Kommissarin nicht ohne Lärm ablaufen würde. Also entschloss er sich, abzuwarten.

Für heute sollte es genug sein, und so trat er den Heimweg an. Er schob den Zündschlüssel ins Schloss und startete den Achtzylinder, schaltete die Klimaanlage ein und wartete, bis er freie Sicht hatte. Dann fuhr er los, erreichte schon nach wenigen Metern die grüne Ampel am Münsterwall. Als sich der BMW wenige Meter vor der Einmündung des Ostertorwalls befand, sprang die Ampel auf Gelb um. Er zögerte, sein Fuß schwebte kurz über dem Bremspedal, dann ruckte der Fuß nach rechts und landete auf dem Gaspedal. Der hubraumstarke Motor der Limousine dröhnte auf, der Wagen vollführte einen Satz nach vorn, und im Augenwinkel konnte er noch das Rotlicht der Ampel erkennen, dann sah er bereits die Münsterbrücke. Und er sah das Blaulicht, das im Rückspiegel aufflackerte und den Innenraum des BMW erhellte. Eine Lautsprecherstimme quäkte durch die Nacht, und auch wenn er die Worte nicht verstand, wusste er genau, dass er gemeint war. Vielleicht hätte er an der Ampel doch lieber angehalten. Der blaue Streifenwagen schloss auf, und ihm war, als wäre sein Spiel an dieser Stelle bereits beendet.

Hotel zur Börse, 22.05 Uhr

Er wusste nicht, wie er sich zurück in das Hotelzimmer geschleppt hatte, doch irgendwie war es Ulbricht gelungen, unbemerkt an der Rezeption vorbeizuschleichen. Er spürte jeden einzelnen Knochen und schwor sich, am nächsten Heiligabend mal wieder in die Kirche zu gehen. Vor einer Viertelstunde hatte er geglaubt, auf dem Kopfsteinpflaster der verlassenen Seitenstraße zu verrecken. Immerhin – niemand war in sein Hotelzimmer eingebrochen. Das iBook stand noch auf dem Schreibtisch. Ulbricht hatte befürchtet, dass man ihm das kleine Gerät klauen würde, während er sich auf der Straße zusammenschlagen lassen hatte. Doch anscheinend war der Laptop nicht der Grund dafür gewesen, dass man ihn so malträtiert hatte. So gut es ging, hatte er sich entkleidet und unter die Dusche gestellt, um seine Lebensgeister zu erwecken. Als die Wasserstrahlen auf seinen geschundenen Körper herabprasselten, überzeugte sich Ulbricht davon, dass nichts gebrochen war. Vielleicht war die eine oder andere Rippe lädiert, aber gebrochen zu sein schien nichts. Also war er sicher, dass er sich von diesem Heini nicht einschüchtern lassen wollte. Da mussten schon andere kommen, um ihn fertigzumachen. Von einem einzelnen Schläger ließ er sich ganz bestimmt nicht außer Gefecht setzen.

Die gläserne Duschkabine war innerhalb weniger Sekunden beschlagen, und Ulbricht spülte den Beschlag mit dem Duschkopf ab, bevor er das Wasser abstellte und sich eilig mit dem frisch duftenden Badetuch abfrottierte. Im Spiegel betrachtete er seine Wunden und war sicher, morgen schon wieder einsatzbereit zu sein. Vielleicht hier und da ein Bluterguss, doch nichts, was einen echten Ulbricht von der Arbeit abhalten konnte. So schlüpfte er ein wenig ungelenk in eine bequeme Jogginghose und in ein Fleeceshirt. Er sank auf das weiße Hotelbett und dachte nach. Jemand hatte ihn zusammengeschlagen – wahrscheinlich war das der berühmte Schuss vor den Bug gewesen. Man hatte ihn mit der Kommissarin in Zusammenhang gebracht, und Ulbricht wusste, dass sein Peiniger nur Maja gemeint haben konnte. Wahrscheinlich verfolgte man sie schon seit Stunden. Und da er zum lästigen Zeugen geworden war, hatte man sich vorgenommen, ihn auszuschalten. Dies wäre in letzter Konsequenz sicherlich gewesen, ihn zu ermorden, doch aus irgendeinem Grund scheute sich der Täter davor. Jemand, der ein Kernkraftwerk in die Knie zwingen wollte, hatte Respekt vor dem Leben eines alten Hauptkommissars? Womöglich, so dachte er weiter, war er sogar dem Mörder von Sven Hellmann begegnet. Immerhin hatte er Ulbricht verschont. Nett, doch irgendwie unlogisch.

Etwas passte hier nicht zusammen. Ulbricht überlegte, dass der Schläger vielleicht auch auf Majas Spur war. Dieser Gedanke machte ihn wahnsinnig. Er stand auf, glaubte jeden einzelnen Knochen seines Körpers zu spüren und ging zum kleinen Schreibtisch neben dem Fenster. Hier lag sein Handy. Er sank auf den Stuhl, griff nach dem Telefon und rief Majas Nummer auf. Als sie sich auch nach dem sechsten Freizeichen nicht gemeldet hatte, wuchs seine Nervosität. Er drückte die rote Taste und war versucht, sich anzuziehen und zu ihr zu fahren. In dem Moment, als er sich erheben wollte, meldete sich sein Handy. Er nahm es und blickte auf das Display.

„Maja, ich hab mir schon Sorgen gemacht."

„Was ist denn los, ich hab schon geschlafen, Norbert." Sie klang tatsächlich verschlafen und gähnte ihm jetzt ungeniert ins Ohr.

„Es hat einen Zwischenfall gegeben, und ich mache mir Sorgen, dass du auch Besuch bekommst", erwiderte Ulbricht und schilderte Maja, was ihm zugestoßen war.

„Mein Gott, das ist ja schrecklich", rief sie aus und schien plötzlich hellwach zu sein. „Hast du den Streifendienst angerufen?"

„Wozu das?" Ulbricht lachte humorlos auf. „Was soll ich denen denn für eine Personenbeschreibung abgeben? Der Typ war groß und breitschultrig, sein Gesicht lag im Schatten, und es ging ziemlich schnell.

Dann rannte er weg, und ich konnte mich kaum rühren, was eine Verfolgung quasi unmöglich machte."

„Du hättest trotzdem ..."

„Nein, ist schon in Ordnung." Ulbricht war es ein wenig peinlich, dass sie sich um ihn sorgte. „Ich möchte nur, dass du auf dich aufpasst, hörst du?"

„Fenster und Türen sind bereits verschlossen, Norbert."

„Braves Mädchen."

Nun musste er grinsen. „Ich gehe davon aus, dass es sich bei dem Kerl um den gleichen Mann handelt, der Hellmann auf dem Gewissen hat. Wer hätte sonst Interesse daran, mich aus dem Verkehr zu ziehen? Für ihn bin ich der Fremde, der sich in deine Arbeit einmischt, also versucht er, mir das Handwerk zu legen. Und ich könnte mir wirklich gut vorstellen, dass er es jetzt bei dir versucht, Maja."

„Aber ich bin nicht die Polizei", wehrte sie sich. „Ich meine, wenn man mich ausschaltet, macht ein anderer meinen Job und wird erst aufgeben, wenn Hellmanns Killer gefasst ist."

„Das ist unsere Logik, aber wer sagt uns, dass wir es mit einem intelligenten Täter zu tun haben – nur, weil er versucht, ein Kernkraftwerk in die Knie zu zwingen?" Ulbricht hatte sich in Rage geredet. „Vielleicht leidet der Kerl schlichtweg unter Größenwahn? Jeder Depp kann sich im Internet informieren, wie man einen Gau hervorrufen kann, dazu braucht man nicht einmal einen Hauptschulabschluss, Maja."

„Vielleicht hast du recht und ich sollte umdenken."

„Umdenken?" Ulbricht rappelte sich von der Bettkante auf und suchte nach den Zigaretten. Er fand die zerknautschte Packung, klopfte sich mit der freien Hand einen Glimmstängel heraus und überlegte es sich anders. Es war höchste Zeit, das Qualmen aufzugeben. Nachdem, was hier heute passiert war. Er war sicher, dass er nicht so schnell in die Knie gegangen wäre, wenn er die Lunge in den letzten Jahrzehnten nicht mit Teer zugekleistert hätte. Ulbricht warf die Zigarette auf den Schreibtisch neben dem Fenster und angelte die vorletzte Bierdose aus der Tüte. Er riss sie mit dem Zeigefinger auf und setzte die Dose an die Lippen.

„Ja, umdenken", hörte er Majas Stimme. „Ich hatte irgendwie immer die Vorstellung, dass eine ganze Organisation hinter der Erpressung und dem Mord an Sven Hellmann stecken könnte. Ein Verein, der das alles straff durchorganisiert und auch dazu in der Lage ist, Grohnde in die Luft zu jagen."

„Was hätten die Burschen davon?" Ulbricht trat an das Fenster, blickte noch einmal hinaus in die Nacht. Doch von seinem Peiniger war weit und breit nichts zu sehen. Er zog die blickdichten, grauen Gardinen zu und setzte sich auf den Stuhl vor dem Schreibtisch. „Ich meine, so einen Gau kann man aus technischer Sicht provozieren, aber wer will das?"

„Militante Atomkraftgegner?"

„Hallo? Betrachte das mal nüchtern, Maja. Du verrennst dich in eine Sache. Atomkraftgegner sind die, die einen Gau um jeden Preis verhindern wollen, nicht die, die alles in Kauf nehmen, solange sie an viel Geld kommen, das sie mit der Erpressung vielleicht bekommen würden. Das sind zwei verschiedene Täterprofile, und ich glaube, die militanten Gegner kannst du abhaken."

„Vielleicht hast du recht. Also doch nur ein Einzeltäter, der alle Hebel in Bewegung setzt, um sich zu bereichern?"

„Er hätte die Möglichkeit, sich damit an die Öffentlichkeit zu bringen. So könnte er den öffentlichen Druck auf die Betreiber des Kraftwerkes ins Unermessliche erhöhen: Alle werden sagen ‚liebe Betreibergesellschaft, zahlt jeden Preis der Welt, solange es nicht zu einem atomaren Zwischenfall kommt'. Also, entweder ist er feige oder schlicht dumm." Ulbricht war sich seiner Sache plötzlich sehr sicher. Das Einzige, was ihm jetzt fehlte, war ein Punkt, an dem er ansetzen konnte, um den Täter zu stellen.

„Morgen werden wir Hellmanns Umfeld noch mal durchleuchten", murmelte Maja. „Es muss jemanden geben, der ihm nahegestanden hat. Sonst ist es nicht so leicht, in seine Wohnung zu kommen. Es gibt da eine Putzfrau, die sich Hellmann geleistet hat. Sie verfügt angeblich über einen Zweitschlüssel."

„Und das sagst du mir erst jetzt?", brauste Ulbricht auf. „Das ist der Schlüssel zum Täter, im wahrsten Sinne des Wortes!" Am liebsten hätte er sich auf der Stelle ins Auto gesetzt und hätte der Putzfrau einen nächtlichen Besuch abgestattet. Und plötzlich wusste er, dass er nicht tatenlos zusehen konnte, wie Maja sich den Fall vom BND abnehmen ließ, während sie die ersten Spuren aufgenommen hatte.

Holzminden, 22.20 Uhr

Als sie ihm die Tür öffnete, strahlte sie. Bevor er etwas sagen konnte, schmiegte sie sich an ihn, stellte sich auf die Zehenspitzen und verschloss seinen Mund mit einem leidenschaftlichen Kuss. Dass er froh war, in Hameln nur wegen eines Rotlichtverstoßes bezichtigt worden zu sein, sagte er nicht. Auf den Führerschein würde er einen Monat verzichten müssen, auch eine Geldstrafe würde er in Kauf nehmen. Aber immerhin war man ihm nicht auf die Spur gekommen, und nur das zählte. Sie war Bestandteil seines Plans, und er wusste genau, dass sie am Ende sterben musste, um ihm den Weg frei zu machen. Doch so weit war es noch nicht. Er würde sich noch ein wenig mit ihr vergnügen. Alles zu seiner Zeit, sagte er sich, als er ihre Nähe durch seine dicke Jacke spürte. Er vergrub seine Hände in ihrem Haar und öffnete den Knoten, der ihren Pferdeschwanz zusammengehalten hatte. Ihr Haar glitt nach unten und schmiegte sich um ihre Schultern.

„Du bist spät", sagte sie zwischen zwei Küssen, während sie ihre Hände auf Wanderschaft schickte. Nachdem sie ihm die Jacke von den Schultern gestreift hatte, glitt sie unter seinen Pullover. Immer wieder schaffte sie es, ihn um den Verstand zu bringen. Und es gelang ihr, dass er die Geschehnisse der letzten Stunden ausblendete und sich einfach ihrer Leidenschaft hingab.

„Ich habe so lange auf dich gewartet, und ich habe sogar vor lauter Sehnsucht einem fremden Mann die Tür geöffnet, weil ich dachte, dass du es wärst, der geklingelt hat", hauchte sie nun und blickte ihm tief in die Augen. Er verkniff sich, sie zu fragen, wer sie besucht hatte. Jetzt drückte sie die Tür hinter ihnen ins Schloss und zog ihn in den spärlich beleuchteten Flur. Sie ging vor ihm in die Knie, streifte ihm die Kleidung ab und vermochte dabei nicht zu verhindern, dass sich der Gürtel ihres Morgenmantels lockerte. Der flauschige Stoff glitt auseinander und gewährte ihm einen Ausblick auf ihren beinahe makellosen Körper. Im Zwielicht wirkte ihre Haut wie Samt. Er strich mit den

Händen durch ihr Haar und gab sich ihren Liebkosungen hin. Warf den Kopf mit geschlossenen Augen in den Nacken und vergaß das, was in den letzten Stunden geschehen war. Jetzt war der richtige Moment gekommen, um das Leben zu genießen.

Hameln, Hotel Zur Börse, 22.50 Uhr

Ulbricht fand keine Ruhe. Obwohl er müde war, wälzte er sich schlaflos im Bett herum. Auch die leise Berieselung aus dem Fernseher brachte keine Abhilfe. Er hatte sich für einen Privatsender entschieden, doch jetzt nervten ihn die Werbeunterbrechungen. Es interessierte ihn einen Dreck, dass George Clooney sein Leben gegen eine Kaffeemaschine tauschen wollte oder dass die amerikanische Restaurantkette „Goldene Möwe", wie Ulbricht sie nannte, mit neuen, von Stammkunden der Kette entwickelten Burgern lockte. Seine Gedanken kreisten um den seltsamen Zwischenfall.

Ulbricht, der im Dunkeln die Wand angestarrt hatte, drehte sich auf die linke Seite. Das Netzteil des Laptops leuchtete jetzt grün. Bedeutete das, dass der Akku geladen war? Er stieß die Bettdecke fort und setzte sich auf die Bettkante. Seine Finger glitten über den Nachtschrank, suchten und fanden den Schalter der Nachttischlampe und betätigten ihn. Kurz war er von dem kleinen Lichtkegel geblendet, fuhr sich mit der rechten Hand durch das Gesicht, als könne er so die Müdigkeit abschütteln, und erhob sich. Er schnappte sich den Stuhl vor dem Schreibtisch, setzte sich verkehrt herum darauf und klappte den Laptop auf. Streckte beinahe ehrfurchtsvoll die Hand aus und drückte den

Einschaltknopf. Es tat sich etwas, und das Geräusch deutete Ulbricht so, dass die kleine Festplatte im Gehäuse des mobilen Rechners anlief. Im nächsten Augenblick ertönte ein Gong, der ihn erschrocken auffahren ließ.

Der Mac startete. Ulbricht konnte sein Glück kaum fassen und blickte fasziniert auf das Display, wo nun unter einem Symbol das freundliche „Willkommen" eines altmodischen Betriebssystems aufleuchtete. Und sein Glück schien vollkommen zu sein, als er nicht nach einem Passwort gefragt wurde. Entweder war Laurens Wulf ein sehr gutgläubiger Mensch gewesen oder damals war Sicherheit auf einem Rechner nicht das große Thema, von Datendiebstahl einmal ganz zu schweigen. Es dauerte einen Augenblick, bis er sich mit dem System zurechtfand, das ein wenig anders aussah als sein gewohntes Windows 7 am Rechner im Wuppertaler Polizeipräsidium, aber er klickte sich geduldig durch die Menüfenster. Ulbrichts Müdigkeit war verflogen, und er zog sich eine Bierdose auf, während er sich mit den Daten auf dem iBook vertraut machte. Es dauerte nicht lange, bis er einen mit „Briefe" benannten Ordner fand. Während man heute meist per E-Mail oder Telefon kommunizierte, schrieb man damals offenbar noch Briefe, die man auf dem Postwege versandte. Laurens Wulf war offenbar ein ordnungsliebender Mensch gewesen - er hatte die Adressaten alphabetisch geordnet und nach Datum abgelegt. Ulbricht scrollte sich durch die einzelnen Dokumente und bedauerte, dass es im Ordnersystem keinen Betreff zu lesen gab, wie das bei E-Mails der Fall war. Er trank einen Schluck Bier und lehnte sich im Stuhl zurück. Die Zeit, alle Briefe von Laurens Wulf zu lesen, nahm er sich gern. Immerhin war er froh, dass der alte Rechner nach zehn Jahren noch funktionierte. Und während er las, vergaß er die Zeit. Ein Name tauchte mehrmals in den Dateien auf: Bernd Ulrich Janssen, Anwalt in Hameln. Ulbricht fragte sich, warum ein Journalist so regen Kontakt zu einem Anwalt hatte, und las jeden Brief. Und in den frühen Morgenstunden wusste er, wem er einen Besuch abstatten musste, um mit etwas Glück mehr zu erfahren.

ELF

Hameln Klütstraße, 10.30 Uhr

Das markante Eckgebäude konnte er nicht verfehlen. Schon von Weitem leuchtete ihm der auffallend rote Eckturm im Licht der Herbstsonne entgegen.

Ulbricht fand einen Parkplatz unter den ausladenden Bäumen im Finkenborner Weg und legte den Weg zum Eingang der Anwaltskanzlei zu Fuß zurück. Es war ein kühler, aber sonniger Morgen, und Ulbricht war froh, dass er kaum noch Schmerzen hatte. Ein paar blaue Flecken zierten seinen Körper, doch auch das würde bald vergessen sein. So blieb ihm die Hoffnung, dass man den Kerl bald schnappte, der ihn in der Seitenstraße unweit des Kopmanshof zusammengeschlagen hatte.

Für Ulbricht bestand kein Zweifel daran, dass der Schläger mit dem Mord an Sven Hellmann und Laurens Wulf in Verbindung stand. Das Laub raschelte unter seinen Schuhen, und ab und zu knackte es, wenn er auf eine Kastanie trat. Dann hatte der Hauptkommissar sein Ziel erreicht. Maja hätte ihm beim Anblick des repräsentativen Gründerzeitgebäudes mit dem verspielt wirkenden rot angestrichenen Turm sicherlich von einem romantischen Märchenschloss vorgeschwärmt, da war sich Ulbricht sicher, als er vor dem schmiedeeisernen Tor an der Klütstraße 15 stand und einen Blick in den kleinen parkähnlich angelegten Garten warf, der die Villa umgab. Das Herbstlaub schimmerte im milchigen Licht der Sonne in allen Farben, und tatsächlich rechnete Ulbricht jeden Moment damit, dass Dornröschen eines der Turmfenster öffnete und sein Haar herabließ.

Doch Ulbricht war kein Märchenprinz, sondern ein Hauptkommissar im Urlaub. Und er suchte nach einem wichtigen Tipp, der ihn im Fall der geheimnisvollen Weserleiche eine kleine Spur weiterbrachte. Einen Hinweis erhoffte er sich von Rechtsanwalt Bernd Ulrich Janssen, der in der romantischen Villa mit dem malerischen roten Turm residierte. So stand es links neben dem Eingangstor an einem Schild. Sprechzeiten nach Vereinbarung, las Ulbricht. Er war weder ein potenzieller Mandant, noch duldete der Fall zeitlichen Aufschub. Janssen praktizierte hier im Klütviertel als Rechtsanwalt und Notar, vielleicht genau der richtige Mann für jemanden wie Laurens Wulf, überlegte Ulbricht. Ulbricht zögerte einen Augenblick, dann drückte er das eiserne Tor auf und fand sich mit dem nächsten Schritt auf einem mit Platten ausgelegten Weg wieder, der auf den prächtigen Eingang des Hauses zuführte. Das Efeu, das an einem Teil der strahlend weißen Fassade emporrankte, schillerte bunt wie die Blätter der Weinreben in den Steilhängen an der Mosel. Ulbricht zählte elf Stufen, dann stand er vor einer reichlich verzierten, zweiflügeligen Eingangstür und betätigte die Klingel. Er wartete einen Augenblick, dann rührte sich drinnen etwas. Durch die in die Tür eingearbeiteten Scheiben sah Ulbricht einen Schatten im Flur auftauchen, dann öffnete sich die Tür. Laute Musik schallte ihm entgegen.

„Ja bitte?"

Hatte Ulbricht beim Gedanken an einen namhaften Anwalt einen frisch rasierten Mann im Maßanzug erwartet, wurde er enttäuscht: Ulbricht blickte in das fragende Gesicht eines Mannes um die sechzig. Ergraute, etwas längere Haare und ein sorgsam gestutzter Vollbart. Zwei aufmerksame Augen blickten ihn fragend an. Sein Gegenüber trug eine Jeans, dazu Hausschuhe und ein weißes Hemd, dessen oberster Knopf offen stand; darüber eine dünne schwarze Baumwollweste. Ein sympathischer Mensch, mit dem er gern mal ein Bier getrunken hätte.

„Herr Janssen?"

„Ja, worum geht es denn?"

„Mein Name ist Ulbricht, Hauptkommissar Ulbricht. Bitte entschuldigen Sie die Störung am Samstag, aber es ist sehr wichtig.

„Samstags ist meine Kanzlei eigentlich geschlossen", wagte Janssen einen zaghaften Widerspruch, doch als er Ulbrichts Gesichtsausdruck sah, machte er eine einladende Geste. „Kommen Sie schon, ich habe sowieso im Büro zu tun." Nun zwinkerte er seinem Gast zu. „Ich werbe schließlich für meine flexiblen Öffnungszeiten, also werde ich die Polizei nicht wieder fortschicken."

„Danke." Ulbricht lächelte und folgte dem Rechtsanwalt ins Haus. Er beobachtete Janssen, wie er ein wenig umständlich die schwere Haustür schloss und einen massiven Riegel vorlegte.

„Ich brauche das einfach, um mich sicherer zu fühlen", erklärte er, als er den Gesichtsausdruck seines Besuchers gesehen hatte.

Ulbricht antwortete nicht darauf. „Sie hören Musik bei der Arbeit?", fragte er stattdessen.

„Gefällt es Ihnen?", fragte Janssen, während er Ulbricht in sein großes Büro führte. Das Mobiliar war gediegen und einem gut verdienenden Anwalt durchaus angemessen. Als Ulbricht schwieg, sagte er: „Das ist Gordon Matthew Thomas Sumner." Nun lächelte er ein wenig verständnisvoll. „Ihnen dürfte er als Sting bekannt sein. Englishman in New York. Sehr alt, aber nach wie vor eines seiner besten Stücke." Er griff nach einer kleinen Fernbedienung und reduzierte die Lautstärke.

Ein Rechtsanwalt um die sechzig, der auf Sting stand. Das hat man auch nicht alle Tage, dachte Ulbricht, während er in einen der beiden Besucherstühle vor Janssens Schreibtisch sank. Sein Gastgeber umrundete den Tisch und setzte sich ebenfalls. Er betrachtete Ulbricht.

„Also, was kann ich für Sie tun?", fragte er in einem fast jovialen Tonfall und legte das Kinn in die Hände.

„Ich ermittelte in einem Tötungsdelikt - jedenfalls deutet sehr viel darauf hin, dass es eines ist. Sagt Ihnen der Name Laurens Wulf etwas?"

„Das ist lange her", murmelte Janssen nachdenklich. „Ja, der Name ist mir bekannt."

„Zehn Jahre, um genau zu sein."

„Möglich."

„Wulf war im Besitz der geheimen Baupläne für das Kernkraftwerk in Grohnde. Wir haben die Festplatte seines Laptops gespiegelt - deshalb führt mich mein Weg zu Ihnen. War Wulf einer Ihrer Mandanten, Herr Janssen?"

Ulbricht band dem Anwalt nicht auf die Nase, dass die Festplatte nicht gespiegelt worden war, sondern dass er sich in der Nacht im Hotelzimmer mit den Mails und Kontakten auf Wulfs Laptop auseinandergesetzt hatte. Kurz überkam ihn das schlechte Gewissen, weil er Maja nicht in Schwierigkeiten bringen wollte. Bei der Erinnerung an den letzten Abend schnürte sich seine Kehle zu. Sie war so niedergeschlagen gewesen, als sie ihm eröffnet hatte, dass der

Fall an ranghöhere Behörden abgegeben werden sollte, noch bevor sie zum Zuge gekommen war.

„Ich nehme an, Sie können sich als Kriminalpolizist legitimieren?" Hatte Bernd Janssen eben noch freundschaftlich geklungen, so blickte er Ulbricht nun mit versteinerter Miene an. Seine Augen wirkten plötzlich kalt und wachsam, und Ulbricht wünschte sich, nie jemals gegen diesen Mann vor Gericht kämpfen zu müssen.

Mit dieser Frage hatte Ulbricht gerechnet. „Natürlich", sagte er schnell und zog seinen Dienstausweis hervor. „Sie können gern Kriminaloberrat Dauber von der Polizeiinspektion an der Zentralstraße anrufen. Oder Sie sprechen mit Hauptkommissarin Maja Klausen – sie leitet die Ermittlungen im Fall Laurens Wulf." Ihm wurde heiß bei der Nennung von Majas Namen.

„Der Ausweis ist von einer Behörde in Nordrhein-Westfalen ausgestellt", bemerkte Janssen, der sich den Dienstausweis genau ansah.

„Amtshilfe", sagte Ulbricht eilig und hoffte, dass der Rechtsanwalt darauf verzichten würde, in der Polizeiinspektion anzurufen, um sich zu vergewissern, dass Ulbrichts Besuch legal war. Auch wenn er den Kriminaloberrat schätzte, aber er wusste, dass es dann wohl mit der Freundschaft vorbei sein würde. Und Grundmann würde triumphieren. Diesen Triumph gönnte Ulbricht ihm auf gar keinen Fall.

„Hat der liebe Dauber wieder Personalnotstand?" Nun huschte der Ansatz eines Lächelns um die Lippen des Rechtsanwalts. Er reichte Ulbricht den Dienstausweis zurück, der ihn schnell in der Manteltasche verschwinden ließ.

„Ich sehe, Sie kennen sich", erwiderte Ulbricht, um Zeit zu gewinnen.

„Ich bitte Sie", erwiderte Janssen sichtlich amüsiert. „In Hameln spricht sich alles schnell herum, und die Rattenfängerstadt ist ein Dorf – im positivsten Sinne des Wortes. Ich weiß, dass es um den Toten geht, der gestern aus der Weser geborgen wurde. Dann haben Sie das Verschwinden von Laurens Wulf offenbar aufgeklärt."

Ulbricht nickte und fühlte sich plötzlich unwohl in seiner Haut. Offenbar hatte sich die Nachricht vom Fund der Weserleiche bei Hessisch Oldendorf wie ein Lauffeuer im Weserbergland verbreitet.

„Sein Verschwinden haben wir aufgeklärt, aber nicht die genauen Todesumstände. Deshalb bin ich hier."

„Ich fürchte, ich kann Ihnen nicht viel dazu sagen", erwiderte Bernd Janssen. „Aber wie gesagt – ich dachte mir, dass es sich bei dem Toten im Fluss um Wulf handelt."

„Warum haben Sie sich dann noch nicht bei uns gemeldet?", fragte Ulbricht, mehr, um die Oberhand zurückzugewinnen.

„Weil ich wusste, dass Sie spätestens heute bei mir auftauchen", entgegnete Bernd Janssen schnell. „Aber ich fürchte, ich kann Ihnen nicht weiterhelfen."

„Wie bitte?"

„Ich habe meinem Mandanten zu Lebzeiten absolutes Stillschweigen – auch im Interesse der öffentlichen Sicherheit – versprochen."

„Ihr Mandant ist tot."

„Das ändert nichts an der Grundsituation."

„Wir haben die geheimen Baupläne für das Kraftwerk gefunden und konnten geschäftliche Verbindungen zu Ihrer Kanzlei feststellen. Wie können Sie mir das erklären, Herr Janssen?"

„Sie haben recht, und das habe ich auch eben schon in einem Nebensatz erwähnt: Herr Wulf war mein Mandant. Mehr werde ich Ihnen nicht sagen, tut mir leid." Er lächelte höflich.

„Wussten Sie davon, dass er im Besitz der geheimen Pläne war?"

„Es wäre verheerend, wenn sie in die falschen Hände geraten wären", erwiderte Janssen, ohne Ulbrichts Frage zu beantworten.

„Also waren die Pläne bei Laurens Wulf in guten Händen?" Ulbricht legte zweifelnd den Kopf schräg. „Er war Journalist und lebte davon, Skandale aufzudecken. Eine Möglichkeit, die wir in Erwägung ziehen, ist, dass es eine Schwachstelle im System gab und er diesen Missstand aufdecken wollte - deshalb musste er sterben. Die andere Theorie würde bedeuten, dass er sich die Pläne auf illegalem Wege beschafft hat und für einen hohen Preis an irgendeine Untergrundorganisation verkaufen wollte. Was halten Sie von dieser Theorie?"

„Seitdem das Kernkraftwerk 1977 gebaut wurde, gab es immer wieder Atomkraftgegner, die das am liebsten verhindert hätten. Doch das war nicht möglich. Vielleicht sagt Ihnen der Begriff „Die Schlacht von Grohnde" etwas? Bei der gewalttätigen Demo hat es zahlreiche Verletzte gegeben, das war bundesweit in den Nachrichten damals. Aber verhindern ...", er schüttelte mit einem Ausdruck von Bedauern den Kopf, „... verhindern konnten auch diese Schlägereien das Atomkraftwerk nicht. Und stellen Sie sich einen Terroranschlag auf ein Kernkraftwerk vor: Jemand möchte Grohnde sprengen. Das Werk selber ist hermetisch abgesichert, dort kommt niemand rein oder raus."

„Das beantwortet meine Frage nicht. Haben Sie eine Ahnung, wie Wulf in den Besitz der Pläne gekommen ist und was er damit vorhatte?"

„Hätte er Schlechtes im Sinne gehabt, dann würden wir uns hier und heute nicht gegenübersitzen", prognostizierte Janssen. „Aber es ist anzunehmen, dass er die Schwachstelle im Kraftwerk kannte."

„Gibt es denn eine?" Unwillkürlich hatte Ulbricht die Bilder aus Fukushima im Kopf.

„Ich bin kein Spezialist, aber es dürfte feststehen, dass die geheimen Pläne darüber Aufschluss geben würden, wenn es denn eine Möglichkeit gäbe, die Sicherheitsvorkehrungen zu umgehen. Und sicherlich können Sie sich vorstellen, was geschehen kann, wenn jemand von seinem Wissen Gebrauch macht, der Schlechtes im Schilde führt."

„Es muss Originale der Pläne geben", antwortete Ulbricht. „Haben Sie eine Idee, wo die sein könnten?"

„Im Werk wahrscheinlich. So etwas wird wohl kaum an die Öffentlichkeit kommen."

Janssen seufzte, dann erhob er sich.

„Tut mir leid, mehr kann ich Ihnen aber wirklich nicht dazu sagen."

„Wie kam die Geschäftsverbindung zu Laurens Wulf zustande?"

Ulbricht blieb sitzen.

Janssen lachte amüsiert. „Wie kommen Geschäftsbeziehungen zustande? Ich betreibe hier an der Klütstraße meine Kanzlei, man kann mich anrufen und einen Termin vereinbaren, dann stehe ich meinen Mandanten zur Verfügung. Und zwar mit allen Rechten und Pflichten, wenn Sie verstehen?"

„Und zu Ihren Pflichten gehört auch die Geheimhaltung über Details zur Geschäftsverbindung?"

„Natürlich! Die Schweigepflicht steht in unserem Beruf ganz oben, wie auch bei Pastoren, Ärzten und Steuerberatern. Herrn Sticher kennen Sie ja bereits", erwiderte Janssen. „Wenn Sie mich jetzt entschuldigen würden?"

Ulbricht hatte keine Einwände und ließ sich zur Tür bringen. Dort angekommen, wandte er sich zu dem Anwalt um. „Wissen Sie, was mich stutzig macht?"

Janssen schwieg abwartend.

„Es mag Zufall sein, aber ich habe erfahren, dass Sie als Anwalt auch Dr. Jochen Bankheimer vertreten haben." Eine Vermutung nur, aber Ulbricht hatte so etwas zwischen den Zeilen in einem von Wulfs Briefen gedeutet.

„Stimmt, allerdings ist der Fall nicht so spektakulär wie Sie vielleicht glauben", nickte Bernd Janssen nun. „Bankheimer ist nicht nur Vorstandsvorsitzender der Grohnde Energie GmbH und damit Geschäftsführer des dortigen Atomkraftwerkes – er ist aufgrund seiner Position als wohlhabend zu bezeichnen und im Besitz einiger Immobilien. Und da eines meiner Schwerpunktgebiete auch das Immobilienrecht ist, habe ich ihn vor Gericht vertreten, wenn es zu Streitigkeiten mit seinen Mietern kam." Nun lächelte Janssen wieder. „Ich hoffe, das macht mich jetzt nicht zum Verdächtigen. Bankheimer habe ich nie vertreten, wenn es ums Kraftwerk ging."

Ulbricht nickte.

Er glaubte Janssen.

„Eine letzte Frage: In welcher Angelegenheit haben Sie Laurens Wulf vertreten?"

„Auch das unterliegt der Diskretion. Aber es sei Ihnen gesagt, dass es keinen Rechtsstreit gab. Wulf war ein ehrlicher Mensch, der sich nichts zuschulden kommen ließ. Und so war es eher mein Rat, den er suchte. Und ich habe ihm geholfen. Was ich damit sagen möchte: Es wird Ihnen nichts nutzen, wenn Sie die alten Gerichtsakten wälzen."

„Wenn Ihnen noch etwas einfällt, dann teilen Sie das bitte meinen ortsansässigen Kollegen mit, Herr Janssen. Es ist nicht so, dass Sie unter Verdacht geraten, an einer Straftat beteiligt gewesen zu sein, allerdings geht es hier gerade um die nationale Sicherheit, und es wäre einfach wahnsinnig nett von Ihnen, wenn Sie mit uns kooperieren würden."

Janssen nickte und ersparte sich eine Antwort. Ulbricht nickte dem Anwalt zu und stieg die elf Stufen hinunter, die in den Vorgarten der Villa führten, ohne sich noch einmal umzusehen. Mehr konnte er hier und in diesem Augenblick nicht ausrichten.

„Ach, Herr Ulbricht?", hörte er Janssens Stimme hinter sich.

Der Hauptkommissar wandte sich um. Bernd Janssen stand vor dem Portal der Villa und grinste nun jungenhaft. „Vielleicht sollten wir mal ein Bier trinken gehen - wenn das alles vorbei ist!"

Rinteln, 11.00 Uhr

Grundmann hatte miese Laune. Wahrscheinlich hatte er sich das Wochenende ein wenig anders vorgestellt. Nun saß er neben Maja im zivilen Golf Variant und zog ein langes Gesicht, während die Landschaft an ihnen vorüberzufliegen schien. Majas Gedanken kreisten um Norbert. Sie fragte sich, wie es ihm ging und wie er den seltsamen Überfall in der Nacht verkraftet hatte. Unkraut vergeht nicht, hatte er ihr per SMS am frühen Morgen geschrieben und dann ein „Ich melde mich später, Gruß Norbert".

Was immer das zu bedeuten hatte, Maja hoffte inständig, dass er sich eine der zahlreichen Sehenswürdigkeiten im Weserbergland ansah. Es wäre sicherlich fatal, wenn er sich weiterhin in ihre Ermittlungen einmischte. Jetzt, wo das LKA seit dem Morgen im Boot saß und die Zügel in der Hand hielt, musste sich jeder streng an die Regel halten. Wahrscheinlich wurden die Kollegen aus Hannover sogar vom Bundesnachrichtendienst ferngesteuert, denn der Erpresseranruf von Grohnde verlangte nach dem großen Besteck, wie Dauber es in der Morgensitzung salopp genannt hatte.

„Wenn sich das LKA in den Fall einmischt, können die ruhig auch die Drecksarbeit machen", nörgelte Grundmann, während er sich lustlos in den Beifahrersitz lümmelte und an den Nägeln kaute.

„Kein Frühstück gehabt?", kommentierte Maja den unappetitlichen Anblick ihres Partners bissig. „Die brauchen eine Menge Personal, und ehrlich gesagt, ist es mir egal, wer welche Aufgabe übernimmt, solange wir das Schlimmste verhindern können."

„Und du glaubst wirklich, dass Hellmanns Mörder damit in Zusammenhang steht?", fragte Grundmann. „Dann müsste unser gesuchter Täter ja ein Psychopath sein, wenn er Grohnde hochgehen lässt." Er lachte trocken auf, als hätte man ihm einen schlechten Witz erzählt.

„Stimmt – das hatten wir ja noch nie", erwiderte Maja bissig und konzentrierte sich auf den Verkehr. Jürgen Grundmann hatte es mal wieder geschafft, ihre angeschlagene Stimmung ganz in den Keller zu bringen.

„Man muss mit allem rechnen und darf nicht sagen, dass niemand Interesse daran haben könnte, ein Kernkraftwerk in die Luft zu jagen, weil er dann wohl erstens größenwahnsinnig und zweitens ein potenzieller Selbstmordkandidat sein muss."

„Das wäre ja wie Nine Eleven", brummte Grundmann. „Am elften September hat es auch niemand für möglich gehalten, dass voll besetzte Flugzeuge in die Twin Towers von New York rasen. Und es ist trotzdem passiert."

„Jetzt hast du mich verstanden", seufzte Maja erleichtert. Sie hatten das Haus, in dem Anieszka Donca lebte, erreicht. Maja fand einen freien Parkplatz gleich vor der Tür des Mehrfamilienhauses und rangierte den Variant in die Lücke. „Dann auf in den Kampf", sagte sie an Grundmann gewandt, der seine massige Gestalt mit einem gequälten Gesichtsausdruck in den kühlen Herbstmorgen stemmte. Maja nahm die Mappe vom Rücksitz, dann schritten sie auf das Haus zu. Mit einem Blick auf die Tafel mit dem Klingelschild überzeugten sie sich davon, dass sie hier richtig waren. Grundmann nickte und betätigte die Klingel. Es dauerte einen Augenblick, dann ertönte ein Türsummer. Grundmann drückte auf und stand in einem spärlich beleuchteten Treppenhaus, in dem es nach abgestandenem Mittagessen roch.

„Na Mahlzeit", murmelte er mit erhobener Augenbraue und machte keinen Hehl daraus, sich hier nicht sonderlich wohlzufühlen. Irgendwo im Haus hörte jemand laute Musik und sang ebenso laut wie falsch mit. „Das ist genau das, was ich an meinem freien Tag brauche."

„Es ist kein freier Tag, solange der Fall nicht geklärt ist", erwiderte Maja gallig. „Mit der Alarmierung wird in unserem Job das Privatleben ausgeblendet, bis der Fall gelöst ist. Es ist unsere Aufgabe, dass wir uns in die Arbeit stürzen, und wir wissen nie, ob die Spur, die wir gerade verfolgen, zum gewünschten Erfolg führt. Keiner aus dem Team weiß das, also müssen wir lernen, mit Misserfolgen und dem Frust umzugehen. Und es ist nicht unser Ding, dass wir uns beklagen, wenn wir seit mehr als zwanzig Stunden nicht geschlafen haben, das gehört einfach ausgeblendet, du solltest das wissen, Jürgen."

Es war Maja ein Bedürfnis, Grundmann den Kopf zu waschen. Sie hatte die Nase voll von seiner schlechten Laune.

„Und jetzt wollen wir mal sehen, was die gute Frau uns zu ihrem ehemaligen Arbeitgeber berichten kann."

Grundmann nickte stumm und betrat die ersten Stufen des gefliesten Treppenhauses, das den Charme der Sechzigerjahre des letzten Jahrhunderts ausstrahlte. Im ersten Stock gab es zwei Wohnungstüren, die sich gegenüberlagen.

In beide Türen waren vergilbte Spione eingelassen. Maja orientierte sich kurz, dann drückte sie die Klingel der rechten Tür.

„Warum lässt sie uns ins Haus, wenn sie die Tür nicht öffnet?", muffelte Grundmann.

Bevor Maja antworten konnte, beobachteten sie, wie sich hinter der Tür etwas tat. Schritte näherten sich, dann verdunkelte sich der Spion. Sie wurden begutachtet.

„Kriminalpolizei, bitte öffnen Sie die Tür", sagte Maja laut und hielt die Dienstmarke mit dem niedersächsischen Wappen vor das Guckloch in der Tür. Ihre Ansprache schien bei Grundmann nachzuwirken. Als sie sich zu ihm umwandte, sah sie, dass sein rundes Gesicht noch immer puterrot war. Sie hoffte, dass er seinen Frust gleich nicht an der Putzfrau von Sven

Hellmann auslassen würde. Auf unnötigen Ärger hatte sie keine Lust.

Drinnen wurde leise geflüstert, dann öffnete sich die Wohnungstür. Maja und Grundmann blickten in das unrasierte Gesicht eines Mannes Mitte dreißig. Die blonden Haare wirkten fettig und standen in alle Himmelsrichtungen ab. Seine Augen wirkten glasig. Das war definitiv nicht Anieszka Donca.

„Wir möchten Frau Donca sprechen", eröffnete Grundmann ihm ohne Gruß. „Ist sie zu Hause?"

„Ja, ist sie." Die Miene des Mannes verfinsterte sich. Er trug ein verwaschenes T-Shirt und eine Baumwoll-Jogginghose, dazu blaue Plastik-Badelatschen. Seine Arme wirkten muskulös, auch der Nacken war straff und deutete darauf hin, dass er regelmäßig zu Gast im Fitnessstudio war. Und er wirkte auf Maja, als hätte er die Nacht durchgemacht. Den Polizisten wehte eine Alkoholfahne entgegen. „Worum geht es denn?" Sein harter polnischer Akzent fiel ihr sofort auf.

Maja stellte erst sich, dann Grundmann vor und erklärte ihr Anliegen. „Es geht um Sven Hellmann. Wie wir wissen, hat Frau Donca für ihn gearbeitet. Deshalb haben wir ein paar Fragen an sie."

Die Miene des Mannes war versteinert. Seine Kieferknochen mahlten. „Hellmann?" Er betrachtete die Polizisten wie lästige Insekten. „Sie putzt für ihn." Unterschwelliger Hass schwang in seiner Stimme mit, und Maja deutete diesen Hass so, dass er nicht damit klarkam, dass seine Frau für einen fremden Mann putzte. Der Begriff Eifersucht brannte sich in ihr Hirn.

„Dürfen wir fragen, wer Sie sind?", herrschte Grundmann sein Gegenüber an.

„Alexander Donca. Ich bin Anieszkas Mann." Er ignorierte Maja und schenkte Grundmann einen vernichtenden Blick, dann gab er den Eingang frei. „Bitte kommen Sie."

Maja und Grundmann folgten ihm in einen schmalen Korridor, der aufgrund einer mit Jacken völlig überladenen Garderobe noch enger wirkte als er schon war. Gegenüber gab es einen Ankleidespiegel und einen Schlüsselkasten. Die erste Tür rechts führte in die Küche. Ebenfalls ein kleiner Schlauch mit Fenster am Ende, in dem es nach Essen duftete. Einfaches Mobiliar, aber recht ordentlich erhalten. Auf dem Herd köchelte etwas in einem Topf auf kleiner Flamme. Die gegenüberliegende Tür war verschlossen; Maja vermutete das Schlafzimmer dahinter. Rechts zweigte eine zweite Tür ab, die nur angelehnt war. Dahinter gab es ein knallblau gefliestes Badezimmer. Links lag das Wohnzimmer, ein recht großer Raum mit einem schwarzen Ledersofa und einem flauschigen Teppich, auf dem ein Glastisch stand. Die Schrankwand stammte aus den frühen Neunzigern. Durch die beiden großen Fenster fiel die Sonne in den Raum und tauchte das Zimmer in ein anheimelndes Licht. Die Balkontür stand offen. Im Fernsehen lief das Programm eines polnischen Senders, davor stand ein bequemer Fernsehsessel mit hoher Lehne – ebenfalls in schwarzem, abgewetzten Leder.

Die zierliche Frau hatte die blonden Haare zu einem Pferdeschwanz gebunden. Sie saß mit angezogenen Beinen auf dem Sofa und hatte es sich mit einer Decke und einem flauschigen Kissen gemütlich gemacht. Ihre schmale Nase bildete einen eigenartigen Kontrast zu den hohen Wangenknochen und dem breiten Mund. Maja bemerkte ihre rot lackierten Fingernägel. Auffallend war, dass sie nur einen Ohrring trug. Womöglich eine Modeerscheinung, überlegte die Hauptkommissarin. Eine hübsche Frau, befand sie und trat näher. Mit den Händen hielt sie einen übergroßen Kaffeepott umklammert und blickte auf, als die Beamten sich im Raum aufbauten und ihr knapp zunickten. Die junge Frau riss sich vom Fernsehprogramm los und schaltete den Ton mit der Fernbedienung aus.

„Frau Donca?“, fragte Maja und lächelte höflich. „Anieszka Donca?“ Sie schätzte die Frau auf Mitte, Ende zwanzig.

„Ja, die bin ich.“ Sie lächelte ein wenig verunsichert. „Worum geht es?“ Der Kaffeepott landete auf dem Tisch und hinterließ dort prompt einen Rand.

Wieder stellte sich Maja vor.

„Wir wissen, dass Sie für Sven Hellmann als Haushaltshilfe gearbeitet haben.“

„Das stimmt.“

Ihr Deutsch war besser als das ihres Mannes, doch auch bei ihr war der markante Akzent nicht zu überhören. Alexander hatte sich demonstrativ in den Ledersessel vor dem Fernseher fallen lassen und betrachtete das Geschehen in seiner Wohnung mit großem Misstrauen. Zwischen seinen Augenbrauen hatte sich eine steile Falte gebildet.

„Moment“, rief Anieszka Donca dann. „Sagten Sie, ich habe für Hellmann gearbeitet?“

„Das ist richtig“, nickte Grundmann mit wichtiger Miene. Maja war froh, dass er zu seiner Selbstsicherheit zurückgefunden hatte. „Wir müssen Ihnen leider mitteilen, dass Sven Hellmann gestern tot in seiner Wohnung aufgefunden wurde. Man hat ihn erschossen.“

„Sagen Sie, dass das nicht wahr ist“, stammelte die junge Frau. Ihr Blick huschte zu Alexander herüber. Seine Miene war regungslos. Anieszka Donca zitterte am ganzen Leib. Sie trug einen gefütterten Hausanzug und schien trotzdem zu frieren.

„Doch, leider hat mein Kollege recht“, bemerkte Maja und setzte sich neben die junge Frau. „Und wir sind hier, weil Sie uns vielleicht helfen können.“

„Er wurde ermordet?“, fragte die junge Frau. Sie tauschte einen hektischen Blick mit ihrem Mann, dessen Miene aber verschlossen war. „Wie ist das möglich? Er war ein wichtiger Mann und wusste sich zu schützen. Immerhin war das sein Beruf im Kraftwerk.“

„Sie scheinen sich auszukennen“, bemerkte Grundmann und lehnte lässig im Türrahmen.

„Natürlich. Er war sehr nett und hat gutes Trinkgeld gegeben, wenn es mal wieder ein wenig mehr in seiner Wohnung zu tun gab.“

„Es gab mehr zu tun?“ Grundmann hob die Augenbraue, eine Macke, die er sich von Dauber abgeguckt hatte.

„Nun, manchmal hatte er Besuch, und dann wurde gefeiert. Viele Freunde, wahrscheinlich auch Frauen. Aber das hat mich nie gestört. Ich habe die Wohnung wieder schön gemacht, das war dann immer etwas mehr Arbeit als das normale Putzen, das ich zweimal in der Woche gemacht habe. Er hat sich nie lumpen lassen, ein feiner Mann, wirklich.“

„Ich nehme an, die Stelle war angemeldet?“, fragte Grundmann dazwischen und fing sich dafür einen bösen Blick von Maja ein.

„Natürlich - oder denken Sie, ich habe dort schwarzgearbeitet?“ Sie schüttelte den Kopf, und ihr Pferdeschwanz wippte. „Nein, er war ein Mann in einer gehobenen Position, er hatte es nicht nötig, Schwarzarbeit machen zu lassen. Alles war amtlich bei ihm, alles musste immer seine Richtigkeit haben.“

So wie sie sprach, schien sie nicht erst seit wenigen Jahren in Deutschland zu leben, überlegte Maja. Da sich Anieszka Donca recht gut ausdrücken konnte, lag die Vermutung auf der Hand, dass sie einen guten familiären Background hatte und wahrscheinlich sogar in Deutschland geboren war.

„Sie besitzen einen Schlüssel für seine Wohnung?", kam Maja auf den Punkt. Sie hatte keine Lust auf Grundmanns unqualifizierte Fragen und wollte keine unnötige Zeit verlieren.

„Ja. Ich habe in der Regel geputzt, während er arbeiten war."

„Wer hat Zugriff zu diesem Zweitschlüssel?"

Nun wurden die Augen der Putzfrau groß. „Moment", rief sie. „Wollen Sie sagen, dass ich …"

„Ich will gar nichts sagen", unterbrach Maja sie. „Wir möchten nur wissen, was da los war. Der Täter hat keine Einbruchspuren hinterlassen, und nun suchen wir nach einer Erklärung."

„Eine Möglichkeit ist, dass der Mörder sich mit einem Zweitschlüssel Zugang zur Wohnung verschafft hat", polterte Grundmann mit wichtiger Miene dazwischen.

„Stopp, stopp, stopp", brauste nun Alexander Donca auf. „Soll das bedeuten, dass meine Frau unter Mordverdacht steht?" Seine Augen schienen Funken zu versprühen.

„Das soll erst einmal gar nichts heißen", rief Maja und hob beschwichtigend die Hände. „Aber es ist unsere Pflicht, alle Spuren zu verfolgen."

„Also: Wer hat Zugriff auf Ihren Zweitschlüssel?" Grundmann stieß sich ab und begann eine Wanderung durch den Raum. Trat ans Fenster, blickte scheinbar gelangweilt hinaus auf die Straße.

„Wir beide", sagte Anieszka keinlaut. „Er hängt im Schlüsselkasten im Flur. Aber ich hätte nichts davon, ihn zu erschießen. Damit bin ich arbeitslos geworden und bekomme kein Geld mehr von ihm." Nun traten Tränen in ihre Augen, und sie barg das Gesicht in ihren Händen. Lautlos weinend zuckten ihre Schultern.

Maja blickte zu Alexander Donca hinüber, doch der hielt es nicht für nötig, seine Frau in den Arm zu nehmen. Noch immer regungslos hockte er einfach da und tat, als ginge ihn das alles nichts an.

„Wo waren Sie gestern gegen Mittag?", fragte Maja sanft, aber bestimmend.

„Hier. Ich habe Wäsche gemacht."

„Und dafür gibt es keinen Zeugen?"

Jetzt kam wieder Leben in Alexander Donca. „Ich kann das bezeugen. Als ich von der Arbeit nach Hause kam, war sie hier und stand in einem Wäscheberg, hat gebügelt und das Zeug weggefaltet."

Maja nickte, sagte ihm aber nicht, dass seine Aussage wegen Befangenheit nicht zählen würde, sollte es darauf ankommen.

„Moment", rief die junge Frau nun und wischte sich eine Träne aus dem Augenwinkel. „Ich habe telefoniert, mit einer Freundin. Sie können sie gern fragen." Nun lächelte sie sogar. „Und wenn ich telefoniere, bringe ich keine Leute um, das können Sie mir glauben."

„Das will ich gern tun", erwiderte Maja lächelnd. Sie klappte die mitgebrachte Mappe auf und zückte einen Stift. „Bitte nennen Sie mir den Namen Ihrer Freundin und die Rufnummer sowie Ihre Telefonnummer."

„Was soll der Kinderkram?", fuhr Alexander Donca jetzt auf.

„Ruhig, Mann", herrschte Grundmann ihn an. Mit einem Satz war er bei ihm und baute sich vor ihm auf. „Wir machen hier unsere Arbeit, und wie wir das tun, das müssen Sie schon uns überlassen, verstanden?"

Alexander Donca nickte und sank wieder in den Sessel, aus dem er sich eben aufgebracht erheben wollte. Er hatte eine drohende Haltung angenommen, und Maja beobachtete aus dem Augenwinkel, wie sich die Männer mit Blicken maßen.

Sie hatte inzwischen die gewünschten Daten von Anieszka Donca erhalten und nickte. „Das werden wir natürlich überprüfen, Frau Donca. Reine Formsache. Eine andere Frage: Während Sie telefonierten, hing der Schlüssel da auch im Kasten?"

„Natürlich." Sie nickte schnell. „Er hängt immer dort."

„Und niemand, der hier zu Besuch war, konnte ihn entwenden?"

Im aparten Gesicht der jungen Frau zuckte es. Sie warf ihrem Mann einen schnellen Blick zu, stierte kurz ins Leere, dann schüttelte sie den Kopf. „Nein", sagte sie leise. „Niemand war hier."

„Gut." Maja wandte sich an Alexander Donca. „Und wie sieht es bei Ihnen aus?"

„Hören Sie schlecht? Ich war arbeiten gestern. Aber um zwölf ist Feierabend, und ich bin nach Hause gekommen. Wir gehen immer einkaufen freitags. Wie so viele berufstätige Menschen. Wochenendeinkauf, verstehen Sie?"

„Natürlich", nickte Maja und ließ sich die Daten seines Arbeitgebers nennen, die sie mitschrieb. Seine Angaben würde sie so schnell wie möglich überprüfen lassen. „Und der Schlüssel befindet sich jetzt auch im Kasten?"

„Sicher." Anieszka Donca legte das große Kuschelkissen zur Seite und erhob sich. Erst jetzt sah Maja, wie klein sie war. Sie schätzte die Frau auf höchstens eins sechzig. Sie ging von Maja gefolgt in den kleinen Korridor zum Schlüsselkasten. Ein Baumarkt-Produkt, wie es sie zu zigtausenden gab. Gebürstetes Aluminium mit gemusterten Öffnungen in der Klappe. Keine Vorrichtung, um den Kasten zu verschließen. Ein Magnetverschluss reichte.

Sven Hellmanns Haushaltshilfe öffnete den Kasten, griff hinein und nahm, ohne lange zu suchen, ein Schlüsselbund heraus. „Hier", sagte sie. „Das ist er. Ein Haustür- und ein Wohnungsschlüssel. Den Briefkastenschlüssel hatte ich nicht - wozu auch?" Sie lachte ein wenig hysterisch, und Maja spürte, dass sie Angst hatte.

„Ich werde den Schlüssel mitnehmen - natürlich erhalten Sie eine Quittung dafür."

„Wie Sie wollen." Nun war Anieszka Donca wieder ernst geworden. „Ich werde den Schlüssel sowieso nicht mehr brauchen." Ihre blauen Augen füllten sich wieder mit Tränen.

Maja nahm den Schlüssel mit spitzen Fingern an seinem Ring und gab Grundmann, der den Hausherrn im Blick behalten hatte, ein Zeichen. Jürgen Grundmann zog ein kleines durchsichtiges Tütchen aus der Jackentasche und hielt es offen. Maja ließ den Schlüssel hineinfallen.

„Danke", sagte sie an die Polin gewandt. „Wie war Ihr Verhältnis zu Sven Hellmann? Hat er mit Ihnen über private Dinge gesprochen?"

„Nein." Kopfschütteln. „Überhaupt nicht. Wie gesagt, meist habe ich dort gearbeitet, wenn er im Kernkraftwerk war, so sind wir uns nur selten begegnet. Er hat mir meinen Lohn in ein Kuvert gesteckt, das am Spiegel in seiner Wohnung hing. Und oft war mehr Geld darin, aber das sagte ich ja schon." Sie dachte kurz nach, schien sich zu erinnern. „Aber er war immer sehr freundlich zu mir. Höflich, aber distanziert. Und oft war ich nicht dort. Zweimal die Woche, montags und donnerstags."

„Zu festen Zeiten?"

„Meist vormittags."

„Und zuletzt?"

„Jetzt Donnerstag, also vorgestern."

„Gut. Maja nickte Grundmann zu. „Wusste irgendjemand aus Ihrem Bekannten- oder Familienkreis, dass sich der Schlüssel zu Sven Hellmanns Wohnung hier befindet?"

„Ich habe nie darüber gesprochen. Deshalb glaube ich nicht, dass sich jemand dafür interessiert hat."

Sie lächelte scheu.

„Hören Sie, ich bin eine einfache Putzfrau. Der Job ist nicht so aufregend, dass man darüber stundenlang reden könnte."

„Bitte kommen Sie heute Nachmittag in die Polizeiinspektion Hameln-Pyrmont/Holzminden, Zentralstraße 9 in Hameln. Wir benötigen Ihre Fingerabdrücke." Grundmanns Stimme duldete keinen Widerspruch.

„Wofür?", mischte sich Alexander Donca ein und nahm wieder seine drohende Haltung ein.

„Wir müssen Ihre Frau erkennungsdienstlich behandeln – nicht, weil sie unter Tatverdacht steht, sondern weil unsere Spurensicherung ihre Fingerabdrücke mit denen vergleichen muss, die die Kollegen in Sven Hellmanns Wohnung gefunden haben", erklärte Maja geduldig und wandte sich an Anieszka Donca, die ein wenig eingeschüchtert zwischen den Männern stand und nervös auf der Unterlippe kaute.

„Danke für Ihre Antworten." Maja nickte Alexander Donca zu, der sich hinter Grundmann im kleinen Flur aufgebaut hatte und immer noch finster dreinblickte. Maja drückte der jungen Frau eine Visitenkarte in die Hand. „Hier", sagte sie freundlich. „Da steht meine Handynummer drauf. Sollte Ihnen noch irgendetwas einfallen, rufen Sie mich an. Tag und Nacht, wenn es sein muss."

„Das werde ich tun", nickte Anieskza leise. „Ganz bestimmt."

Bad Pyrmont, 11.15 Uhr

Ulbricht unterbrach seine Wanderung und blickte auf, als sich ein Auto näherte. Der Hausherr war nicht anwesend, auch auf sein Klingeln am großen Tor hatte sich niemand gemeldet. Wahrscheinlich schlief hier sogar der Wachmann. Ulbricht war, nachdem ihm der Eintritt zum Gelände von Jochen Bankheimers Villa verwehrt geblieben war, vor dem hohen Zaun auf- und abgewandert und hatte sich so die Zeit vertrieben. Von den kleinen Überwachungskameras ließ er sich dabei nicht abschrecken, ein paar Mal hatte er sogar in einem Anflug von Heiterkeit in die Kameralinsen gewunken.

Dem kleinen silbernen Peugeot Cabrio schenkte er keine Beachtung. Es war eines dieser kleinen französischen Autos, in denen man normalerweise miniberockte hübsche blonde Mädchen mit riesengroßen Sonnenbrillen erwartete, nicht aber einen grau melierten Herrn Mitte fünfzig im teuren Maßanzug. Umso erstaunlicher war der Hauptkommissar, dass Bankheimer nun in einem solchen Vehikel vorfuhr. Er stoppte den Tussiflitzer vor dem Tor und betätigte eine kleine Fernbedienung. Als er Ulbricht sah, nickte er ihm zu. Nahezu lautlos war das Tor aufgeglitten, Bankheimer gab Gas und wirbelte mit den Reifen den weißen Kies in der Einfahrt auf. Ulbricht wich aus und folgte dem Hausherrn eilig. Bankheimer hatte das kleine Cabrio vor dem nach seinem Geschmack protzigen Eingangsportal der Villa zum Stehen gebracht und sprang nun eilig aus dem Wagen. „Hören Sie", bellte er Ulbricht an. „Ich möchte, dass Sie auf der Stelle das Grundstück verlassen, sonst alarmiere ich meinen Sicherheitsdienst!"

„Nun mal langsam", erwiderte Ulbricht gelassen. „Mein Name ist Ulbricht, Norbert Ulbricht, Kriminalpolizei."

„Kripo?" Bankheimer nestelte am Knoten seiner Krawatte herum und runzelte die Stirn. Anscheinend passte Ulbricht nicht in seine Vorstellung von einem Hauptkommissar, den der Mann sicherlich nur aus Film und Fernsehen kannte. Jetzt lachte Bankheimer auf.

„Sie sind von der Kripo?" Als Ulbricht schwieg, fuhr er fort: „Dann bin ich der Weihnachtsmann!"

Solche Typen ließen Ulbricht kalt. Längst hatte er sich abgewöhnt, sich über solche Menschen aufzuregen. Er zog seinen Dienstausweis aus der Manteltasche und hielt ihn so, dass das nordrhein-westfälische Wappen nicht zu sehen war. „Reicht das?"

Bankheimer trat näher und warf einen Blick auf Ulbrichts Legitimation. „Na gut", sagte er in einem versöhnlicheren Ton. „Was kann ich für Sie tun?"

„Vielleicht mit mir ins Haus gehen?" Ulbricht deutete mit dem Kinn auf die Villa, die sicherlich mehrere Millionen gekostet hatte.

Bankheimer schien zu überlegen. Dann nickte er. „Also gut. Ich habe aber nicht viel Zeit, weil ich …"

„Es wird nicht lange dauern", versprach Ulbricht und folgte dem Vorstandsvorsitzenden der Betreibergesellschaft ins Haus. „Ich hatte gedacht, Sie fahren ein … größeres Auto."

„Das ist der Wagen meiner Freundin, den ich gerade für sie aus der Werkstatt geholt habe", erwiderte Bankheimer.

„Dann wollen wir hoffen, dass alle Schrauben festgezogen sind."

„Wie bitte?"

Sie standen im Eingangsbereich des Hauses, und das Licht der Herbstsonne tauchte den Marmorboden in eine schillernde Fläche, die Ulbricht an das Funkeln des Meers in der Abendsonne erinnerte.

„Ihnen ist bekannt, dass wir gestern einen Ihrer Geschäftswagen aus der Weser geborgen haben?"

Bankheimer deutete ein Nicken an.

„Ich hörte davon, ja."

„Dann wissen Sie sicherlich auch, dass in dem Wagen jemand saß."

Sie hatten das Wohnzimmer erreicht. Große Fensterflächen und eine zweiflügelige Tür, die in den parkähnlichen Garten führte, ließen auch hier warmes Licht eindringen. Blauer Teppich, darüber wertvolle Läufer, eine strahlend weiße Couch und ein Ensemble aus Sesseln im gleichen Bezugsstoff gesellten sich zu einem kleinen Glastisch, der auf vier goldenen Beinen ruhte. An den ebenfalls weißen Wänden Ölgemälde in goldenen Rahmen. Die Farbe der Gardinen korrespondierte hervorragend mit dem Gold der Bilderrahmen und den Tischbeinen. Bei Dunkelheit sorgten vier Stehlampen mit ebenfalls goldfarbenen Schirmen für Licht.

Ulbrichts Blick glitt hinaus in den großen Garten. Zwei Birken säumten den Weg, der von der Terrassentür ins Grüne führte.

Jochen Bankheimers Miene war verschlossen, als er Ulbricht Platz anbot. Nachdem der Hauptkommissar in einen der Sessel gesunken war, setzte sich auch der Hausherr. Er schlug die Beine übereinander und betrachtete Ulbricht nachdenklich.

„Sie machen Witze", nahm Bankheimer den Faden wieder auf. „Eine Leiche im Wagen der Grohnde Energie GmbH?"

„Leider scherze ich nicht, wenn es um tote Personen geht." Ulbricht schüttelte den Kopf. „Und es reihen sich in diesem Fall ein paar Merkwürdigkeiten aneinander, von denen ich mir erhoffe, dass Sie mir weiterhelfen können."

„Das Bundeskriminalamt hat die Ermittlungen aufgenommen", wurde Ulbricht belehrt. „Ich weiß, offen gestanden, gar nicht, ob ich Ihnen Auskunft geben darf."

„Das dürfen Sie", beruhigte Ulbricht ihn mit nahezu stoischer Ruhe. Unwillkürlich fragte er, wo sein altes Temperament geblieben war. Früher hätte er auf den Tisch gehauen, wenn ihm im Verhör jemand krumm kam. Doch dies war kein Verhör im klassischen Sinne, und Ulbricht hatte Urlaub. Vielleicht entspannte das die Lage.

„Schießen Sie los", bat Bankheimer und seufzte theatralisch, nicht, ohne auf seine ebenfalls goldene Armbanduhr zu blicken. „Wie gesagt, ich habe nicht viel …"

„Zeit, ja, ich weiß", unterbrach Ulbricht ihn. „Wahrscheinlich liegen Ihre Nerven blank, weil gerade in diesem Augenblick in Grohnde eine große Anti-Atomkraft-Demonstration läuft. Genau vor den Toren Ihres Kraftwerkes. Es sieht nicht gut aus für die Kernkraftwerke in Deutschland."

„Der Umstand, dass unsere Gesellschaft erpresst wird, scheint Ihnen völlig gleichgültig zu sein", stieß Bankheimer hervor.

„Er ist mir keineswegs egal, aber darum kümmern sich die Kollegen. Mich interessiert Ihr Verhältnis zu Laurens Wulf. Und der Umstand, dass es offenbar Sicherheitslücken in Ihrem Kraftwerk gibt."

„Vielleicht beruhigt es Sie, wenn wir 2022 vom Netz gehen", erwiderte Bankheimer mit gespielter Langeweile. Dann wurde er ernst. „Was mich zugegebenermaßen nervös macht, ist der Erpresseranruf. Ich weiß nicht, was ich davon zu halten habe."

„Deshalb ermitteln die Kollegen vom LKA und vom BND, also kann ich mich auf die kleinen Fische konzentrieren." Ulbricht lehnte sich im Sessel zurück und wäre um ein Haar darin versunken. „In dem Fahrzeug, das auf seltsame Weise vor fast genau zehn Jahren aus dem Kraftwerk verschwand, befand sich Laurens Wulf, ein freier Journalist." Ulbricht achtete auf jede Regung im Gesicht des Geschäftsführers der Grohnde Energie GmbH. Vielleicht täuschte er sich, aber er glaubte, ein leicht nervöses Zucken im rechten Augenwinkel seines Gegenübers erkannt zu haben. „Haben Sie eine Erklärung dafür, wie Wulf an ein Fahrzeug aus dem Fuhrpark Ihrer Gesellschaft kam?"

„Nein."

„Aber der Name Laurens Wulf ist Ihnen bekannt?"

„Durchaus, wenn wir uns auch nur ein Mal persönlich begegnet sind."

Ulbricht wurde hellhörig. „In welchem Zusammenhang?"

„Das ist eine lange Geschichte."
„Ich habe Zeit."
„Ich aber nicht."
„Hier geht es um die Aufklärung eines Tötungsdeliktes, Herr Dr. Bankheimer. Und Sie sind verpflichtet, mir Rede und Antwort zu stehen, wenn Sie etwas wissen. Der Fall zieht seine blutige Spur bis in die Gegenwart." Ulbricht machte eine ausladende Geste. „Und hier sitzen wir nun – in der Gegenwart. Ihr Kraftwerk wird erpresst, man droht mit der Manipulation der Reaktorkühlung, was einen Gau zur Folge hätte. Und der Chef Ihres Werksschutzes wurde gestern ermordet in seiner Wohnung aufgefunden. An Ihrer Stelle würde ich mir langsam Gedanken machen, Herr Bankheimer. Die Luft in Grohnde wird zunehmend dünn, und wenn Sie etwas wissen, dann sollten Sie mir das mitteilen, damit wir gegensteuern und das Schlimmste verhindern können." Ulbricht blickte sich in dem Wohnzimmer um, das schätzungsweise halb so groß war wie seine ganze Wohnung in Wuppertal. „Und Ihr schönes Häuschen steht in Bad Pyrmont, dem Einzugsgebiet von Grohnde. Ich könnte mir vorstellen, dass Sie es nicht gern hätten, dass dieses hübsche Fleckchen Erde kontaminiert wird, weil ein vielleicht verrückter aber genialer Mensch es fertigbringt, die Steuerung des Reaktors so zu beeinflussen, dass in Grohnde alles in die Luft fliegt."
„Häuschen?", brauste Bankheimer auf. „Wir reden hier von siebenhundert Quadratmetern Wohnfläche und dreizehn Zimmern."
„Wenn Sie sonst keine Sorgen haben ..." Ulbricht schüttelte den Kopf und ärgerte sich über die Dekadenz des Vorstandsvorsitzenden. „Hier geht es um einige hunderttausend Menschenleben im gesamten

Weserbergland, in Bielefeld und in Hannover - also: Woher kannten Sie Laurens Wulf?"

Jochen Bankheimer dachte einen Moment lang nach, dann machte er dicht: „Ich sage nichts mehr ohne meinen Anwalt."

„Raten Sie mal, von wem ich gerade komme? Oder halten Sie mich für so dumm, dass ich nicht zuerst Bernd Ulrich Janssen aufsuche?"

Jetzt war es um Bankheimers Fassung geschehen. Er wurde leichenblass. „Was hat er Ihnen verraten?"

„Das tut nichts zur Sache. Ich will Informationen von Ihnen, die zur Lösung eines Mordes führen, der bereits vor zehn Jahren unter sehr dubiosen Umständen stattgefunden hat."

„Wulf hat für mich gearbeitet", offenbarte Jochen Bankheimer tonlos. In seinem Gesicht konnte Ulbricht keine Regung wahrnehmen, es waren nur die schmalen Lippen des mächtigen Managers, die sich bewegten. „Er wollte mir die Pläne zurückbesorgen."

„Welche Pläne?" Ulbricht richtete sich im Sessel auf und kam sich in den weichen Polstern dennoch verloren vor.

„Es ging um die sicherheitsrelevanten Baupläne des Atomkraftwerkes. Eine Organisation hatte sie entwendet, Sie sehen, welche Brisanz in diesem Fall steckt."

„Eine Organisation?" Ulbricht zückte sein Notizbuch und den Stift.

„Ja", nickte Bankheimer. „Wahrscheinlich handelte es sich um eine Terrororganisation. Fragen Sie mich bitte nicht, wie man an die geheimen Baupläne gekommen ist, Fakt ist, dass man im Besitz der Zeichnungen war. Es war schon damals üblich, dass man Spitzel auf Journalisten angesetzt hat, und Wulf war anscheinend in der Lage, sich gegen diese Spitzel durchzusetzen. Und das war für mich die Gelegenheit, an die verschwundenen Pläne zurückzukommen, ohne an die Öffentlichkeit zu gehen. Stellen Sie sich den Skandal vor, wenn das herausgekommen wäre!" Er schüttelte den Kopf.

„Klingt nach einer massiven Lücke im Sicherheitsprogramm des Kraftwerkes", merkte Ulbricht kritisch an. „Man sollte sich fragen, wer dieser Spitzel war, der es auf Laurens Wulf abgesehen hatte. So wie es sich darstellt, wollte man sein Anliegen, Ihnen die Pläne zu übergeben, um jeden Preis der Welt verhindern. Und deshalb hat man seinen Wagen manipuliert. Da es sich aber um ein Geschäftsfahrzeug der Grohnde Energie GmbH handelt, können Sie sicher sein, dass dieser Spitzel sich als Maulwurf in Ihr Unternehmen eingeschlichen hat. Wulfs Mörder könnte also gut aus Ihren eigenen Reihen stammen. Sie haben Ihren Leuten zu sehr vertraut."

„Es ist müßig, das jetzt zu kritisieren", gab Bankheimer zerknirscht zu. „Jedenfalls hat mir Laurens Wulf ein attraktives Angebot unterbreitet."

Daher weht der Wind, dachte Ulbricht. Wulf war kein barmherziger Samariter. Er hatte sich wahrscheinlich unter Einsatz seines Lebens die geheimen Baupläne beschafft und sie dem Vorstandsvorsitzenden des Kernkraftwerkes angeboten – wahrscheinlich für eine stattliche Summe. Unwillkürlich fragte sich der Hauptkommissar, ob Wulf vielleicht zum Verschwinden der Skizzen beigetragen hatte.

„Hatten Sie nie den Verdacht, dass Sie mit dem Falschen Geschäfte machen könnten?"

„Doch, natürlich drängte sich der Verdacht auf, dass Wulf die Pläne erst ergaunert hatte, um sie mir jetzt wieder anzubieten. Sicherlich können Sie sich vorstellen, wie brisant die Entwürfe eines Atomkraftwerkes sind, gerade im Hinblick auf die Sicherheit einer solchen Anlage. Geraten die Pläne in die falschen Hände, steht dem Terror Tür und Tor offen. Wir wären erpressbar gewesen."

„So wie Sie es jetzt sind."

„Das ist eine andere Thematik. In der heutigen Zeit trägt man Kriege virtuell aus. Hat man sich früher noch Auge um Auge, Zahn um Zahn bekämpft, genügen heute ein paar Mausklicks, um eine nukleare Katastrophe auszulösen."

„Wo hatte Wulf die Pläne?"

„Wenn ich das nur wüsste. Es kam nie zu der besprochenen Übergabe. Wulf benötigte ein Auto, wir stellten ihm damals einen fast neuen Golf GTI. Ein schnelles und unauffälliges Fahrzeug, denn schon damals rechneten wir damit, dass jemand daran interessiert war, die Übergabe der geheimen Pläne zu boykottieren."

„Wahrscheinlich wollte das jemand aus Ihren eigenen Reihen verhindern", wiederholte Ulbricht.

„Daran haben wir auch gedacht. Aber unsere Mannschaft war absolut vertrauenswürdig. Und von dem Deal wussten nicht viele Mitarbeiter. Ich habe das sozusagen zur Chefsache gemacht. Je weniger davon wussten, umso sicherer konnten wir sein, dass die Übergabe der Pläne von Laurens Wulf funktionieren würde."

„Es waren zu viele Menschen, die davon wussten", kritisierte Ulbricht. „Ihr Plan ist nicht aufgegangen. Also frage ich mich – wo sind die Pläne heute? Wenn die Übergabe geplatzt ist, wo hat sie der brave und ehrliche Journalist versteckt?"

„Sparen Sie sich Ihren Sarkasmus", wetterte Bankheimer scharf. „Vielleicht liegen die Pläne in irgendeinem Safe. Oder sie lagern dort, wo man sie am wenigsten vermuten würde – bei ihm zu Hause."

„Ich benötige eine Liste der Männer und Frauen, die damals in die Sache involviert waren", entgegnete Ulbricht.

Bankheimer nickte nachdenklich. „Er war übrigens auf dem Weg nach Grohnde, als sich das Unglück ereignete."

„Moment, es war der Tag der Übergabe?"

„Ja", nickte Bankheimer wie selbstverständlich. „Wir hatten uns in den Abendstunden des 13. Oktober verabredet. Ich hatte ihm am Vormittag den gewünschten Betrag – eine Anzahlung, die allerdings nicht von schlechten Eltern war – überwiesen. Somit konnte ich sicher sein, dass er sich ernst genommen fühlte."

Ulbrichts Gedanken rasten durch seinen Kopf. Er kombinierte und hatte eine Idee, von der er Bankheimer aber noch nichts erzählen wollte. „An seinem Fahrzeug wurde die Vorderachse manipuliert. Wie wir in Erfahrung gebracht haben, wurden die Geschäftswagen damals in der eigenen Kfz-Werkstatt gepflegt und gewartet. Es deutet einiges daraufhin, dass Wulf Opfer eines Sabotageaktes wurde. Sabotage, die offenbar aus Ihren eigenen Reihen kam, Herr Dr. Bankheimer. Haben Sie dafür eine Erklärung?"

„Nein", sagte er schnell. „Absolut nicht. Meine Leute sind und waren absolut integer."

„Und wie erklären Sie sich, dass der Mann, der damals für die Fahrzeuge zuständig war und zuletzt als Ihr Sicherheitschef auf der Lohnliste stand, ermordet worden ist?"

„Vielleicht hatte er private Probleme - so etwas muss nicht zwangsläufig mit seiner beruflichen Position zu tun haben."

„Muss nicht - kann aber", antwortete Ulbricht schnell. „Es ist doch seltsam, dass er ausgerechnet jetzt, wo wir die Weserleiche geborgen haben und das Kraftwerk erpresst wird, umgebracht wird, oder?"

„Es ist Ihr Job, das herauszufinden", entgegnete Bankheimer und schenkte Ulbricht ein kaltes Haifischgrinsen. Er blickte an dem Hauptkommissar vorbei.

„Ich bin gleich so weit, Hasi", sagte er in einem samtweichen Ton.

Ulbricht wandte sich um und sah eine atemberaubend schöne Frau mit langen schwarzen Haaren und einem verboten kurzen Kleid in der Tür stehen. „Ich habe dann auch erst mal alle Informationen", sagte er und erhob sich. Schnell klappte er das Notizbuch zu und nickte erst Bankheimer, dann seiner mit Sicherheit zwanzig Jahre jüngeren Freundin zu.

„Danke", sagte er, als Bankheimer ebenfalls aufstand und sich das Jackett zurechtzupfte. „Ich finde alleine heraus."

Als Ulbricht an der jungen Frau vorbeiging, kroch ihm der betörende Duft eines sicherlich sündhaft teuren Parfüms in die Nase.

Er fragte sich, warum solche reichen Säcke wie dieser Dr. Bankheimer sich immer mit blutjungen Frauen schmücken mussten, dann war er draußen. Er dachte über das Gehörte nach und sehnte sich plötzlich danach, Maja zu informieren.

„Ich komm jetzt, Hasi", sagte er zuckersüß und musste grinsen, als er die Einfahrt herunterging, die zur Straße führte.

Rinteln, Fußgängerzone, 11.20 Uhr

„Was hast du vor?“, fragte Grundmann mit vollem Mund. Er hatte sich in einer Imbissbude mit einer Bratwurst versorgt und kaute genüsslich. Prompt hatte er sich den Ärmel seiner gesteppten Jacke mit Senf bekleckert, was ihn aber trotz seiner üblichen Eitelkeit nicht zu stören schien. Maja tolerierte seinen Hunger – sie wusste, dass er hungrig noch unerträglicher war.

„Es gibt doch die kleine Buchhandlung im Haus von Sven Hellmann. Wir werden die Inhaberin nach Anieszka Donca fragen. Ich möchte wissen, ob das Verhältnis zwischen ihr und ihrem Arbeitgeber tatsächlich so entspannt war.“

„Was soll das bringen?“, fragte Grundmann und biss in die dampfende Wurst.

„Ich möchte einfach eine Meinung hören, weil ich die Doncas nicht recht einschätzen kann. Hast du dir mal angesehen, wie ihr Mann dich angeguckt hat?“

„Ein Schläger, mich würde nicht wundern, wenn der für die Russenmafia arbeitet.“ Grundmann war stehen geblieben und widmete sich der Wurst. Seine Lippen glänzten vor Fett.

„Jürgen – die Doncas sind keine Russen, sie kommen aus Polen.“

„Dann eben für die Polenmafia, ist doch alles der gleiche Scheiß.“ Er winkte mit der freien Hand ab und zuckte gönnerisch die Schultern. „Ich weiß zwar nicht, was das bringen soll, schließlich war ich gestern schon in Hellmanns Nachbarschaft unterwegs, aber von mir aus. Wenn du danach besser schlafen kannst.“ Grundmann trottete los.

Maja blickte ihm wütend nach, dann setzte auch sie sich in Bewegung. „Manchmal bist du ein richtiges

Arschloch", zischte sie wütend. „Und ich bin froh, dass ich deine Vorgesetzte bin. Es würde mich ankotzen, wenn du mir etwas zu sagen hättest."

Grundmann blickte zu ihr herab und schob trotzig die Unterlippe vor. „Na und?", fragte er und stopfte sich den Rest der Bratwurst in den Mund. „Meinst du, dein Ulbricht ist da besser? Er ist ein Kotzbrocken, wenn du mich fragst. Und er mischt sich ständig in unsere Ermittlungen ein."

„Hast du Angst vor ihm?", rief Maja. „Der Kotzbrocken in unserem Laden bist ja wohl eindeutig du, also beschwer dich nicht, wenn Norbert dich nicht gerade mit Samthandschuhen anfasst."

„Der hat hier nichts zu suchen. Er soll in Wuppertal Verbrecher jagen und uns mal machen lassen."

„Er hilft uns."

„Und du verteidigst ihn", grinste Grundmann. „Da läuft doch was zwischen euch." Als Maja nicht antwortete, setzte Grundmann noch einen drauf. „Weiß der Staatsanwalt eigentlich davon, was zwischen dir und Ulbricht abgeht?"

„Erstens geht da gar nichts ab, zweitens geht das den Staatsanwalt einen Scheißdreck an und drittens ist Norbert ranghöher als du – er ist Erster Kriminalhauptkommissar, also solltest du ihn ein wenig mehr respektieren. Das tut Dauber schließlich auch, und der ist Kriminaloberrat."

Maja war so wütend, dass sie Grundmann am liebsten eine Ohrfeige gegeben hätte. Es stank ihr gewaltig, dass dieser arrogante Kerl sich jetzt auch massiv in ihr Privatleben einmischte. Und das, obwohl in der Polizeiinspektion niemand der Kollegen etwas über sein Privatleben wusste. Grundmann machte ein großes Geheimnis daraus und sonderte sich so von den Kollegen ab, die immer für ein offenes Wort dankbar waren.

„Warum mischst du dich in mein Leben ein, Grundmann? Wir sitzen seit Jahren im gleichen Büro, teilen uns einen Dienstwagen und werden zusammen auf die Öffentlichkeit losgelassen. Du weißt alles von mir, ich aber nichts von dir. Es ist nicht so, dass es mich wirklich interessieren würde, aber so wie du dich im Job aufführst, könnte ich mir gut vorstellen, dass dir die Frau vor Jahren davongelaufen ist, dass du alleine lebst, in deiner Freizeit säufst, in den Puff gehst und alleine vor dich hin lebst." Maja hatte sich in Rage geredet und sprach das aus, was sie schon lange an ihrem unsympathischen Partner störte. Sie spürte, wie ihr Dekolleté heiß wurde und sicherlich tiefrot glühte.

Grundmann hatte ihre Vorwürfe schweigend über sich ergehen lassen und seinen Mund mit der Papierserviette abgetupft. Jetzt zerknüllte er die Serviette mit seiner mächtigen Pranke und warf sie in einen Papierkorb am Rand der Fußgängerzone. „Mir ist noch nie eine Frau weggelaufen", sagte er leise. „Und ich gehe auch nicht in den Puff." Er atmete tief durch, und Maja sah ihm an, dass es ihn Anstrengung kostete, weiterzusprechen. „Und ich lebe nicht alleine. Die Wohnung teile ich mir seit fünf Jahren mit Georg."

Maja glaubte sich verhört zu haben. „Mit Georg?", fragte sie.

„Ja, Maja. Häng es nicht an die große Glocke. Ich bin schwul. Ist das ein Problem für dich?"

Damit hatte Maja nicht gerechnet. Nie hatte sie in Erwägung gezogen, dass sich Grundmann nicht für Frauen interessierte. Im Büro war er Weltklasse darin, Frauenwitze zu reißen, und unterschied sich so kaum von seinen Geschlechtsgenossen. Er lachte laut und polternd, kritzelte während des Telefonierens Blöcke voll und er betrank sich auf jeder Weihnachtsfeier – wie ein richtiger Mann eben. Und nun das. Am liebsten wäre Maja im Boden versunken. Doch es tat sich kein Loch auf, und Jürgen Grundmann tat ihr fast schon wieder ein wenig leid. Vielleicht war sie etwas zu hart mit ihm ins Gericht gegangen.

„Das ... das tut mir leid“, murmelte sie, dann schüttelte sie den Kopf und massierte sich die Schläfen. „Ich meine, nein, natürlich ist das kein Problem für mich, dass du...“

„Gut.“ Grundmann grinste. „Schön, dass wir mal drüber gesprochen haben.“

Er deutete mit dem kantigen Kinn auf das Schaufenster des kleinen Buchladens. „Können wir dann jetzt endlich?“

Bad Pyrmont, Hylliger Born, 12.00 Uhr

Wenn er hungrig war, konnte er nicht nachdenken. Und nachdenken war nötig, nach all dem, was er von Bankheimer erfahren hatte. Und so war Ulbricht in die Ortsmitte des Kurortes gefahren. Obwohl erst wenige Monate seit seinem letzten Besuch vergangen waren, wirkte Bad Pyrmont völlig anders als bei seinem Kuraufenthalt im Frühjahr. Die Touristen und Kurgäste, die durch die mondänen Straßenzüge flanierten, trugen meist wetterfeste Kleidung und nicht wie im Frühling knallbunte T-Shirts mit kurzen Hosen und weißen Tennissocken zu Sandalen. Dennoch hatten die Straßenzüge nichts von ihrem Glanz verloren, nur die Blütenpracht der Bäume und Sträucher war buntem Laub gewichen.

In der Wandelhalle des Borns herrschte reger Betrieb – wahrscheinlich hatten bei dem sonnigen Herbstwetter einige Wochenendgäste den Weg in den Kurort gefunden. Nachdem er den Opel direkt am Hylligen Born geparkt und sich einmal mehr über die Parkgebühren aufgeregt hatte, führte ihn sein Weg am Fürstenhof vorbei. Ulbricht wusste nicht, dass das Hotel vor fast genau hundert Jahren bis auf die Grundmauern abgebrannt war. Man hatte in mühseliger Arbeit den gesamten Gebäudetrakt im Jahr 1911 neu errichtet, und seit dem strahlte der Fürstenhof wieder seinen einmaligen Charme aus und lockte über das ganze Jahr die Kurgäste an. Der Außenbereich war geräumt; in dieser Jahreszeit saß hier niemand mehr an der frischen Luft und genoss die einzigartige Stimmung des Ortes. Ulbricht suchte sich ein kleines Restaurant, in dem das Essen bezahlbar war, und orderte einen Kaffee und die Speisekarte. Ohne einen Blick in die Karte zu werfen, bestellte er dann ein Wiener Schnitzel mit Pommes frites und Salat. Das gab es in fast jedem Restaurant, war erschwinglich und selbst der untalentierteste Koch konnte nicht viel falsch machen.

Während er aß, kreisten seine Gedanken um das Gespräch mit dem Vorstandsvorsitzenden der Betreibergesellschaft des Grohnder Kernkraftwerkes. Bankheimer saß auf einem ziemlich hohen Ross, daran bestand kein Zweifel. Und während Ulbricht in seiner Besoldungsgruppe festhing, machte sich Bankheimer jeden Monat die Taschen voll und lebte in Saus und Braus. Der Ausstieg aus der Atomenergie musste für Jochen Bankheimer ein Drama sein. Doch so wie Ulbricht ihn kennengelernt hatte, hielt er ihn für clever genug, um zeitig umzusatteln. Vielleicht wurde künftig der Strom in Grohnde mit Windkraftwerken erzeugt. Und diese

Art, Energie zu gewinnen, wurde sicherlich noch immer von Vater Staat subventioniert und bedeutete wieder einen Zusatzgewinn für Bankheimers privates Portemonnaie. Allein das war für Ulbricht schon Anlass genug, ihn nicht zu mögen. Geheime Baupläne, das war ein Wort, das seine Neugier erweckt hatte. Zuletzt hatte es einen Skandal gegeben, als die Pläne des BND-Neubaus in Berlin abhandengekommen waren. Derjenige, der jetzt im Besitz der Pläne war, hatte Einblick in die gesamte Sicherheitstechnik des Bundesnachrichtendienstes.

Lag der Fall des Kernkraftwerkes ähnlich? Was wusste jemand über ein Kernkraftwerk, der im Besitz der Baupläne war? Während der Bundesnachrichtendienst ständig mit Terroranschlägen und Spionage rechnen musste, ging es in einem Atomkraftwerk um die Sicherheit der Mitarbeiter und der Menschen, die in der Region lebten. Dennoch erkannte Ulbricht Parallelen. Er versuchte sich an die Pressemeldungen zu erinnern, die er im Frühjahr über das Verschwinden der Baupläne des BND gelesen hatte.

Das Klingeln seines Telefons ließ ihn aus den Gedanken hochschrecken. Ulbricht fummelte das Handy umständlich hervor und stellte mit einem Blick auf das Display fest, dass der Anruf von Maja kam. Prompt meldete sich sein schlechtes Gewissen. Mit der Gabel stocherte er in den Pommes herum und meldete sich kauend.

„Was machst du gerade?“, fragte sie im lockeren Plauderton.

Würde er sie nicht so gut kennen – Ulbricht könnte glauben, dass sie ihn einfach angerufen hatte, um seine Stimme zu hören.

„Ich sitze in Bad Pyrmont und esse zu Mittag.“

Sie lachte. „Man hört es an deinem Schmatzen.“

Dann wurde sie ernst. „Gut“. Majas Stimme klang erleichtert. „Wir sind auch unterwegs und müssen noch ein paar Leute befragen.“

„Was ist mit dieser polnischen Putzfrau?“ Ulbricht legte das Besteck fort und tupfte sich den Mund an der Serviette ab.

„Schwer zu sagen. Wir sind jetzt in Rinteln und werden uns noch mal Sven Hellmanns Vermieterin vorknöpfen. Fest steht, dass Anieszka Donca tatsächlich im Besitz des Zweitschlüssels für seine Wohnung war. Sie hat ihm die Wohnung tagsüber auf Vordermann gebracht, während Hellmann in Grohnde gearbeitet hat. Alexander, ihr Mann, ist ein unheimlicher Typ; ich könnte mir vorstellen, dass ihm schon mal die Hand ausrutscht. Wir werden in der Inspektion mal sehen, ob er unserem Verein schon mal aufgefallen ist.“

„Vielleicht hatte die Putzfrau was mit Hellmann“, überlegte Ulbricht laut. „Ihr Mann kam dahinter, hat sich den Zweitschlüssel genommen und hat seinen Nebenbuhler erschossen.“

„Eifersucht als Mordmotiv?“

„Wäre ja nicht das erste Mal.“

„Stimmt.“

„Dann hättest du schon deinen ersten Verdächtigen.“

„Und was hast du in der Zwischenzeit herausgefunden?“ Da war er wieder, der lauernde Unterton in ihrer Stimme. Sie ahnte, dass er nicht untätig gewesen war.

„Wovon redest du?“, fragte er und versuchte dabei so unbekümmert wie möglich zu klingen.

„Hör auf, mich zu verarschen“, rief sie. „Ich weiß genau, dass du nicht in Pyrmont bist, um dir eine

Schlammpackung anzutun oder die Palmen zu bewundern. Stehen die im Oktober eigentlich noch draußen?"

Jetzt hatte sie ihn. Während er ihr im Frühjahr noch von seiner Liebe zu Palmen vorgeschwärmt hatte, so musste er sich nun eingestehen, den Kurgarten nicht mit einem einzigen Blick gewürdigt zu haben.

„Ich ... ich bin hier, um zu essen", sagte er schnell. „Du kennst mich doch, wenn ich Hunger habe, dann ..."

„Dann kannst du nicht nachdenken, ja, ich erinnere mich." Sie atmete hörbar ein. „Sagst du mir auch, worüber du nachdenken musst? Raus mit der Sprache, Norbert: Was treibst du in Pyrmont?"

„Kann jemand mithören?" Ulbricht wusste, dass es keinen Sinn mehr hatte, zu leugnen.

„Nein, wir sind alleine. Grundmann ist schon mal vorgegangen."

„Gut. Also, pass auf: Ich war eben bei Jochen Bankheimer."

„Dem Jochen Bankheimer?" Maja schnappte am anderen Ende der Leitung nach Luft. „Du meinst Dr. Jochen Bankheimer, den Vorstandsvorsitzenden der Grohnde Energie GmbH?"

„Ja, Maja. Anfangs war er ziemlich zickig. Ist eine Diva, wenn ich das mal so sagen darf. Aber ich habe eine tolle Sache erfahren, die unseren ganzen Fall in ein völlig neues Licht rücken könnte."

„Ich hasse es, wenn du ‚unseren Fall' sagst", stöhnte Maja.

Ulbricht ging nicht darauf ein. Er schilderte ihr, was er von Bankheimer erfahren hatte. Maja hörte ihm zu, ohne ihn zu unterbrechen. Nur das schwere Atmen im Hörer zeugte davon, dass sie aufgeregt war.

„Ich habe übrigens den Laptop von Laurens Wulf", verkündete er mit einer Mischung aus Enttäuschung und Wut im Bauch. „Auf der Festplatte befinden sich zig Briefe, die ich alle nur überflogen habe", sagte er. „Eine Spur führt zu Rechtsanwalt Bernd Ulrich Janssen. Er praktiziert in einem schönen Dornröschenschloss im Klütviertel." Als Maja nicht antwortete, redete er weiter: „Ich war heute Morgen bei ihm und habe ihm mal auf den Zahn gefühlt. Und er hat etwas auf dem Kerbholz - er weiß etwas über Wulf, rückt aber mit der Sprache nicht raus."

Jetzt vernahm er, wie Maja am anderen Ende der Leitung nach Luft schnappte.

„Geht es dir gut, Maja?"

„Sag mir, dass du mich anlügst, dass das alles nur ein schlechter Scherz ist", sagte sie nach einer kleinen Ewigkeit. Der drohende Unterton in ihrer Stimme blieb Ulbricht nicht verborgen. Doch sie hatte ein Recht darauf, dass er mit offenen Karten spielte. Irgendwann musste er sowieso mit der Wahrheit herausrücken, auch wenn er das lieber im persönlichen Gespräch getan hätte.

„Ich lüge nicht, Maja." Plötzlich sehnte er sich wieder nach einer Zigarette.

„Du warst nicht nur bei Bankheimer, sondern auch bei Janssen?"

„Ist das verboten?"

„In deinem Fall schon, Norbert. Bankheimer ist einer der einflussreichsten Unternehmer der Region. Ich hätte mich gefreut, wenn wir das Gespräch mit ihm hätten führen können, ganz offiziell sozusagen. Und du hast mit Bernd Ulrich Janssen gesprochen …" Sie keuchte, als unterlag sie einem Asthmaanfall. „Der Mann ist einer der besten Anwälte in der Stadt. Zahlreiche mächtige Menschen aus Wirtschaft und Politik zählen zu seinen Mandanten. Und auf sein Wort ist Verlass."

„Hör mir auf mit den Rechtsverdrehern", entgegnete Ulbricht. „Er verheimlicht uns was."

„Und was?"

„Er hatte Kontakte zu Wulf und zu Bankheimer. Und ich werde den Verdacht nicht los, das Janssen in der Sache tief drinhängt."

„Du spinnst, Norbert. Janssen ist angesehen und geachtet. Er ist seriös und diskret. Da gibt es nichts zu rütteln."

„Und was ist, wenn auch er eine Leiche im Keller hat?"

„Spar dir die Gedanken. Er ist clean, für Janssen legt halb Hameln die Hand ins Feuer. Und seinem Wort kann man glauben."

„Und was ist mit dem Wort, das er lieber gar nicht erst ausspricht?"

Am anderen Ende der Leitung zischte etwas, das klang, als ließe man die Luft aus einem Fahrradreifen. Ulbricht begann sich Sorgen um Maja zu machen. „Hör zu", sagte sie in scharfem Ton. „Am besten gehst du ins Hotel zurück und siehst zu, dass dir der Rechner von Laurens Wulf nicht geklaut wird. Es wäre schließlich nicht das erste Mal, dass man in dein Hotelzimmer einbricht." Damit spielte sie auf einen Dieb an, der während Ulbrichts Kur in Pyrmont einen Datenträger in seinem Zimmer gesucht hatte.

„Mach dir darüber keinen Kopf – für wie blöd hältst du mich eigentlich?" Nun wurde Ulbricht wieder wütend. Er hasste es, wenn man ihn für dumm verkaufte. „Ich habe den Laptop im Hotelsafe einschließen lassen. Von mir aus kann man im Zimmer einbrechen und die Bude auf den Kopf stellen – man wird nichts finden."

„Wenn Bankheimer schon überwiesen hat, bevor er die Pläne zurückhatte, Wulf dann aber bei dem Unfall ums Leben kam, stellt sich mir die Frage, wo das Geld geblieben ist", sagte Maja, nachdem er seine Ausführungen beendet hatte, in einem sehr sachlichen Ton.

Ulbricht spürte, dass sie sich Mühe gab, ihm keine Vorwürfe zu machen. Unwillkürlich musste er lächeln. „Das könnt ihr überprüfen – das ist nichts für einen KHK im Urlaub", schmunzelte er. „Durchleuchtet die Konten der Witwe, vielleicht hängt sie tiefer in der Sache drin, als sie uns gesagt hat. Die Eheleute hatten sicherlich ein gemeinsames Konto, da muss die Summe ja früher oder später aufgetaucht sein. Es sei denn, sie hat sich daran bereichert. Aber der Geldeingang auf dem Konto müsste auch nach der langen Zeit noch in den Daten der Bank sichtbar sein. Und wenn er es nicht auf den Kopf gehauen hat, dann war sie es wohl."

„Womit wir bei der Verdächtigen Nummer zwei wären", resümierte Maja. „Wenn die Ehe der beiden kaputt war, hatte sie möglicherweise Ambitionen, den Gewinn aus dem Geschäft ihres Mannes für sich einzustreichen und hat ihn aus dem Weg geräumt. Für einen Fall von Industriespionage hat Bankheimer sicherlich eine stattliche Summe überwiesen, und Beate Wulf wäre fein raus gewesen."

„Dann müsste es einen Komplizen geben, denn ich kann mir beim besten Willen nicht vorstellen, dass Beate Wulf die entscheidenden Schrauben am Federbein des Dienstwagens gelöst hat."

„Da ist noch etwas, Norbert: Ich kann mir nicht denken, dass es die Baupläne, so brisant sie auch waren, nur in einmaliger Ausfertigung gab. Es muss Kopien geben - irgendwo."

„Bestimmt. Aber hier geht es um die Originale, weil die zum Mörder von Laurens Wulf führen, wenn wir ein Unglück ausschließen wollen. Und da er sich zum Zeitpunkt des Unfalls auf dem Weg nach Grohnde befunden hat, sehe ich es als erwiesen an, dass er die Pläne im Auto dabeihatte."

„Na prima", seufzte Maja am anderen Ende der Leitung. „Dann ist davon nicht mehr viel übrig, nicht nach zehn Jahren in der Weser. Papier löst sich im Wasser schnell in seine Bestandteile auf, und die Strömung des Flusses hat sicherlich im Laufe der Jahre ihr Übriges getan."

„Das sehe ich auch so."

„Wie gehen wir vor?"

„Hast du eben wirklich *wir* gesagt?", freute sich Ulbricht. Bevor sie widersprechen konnte, fuhr er fort: „Wie gesagt, durchleuchtet alle Bankverbindungen, die Laurens Wulf zu Lebzeiten hatte und vergesst nicht das gemeinsame Ehekonto, das es mit größter Sicherheit gab. Ich kann ihr aber auch einen Besuch abstatten und sie fragen, ob …"

„Untersteh dich", fuhr Maja ihm in die Parade. „Halt dich da bitte raus, Norbert. Wenn rauskommt, dass du aus dem Hintergrund für mich arbeitest, dann kann ich bis zu meiner Pensionierung Strafzettel in der Hamelner Innenstadt schreiben."

Enttäuscht stellte Ulbricht fest, dass sie nicht mehr von einer Zwangsversetzung sprach, die möglicherweise Wuppertal als neuen Wirkungsort für Hauptkommissarin Maja Klausen bedeuten könnte. Er versprach ihr, dezent vorzugehen, und unterbrach das Gespräch. Hatte er sich ernsthaft eingebildet, Maja würde für ihn alle Zelte in der Rattenfängerstadt abbrechen und ihm ins Bergische Land folgen? Ein seltsames und unbeschreibliches Gefühl ergriff ihn, und als er weiteraß, wollten ihm weder das Schnitzel noch die Pommes frites schmecken. Fühlte er sich letzen Endes zu Maja hingezogen und fürchtete sich davor, dass es ihr nicht so erging wie ihm? Eifersucht fühlte sich ähnlich an. Man glaubte einen Menschen zu verlieren, den man eigentlich gar nicht besaß. Und Ulbricht nahm sich vor, sich nicht von diesen Gefühlsduseleien ablenken zu lassen. Schließlich gehörte Maja ihm nicht.

Er zwang sich zur Ruhe. „Aber gut, wenn du es ausdrücklich wünschst: Ich werde mich jetzt aus dem Geschehen heraushalten und ein wenig Sightseeing machen. Soll ja eine nette Gegend sein, euer Weserbergland." Ohne Majas Antwort abzuwarten, drückte er den roten Knopf und legte das Handy vor sich auf den Tisch. Schlimm genug, dass das Wiener Schnitzel jetzt kalt geworden ist, dachte er verärgert und fragte sich, warum er sich einfach nicht aus Dingen heraushalten konnte, die ihn nichts angingen.

Rinteln, 12.15 Uhr

„Das scheint mir ja ein tolles Früchtchen zu sein", rief Grundmann, als er den kleinen Buchladen im Erdgeschoss von Sven Hellmanns Wohnung verließ.

Maja, die in der Fußgängerzone unweit des Nicolaiturmes auf ihren Partner gewartet hatte, blickte ihn mit fragender Miene an. „Die Buchhändlerin?" Das Handy steckte sie schnell wieder weg. Grundmann musste nicht wissen, dass sie mit Norbert telefoniert hatte, und weil sie telefoniert hatte, war Grundmann alleine in die Buchhandlung gestürmt. Ihr Pulsschlag hatte sich noch nicht beruhigt. Sie fragte sich, was sich Ulbricht dabei dachte, wenn er sich jetzt wie ein Elefant im Porzellanladen aufführte. War es seine Absicht, sie in Schwierigkeiten zu bringen?

Grundmann schien ihre Aufregung nicht zu bemerken. Er schüttelte den massigen Schädel. „Unsinn, die Putzfrau von Hellmann. Anieszka Donca. Frau Hermes, so heißt die Buchhändlerin, hat beobachtet, wie Anieszka während ihrer Arbeitszeit in Hellmanns Wohnung Männerbesuch empfangen hat."

„Und als Vermieterin ist sie nicht eingeschritten?"

„Nein, warum auch? Schließlich wusste sie nicht, ob Hellmann darüber im Bilde war. Es wäre nicht auszuschließen, dass er ihr Verhalten tolerierte."

Maja schüttelte den Kopf. „Ich kann mir nicht vorstellen, dass es einem Mann in Sven Hellmanns Position recht war, dass seine Wohnung während seiner Abwesenheit als Bordell genutzt wurde."

„So weit sind wir noch nicht", entgegnete Grundmann und hob abwehrend die Hände hoch. „Frau Hermes weiß nicht, was sich dort abspielte – sie sprach nur davon, dass ein großer Mann mit breiten Schultern hier auftauchte und sich Zutritt zu Hellmanns Wohnung verschaffte. Und das zu Zeiten, in denen der eigentliche Mieter nicht anwesend war, sondern nur seine Haushaltshilfe." Grundmann grinste anzüglich. Er schien das kurze aber sehr offene Gespräch mit Maja bereits wieder vergessen zu haben und war wieder ganz der Alte. „Aber der Verdacht liegt auf der Hand: Sie ist unglücklich mit diesem Alexander, traut sich aber nicht, einen Schlussstrich zu ziehen. Er macht ihr Angst, und das kann er gut. Deshalb hat sie sich während der Arbeitszeit mit ihrem Geliebten getroffen – hier in Hellmanns Wohnung. Ein Ort, an dem ein Schäferstündchen dem Ehemann garantiert nicht auffallen würde."

„Es sei denn, Alexander Donca ist doch dahinter gekommen und hat Hellmann in rasender Eifersucht erschossen", führte Maja Grundmanns Gedanken zu Ende.

„Zutrauen würde ich ihm so etwas." Grundmann nickte und massierte sich das kantige Kinn. Dann schüttelte er den Kopf. „Irgendetwas passt trotzdem noch nicht ins Bild."

„Ich werde Koch und seine Leute vom 5. anrufen. Vielleicht haben die Fingerabdrücke festgestellt, die nicht ins Bild passen. Wenn die dann noch zu Donca passen, ist er unser Mörder." Maja angelte bereits wieder nach dem Telefon und rief die Durchwahl der Spurensicherung im Menü auf. So langsam nahm der Fall Fahrt auf. Und das lag auch daran, dass Norbert ihr zugearbeitet hatte. Eigentlich tat er ihr leid – vielleicht hätte sie nicht so hart mit ihm ins Gericht gehen sollen. Sobald die Hektik nachließ, würde sie sich gebührend bei ihm entschuldigen, das nahm sie sich ganz fest vor.

Als sich Koch meldete, machte sie ihn mit den Neuigkeiten vertraut und bat ihn, sich mit seinen Kollegen noch einmal in der Wohnung von Sven Hellmann umzusehen. „Wir sind sicher, dass es noch weitere Fingerabdrücke gibt, die ihr bislang noch nicht zuordnen konntet."

Koch kicherte. „Schließlich schlafen wir auch nicht. Wir haben die Fingerabdrücke eines gewissen Alexander Donca, polnischer Staatsbürger, aufnehmen können. Der Abgleich mit der Datenbank brachte das ans Licht. Donca ist wegen mehrerer Straftaten aktenkundig geworden. Kleinere Drogendelikte, Beschaffungskriminalität und Verbindungen zur OK."

„Organisiertes Verbrechen?" Maja pustete laut hörbar die Luft aus. Langsam begann ihr der Fall über den Kopf zu wachsen. „Dann geht der Mord an Hellmann auf das Konto der Mafia?"

„Das herauszufinden ist deine Aufgabe, Maja." Wieder lachte Koch. „Aber aufgrund der gleichen Nachnamen würde ich mal der Putzfrau von Hellmann auf den Zahn fühlen."

„Sie ist seine Frau."

„Siehst du, da hast du es doch!"

Maja dachte an das Telefonat mit Norbert. Er hatte schon angedeutet, dass er einen Mord aus Eifersucht für denkbar hielt. Hatte der alte Brummbär letzten Endes mal wieder recht?

Dann hätte der Mord an Sven Hellmann nichts mit den aktuellen Geschehnissen rund um das Atomkraftwerk zu tun. Maja wusste nicht, ob sie sich darüber freuen konnte.

„Dann lasse ich Donca jetzt verhaften", murmelte sie leise.

„Das wollte ich dir auch eben vorschlagen. Mach das, ich glaube, er ist der Typ, der Hellmann auf dem Gewissen hat." Koch räusperte sich. „Allerdings haben wir noch mehr DNA-Spuren am Tatort aufgefunden, die wir noch nicht zuordnen konnten. Unter anderem Sperma. Wie alt es ist, konnten wir nicht feststellen, aber wir haben es unter der Ultraviolett-Bestrahlung des Teppichs vor dem Sofa festgestellt."

„Hellmann schien ein gesundes Liebesleben geführt zu haben, auch wenn er nicht in einer festen Beziehung lebte", erwiderte Maja.

„Ja, er auch."

„Wovon sprichst du, Jürgen?“

„Nun, das Sperma stammte eindeutig nicht von Hellmann, tut mir leid. Auch nicht von Donca, sollte das deine nächste Frage sein. Dazu gesellen sich ein paar Fingerabdrücke, die wir noch nicht identifiziert haben. Es gibt also einen großen Unbekannten, er muss aber nicht zwangsläufig der Killer sein. Was ich damit sagen will: In der Wohnung eures Mordopfers hat noch irgendjemand anders herumgevögelt, Maja.“

Maja erinnerte sich an die Worte von Anieszka Donca. Sie habe ab und zu die Wohnung aufräumen müssen, wenn ihr Arbeitgeber mal wieder gefeiert hatte. So hatte sie es ein wenig schüchtern ausgedrückt, damit aber wohl Orgien gemeint, die Hellmann mit Freunden in der Wohnung über den Dächern von Rinteln veranstaltet hatte. Vor ihrem geistigen Auge lief plötzlich ein Film ab. Gekaufte Frauen in Dessous, betrunkene Männer und die Prostitution mit all ihren Schattenseiten. Sie schloss die Augen und sah vor Schweiß glänzende Leiber, hörte das Stöhnen der Anwesenden und sah kopulierende Paare in der exklusiven Wohnung des Sicherheitschefs. Auf dem Sofa, im Bett, auf dem Fußboden. War es das Bild eines Mannes, der für die Sicherheit in einem Kernkraftwerk verantwortlich war?

Eigentlich nicht, und dennoch dachte sie an die Fingerabdrücke von Alexander Donca in Hellmanns Wohnung. Wenn er mit der organisierten Kriminalität in Verbindung gebracht wurde, dann war nicht auszuschließen, dass er Hellmann die Frauen besorgt hatte. Glücksspiel, Drogenhandel und Prostitution waren drei wichtige Wirtschaftszweige der Unterwelt. Eine andere Möglichkeit war, dass Hellmann die Frauen, die er bei Donca bestellt hatte, nicht bezahlte.

Sein Tod war eine Art Racheakt, ein Zeichen und Signal an alle Kunden, pünktlich zu zahlen. In der Unterwelt wurde mit harten Bandagen gekämpft, und Maja war froh, mit der Abteilung OK nichts zu tun zu haben.

„Bist du noch dran, Maja?", hörte sie Jürgen Kochs sonore Stimme wie durch Watte.

„Ja, bin ich." Sie nickte und gab Grundmann, der ungeduldig von einem Fuß auf den anderen tappte, ein Zeichen. „Ich werde jetzt das Nötigste veranlassen. Gibt es in der Datenbank ein Foto von Alexander Donca?"

„Natürlich."

„Danke." Maja unterbrach die Verbindung und brachte Grundmann auf Stand.

„Das klingt, als hätte Hellmann in seiner Wohnung einen Puff betrieben", brachte er es auf den Punkt. „Aber Donca will mir nicht ins Bild passen. Selbst wenn er Hellmann die Frauen für seine Orgien beschafft hat, was hat er dann in seiner Wohnung zu suchen?"

„Ich weiß es nicht", murmelte Maja. Genau das war der wunde Punkt. „Und ich will wissen, wer in Hellmanns Wohnung Sex hatte. Aber das herauszufinden, dürfte nicht ganz leicht werden. Außerdem kann ich mir nicht vorstellen, dass die Vermieterin von all dem nichts mitbekommen haben will – wenn sie doch sogar weiß, was Anieszka Donca hier veranstaltet hat." Sie wählte die Nummer von Roland Alders. „Bittet Koch um den Ausdruck eines Fotos von Alexander Donca. Dann kommt ihr mit dem Bild nach Rinteln zum Haus, in dem Sven Hellmann wohnte. Hier gibt es eine Buchhandlung, die der Hausbesitzerin gehört, einer Frau Hermes. Zeigt ihr das Bild von diesem Donca und fragt sie, ob er der Mann war, der hier zu Besuch war, während die Wohnung auf Vordermann gebracht wurde."

„Ich versteh' nur Bahnhof", grunzte Alders am anderen Ende der Leitung.

„Macht nichts. Tu einfach, was ich gesagt habe, Roland. Haltet mich auf dem Laufenden; ich werde jetzt die Kollegen vom Streifendienst bitten, Donca in Untersuchungshaft zu bringen." Sie unterbrach die Verbindung.

„So", brummte Grundmann. „Für dich scheint der Fall ja sonnenklar zu sein. Mord aus Eifersucht."

„Nee, eben nicht, weil ich gerade auf dem OK-Trip festzuhängen scheine", maulte Maja. „Eifersucht wär mir glaube ich doch ein wenig zu einfach. Du hörst mir einfach nicht zu, Jürgen!"

Er wirkte ein wenig pikiert, weil Maja sich nicht mit ihm über ihre Gedanken ausgetauscht hatte. Doch darauf konnte sie jetzt keine Rücksicht nehmen. Sie telefonierte schon wieder. Diesmal mit Oberkriminalrat Dauber. Maja schilderte ihm ihre Gedanken, und Dauber zögerte keine Sekunde und versprach, beim diensthabenden Richter einen Haftbefehl gegen Alexander Donca anzuordnen. Als Maja aufgelegt hatte, glaubte sie, den Fall bald schon aufgeklärt zu haben. Und sie freute sich auf ihre Freizeit mit Norbert Ulbricht.

Marita Bluhm rutschte das Herz in die Hose, als sie die Wohnungstüre öffnete und zwei Polizisten mit finsteren Mienen auf der Schwelle standen. Sofort dachte sie an ihre Mutter. Sie war siebzig Jahre und fuhr noch immer regelmäßig Auto, und das, obwohl sie ihr schon öfters angeboten hatte, die anfallenden Einkäufe mit ihr gemeinsam zu tätigen. Margarete Bluhm war noch nie die beste Autofahrerin gewesen, und ihr Verhalten im Straßenverkehr ließ seit einiger Zeit sehr zu wünschen übrig. So hatte sich in Maritas Kopf die Horrorvorstellung manifestiert, dass ihrer Mutter etwas zugestoßen sein könnte. Ihr Herz raste.

„Frau Bluhm?", fragte der ältere der uniformierten Beamten, der etwas Väterliches ausstrahlte. „Marita Bluhm?"

„Ja", bestätigte sie mit zitternder Stimme. „Ist etwas mit meiner Mutter geschehen?"

Die Polizisten tauschten einen Blick. „Nein", sagte der Streifenführer dann. „Warum?"

„Sie ist mit dem Auto unterwegs, und ich mache mir ein wenig Sorgen um sie."

Die Beamten reagierten gar nicht auf den Einwurf. „Dürfen wir einen Moment hereinkommen?"

„Natürlich." Marita machte den Eingang frei. „Aber bitte sehen Sie sich nicht in der Wohnung um. Ich räume samstags immer auf."

„Das ist kein Problem", bemerkte der jüngere Polizist nun und brachte sogar ein Lächeln zustande.

Marita führte sie am Kinderzimmer vorbei ins Wohnzimmer. Prompt blickte Lena auf und ließ ihr

Spielzeug liegen, mit dem sie sich eben auf dem bunten Spielteppich beschäftigt hatte. Aus ihrem kleinen bunten Cassettenradio ertönten Kinderlieder, die das Mädchen mitsummte. Sie folgte den Erwachsenen ins Wohnzimmer. Marita bot ihren Besuchern Platz an, sie bedankten sich höflich und setzten sich auf die Couch. Sie selber zog es vor, stehen zu bleiben. Lena strich ein wenig schüchtern um ihre Beine und beäugte den uniformierten Besuch neugierig. „Polizei", rief Lena aufgeregt. „Jagt ihr Verbrecher?"

Der ältere Polizist lächelte. „Auch das müssen wir ab und zu, ja. Aber jetzt sind wir hier, um deine Mama zu besuchen."

„Lena, magst du noch ein wenig spielen gehen?", fragte Marita ihre Tochter und strich ihr zärtlich über den blonden Schopf. „Wir müssen uns ein wenig unterhalten, das ist langweilig für dich."

„Na gut." Widerwillig verschwand die Kleine in ihrem Zimmer. Erst als sie dort ein Lied sang, räusperte sich der ältere Polizist. „Ich bin Polizeioberkommissar Stolte, das ist mein Kollege, Polizeimeister Martin Burkhardt. Kennen Sie einen Sven Hellmann?"

Die Frage nach Sven jagte Marita einen Adrenalinstoß durch ihren Körper. War Sven etwas zugestoßen? Sie hatte ihn seit vorgestern Abend nicht mehr gesprochen, geschweige denn gesehen. Und er fehlte ihr, war er doch in den letzten Wochen zu ihrem Märchenprinzen geworden. Er war intelligent, sah gut aus und hatte einen sicheren und gut bezahlten Job im Kraftwerk. Und zwischen ihnen knisterte die Luft, wenn sie zusammen waren. Er war ein guter Freund, mit dem man über alles reden konnte. Und er wusste sie mit allen Ecken und Kanten zu nehmen. Hinzu kam, dass er ein leidenschaftlicher Liebhaber war, der wusste, wonach sie sich sehnte. Ja, Marita Bluhm hatte sich in Sven verliebt, auch wenn alles nur mit einer Affäre im Büro begonnen hatte. Dass sie ihn liebte, war ihr erst seit gestern bewusst geworden, als sie ihn nicht erreicht hatte. Und sie hatte Angst davor, dass es ihm nicht so erging wie ihr, dass er ihre intensiven Gefühle möglicherweise nicht erwidern konnte oder wollte. Die größte Angst bestand für die junge Frau darin, ihn zu verlieren. Sie wollte mehr für ihn sein als nur eine Bettgeschichte. „Ja", nickte sie und spürte, wie ihr das Blut ins Gesicht schoss. Nun setzte sie sich auf den Sessel. „Ich kenne ihn. Warum?"

„Sie arbeiten zusammen im Kernkraftwerk, richtig?"

„Allerdings." Nun wurde Marita trotzig. Gleichermaßen wunderte sie sich, was die Polizisten von ihr wussten. „Ist das verboten?"

Nun schmunzelte Stolte. „Nein, natürlich nicht." Er lehnte sich zurück. „Entschuldigen Sie die Frage: Wie war Ihr Verhältnis zueinander?"

Als Marita nicht gleich antwortete, fuhr er fort: „Im Werk arbeiten fast fünfhundert Menschen, darunter gibt es Kollegen, die Sie sicherlich nicht mögen, und es gibt Leute, mit denen Sie vielleicht auch privat befreundet sind und mit denen Sie Ihre Freizeit gemeinsam verbringen. In welche Kategorie würden Sie Sven Hellmann stecken?"

„Ich kenne gar nicht alle Leute, die dort arbeiten", erwiderte Marita ausweichend und kaute auf der Unterlippe. Dann lächelte sie zaghaft. „Aber Sven gehört schon zu den Menschen, die ich gut leiden kann."

Die Polizisten tauschten wieder einen Blick, und Stolte räusperte sich. „Frau Bluhm, wir wissen nicht, wie gut Sie mit Sven Hellmann befreundet waren, aber wir müssen Ihnen leider mitteilen, dass er tot ist."

„Nein“, sagte Marita schnell und schüttelte den Kopf. Irgendwie hatte der Polizist gerade ihre schlimmsten Ängste in Worte gefasst. „Sagen Sie bitte, dass das nicht wahr ist.“

„Leider ist es wahr“, bemerkte Polizeimeister Burkhardt nun. „Er wurde gestern Mittag ermordet.“

„Das ist nicht möglich“, erwiderte Marita und fühlte, wie ihr die Tränen in die Augen schossen. „Es kann nicht möglich sein …“

„Ich fürchte, dass mein Kollege die Wahrheit sagt“, erwiderte Burkhardt, dem die Angelegenheit sichtlich unangenehm war. Womöglich war dies das erste Mal in seiner noch kurzen Laufbahn, dass er die Nachricht vom Tod eines Freundes oder Angehörigen übermitteln musste, deshalb sah Marita ihm auch die ein wenig unglückliche Wortwahl nach. Es dauerte einen Moment, bis sie die Nachricht verdaut hatte. Ihre Gedanken fuhren Karussell im Kopf, und sie hoffte, gerade einen Albtraum zu durchleben, aus dem sie gleich erwachen würde.

Man hatte Sven ermordet? Wer war dazu in der Lage? Marita konnte es einfach nicht glauben, und so versuchte sie, ein unsichtbares Schutzschild um sich herum zu errichten. Sie würde Sven niemals wiedersehen, und der Traum, an seiner Seite alt zu werden, war mit dem Besuch der beiden Polizisten geplatzt wie eine Seifenblase.

„Unsere Kollegen von der KTU haben auch das Handy von Herrn Hellmann untersucht. Darauf befinden sich einige vergebliche Anrufe.“ Stolte trommelte auf dem niedrigen Wohnzimmertisch herum. „Der letzte vergebliche Anruf stammt von Ihnen, Frau Bluhm.“ Er legte den Kopf schräg. „Können Sie uns das erklären? Sie sind, wie wir wissen, die Sekretärin des Vorstandsvorsitzenden, während Herr Hellmann Leiter des Werks- und Objektschutzes war."

Er war ... wie sich das anhörte! Marita wischte sich eine Träne fort, die sich aus ihrem Augenwinkel gestohlen hatte. Es war vorbei, bevor es eigentlich begonnen hatte. Sie überlegte fieberhaft, wer zu einer solchen Tat imstande war. Doch sie musste sich eingestehen, dass sie Sven nicht genug gekannt hatte, um das zu wissen. Er hatte ihr nur wenig aus seinem Leben erzählt. Und nun war es einfach vorbei, aus ihrem Leben herausgerissen wie eine zarte Pflanze, deren Wurzeln gerade erst den Weg in den noch lockeren Boden suchten.

„Wir hatten ein Verhältnis", flüsterte sie und wich den Blicken der Polizisten aus. Sven hatte Wert darauf gelegt, dass im Kraftwerk niemand etwas von ihrer Affäre wusste, warum auch immer. Ihm war es wichtig gewesen, dass berufliche und private Belange strikt voneinander getrennt waren. So war es ein kleines intimes Geheimnis gewesen, das sie während der Arbeitszeit mit sich herumgetragen hatten. Doch nun war es gleichgültig, dachte Marita. Die Polizisten suchten seinen Mörder, und wenn sie ihnen dabei helfen konnte, dann würde sie das tun.

„Eine Affäre, von der niemand etwas wissen sollte, nehme ich an?", setzte Stolte nach.

Marita nickte stumm. „Ich habe versucht ihn anzurufen, weil er nicht im Kraftwerk war. Der Chef wollte ihn dringend sprechen, und er war nicht anwesend. Weil ich vermeiden wollte, dass er Ärger bekommt, habe ich versucht, ihn privat zu erreichen. Jetzt ..." Ihre Stimme brach unter einem Weinkrampf zusammen, sie schüttelte sich, bevor sie weitersprechen konnte. „Jetzt weiß ich ja, warum er nicht zur Arbeit gekommen ist." Ihr Kopf ruckte hoch, und sie blickte die Polizisten an. „Weiß man schon ..."

„Nein", unterbrach Martin Burkhardt sie. „Die Ermittlungen der Mordkommission dauern an. Ehrlich gesagt, hatten wir gehofft, dass Sie uns helfen können."

„Aber wie denn?", fragte Marita. „Ich würde gern helfen, aber wir kannten uns noch nicht lange und nicht gut genug. Ich weiß nicht einmal, welche Freunde er hatte."

„Und Feinde?", setzte Stolte schnell nach.

Schulterzucken. „Keine Ahnung. Er hat mir nur immer von einem Manni erzählt, mit dem er früher oft zusammengehangen hat. In letzter Zeit hatten die beiden wohl wieder verstärkt Kontakt zueinander."

„Manni ... und weiter?" Stolte hatte einen Notizblock gezückt.

„Heitermann, Heiterberg ... bach, ich weiß es nicht. Irgendetwas mit Heiter jedenfalls." So sehr Marita nachdachte, ihr fiel der Name von Svens bestem Freund nicht ein. Ihr Gehirn fühlte sich betäubt und gelähmt an, sie war nicht in der Lage, einen klaren Gedanken zu fassen.

„Woher die beiden sich kannten, ist Ihnen nicht bekannt?", hakte Burkhardt nach.

„Sie haben vor Jahren zusammen gearbeitet."

„Im Kraftwerk?"

„Das weiß ich nicht, aber ich nehme es an. Sven war schon sehr lange bei der Betreibergesellschaft des Kernkraftwerkes."

„Dann werden wir das mal unter die Lupe nehmen." Stolte kritzelte etwas in sein Notizbuch, dann nickte er seinem jungen Kollegen zu. Die beiden erhoben sich.

Als Marita ebenfalls aufstehen wollte, winkte Stolte ab. „Bitte machen Sie sich keine Umstände", sagte er freundlich und legte eine Hand auf ihre Schulter. „Wir finden alleine heraus. Und wenn Sie Hilfe benötigen, rufen Sie uns an. Und jetzt kümmern Sie sich um die Kleine." Er deutete zur Zimmertür. Lena hatte schweigend dagestanden und den Zusammenbruch ihrer Mutter miterlebt. Die Angst stand ihr in das kleine Gesicht geschrieben. Die Mutter hatte sie noch nie weinen sehen. Und mit ihren drei Jahren verstand sie nicht, was hier geschah.

„Hatten die auch ein richtiges Polizeiauto?", fragte Lena nun.

Marita lächelte schwach und wischte sich eilig die Tränen mit dem Handrücken fort. „Ich denke schon", sagte sie und nahm ihre Tochter auf den Arm. „Komm, wir gehen zum Fenster und sehen nach!"

„Au ja!" Lena lachte erleichtert. Sie traten an das Wohnzimmerfenster und blickten hinab auf die verkehrsarme Straße. Tatsächlich parkte dort ein blauer Streifenwagen am Rand. Von hier oben aus konnte Marita sehen, wie Burkhardt, der hinter dem Steuer Platz genommen hatte, etwas auf ein Klemmbrett schrieb. Dann warf er das Brett auf die Rücksitzbank des Passat Variant und startete den Motor.

„Die machen ja gar nicht tatütata", stellte Lena enttäuscht und mit vorgeschobener Unterlippe fest.

„Sie haben es nicht eilig", erwiderte Marita und betrachtete ihr verheultes Gesicht im Spiegel der Fensterscheibe. „Sie müssen keine Verbrecher jagen."

Hameln, Polizeiinspektion, Zentralstraße, 13.10 Uhr

Er hatte kurz Zwischenstation am Hotel gemacht, um den Laptop von Laurens Wulf zu holen, danach war er in die gut fünf Autominuten entfernte Polizeiinspektion gefahren und hatte sich über die kurzen Wege in der Rattenfängerstadt gefreut. Ulbricht fühlte sich im Gebäude des Zentralen Kriminaldienstes schon fast ein wenig heimisch, und dass ihn die Kollegen auf dem Gang grüßten, bestärkte diesen Eindruck noch mehr. Da er nicht wusste, wo sich die Büros des 5. Fachdezernates befanden, fragte er sich zu Koch durch. Dieser blickte verwundert von seinem Monitor auf, als Ulbricht ohne anzuklopfen in seinem Büro stand.

„Wie kommen Sie denn hier rein?", fragte er überrascht.

Ulbricht deutete mit dem Daumen über die Schulter. „Da ist praktischerweise eine Tür", grinste er. „Die habe ich genutzt, Herr Kollege."

Es dauerte einen Moment, bis Koch verstanden hatte. „Und was kann ich für Sie tun?"

Ulbricht stellte den Laptop auf Kochs Schreibtisch ab und legte das Ladegerät gleich dazu. „Der Akku müsste noch voll sein", bemerkte er. „Doch dazu später mehr." Er nahm einen kleinen Knopf aus der Tasche seiner neuen Jacke und hielt ihn spitz zwischen Daumen und Zeigefinger. „Eine Tüte hatte ich leider nicht dabei, als ich letzte Nacht niedergeschlagen wurde, deshalb müssen Sie damit vorlieb nehmen, dass sich auch meine Fingerabdrücke an dem Ding befinden." Ulbricht betrachtete den Knopf wie eine Trophäe. „Und ein Stückchen Stoff hängt auch noch dran, somit dürfte einer Faserüberprüfung nichts im Wege stehen, aber das machen wohl Ihre Kollegen vom LKA in Hannover, nehme ich an?"

Als Koch schwieg, stattdessen in eine Schreibtischschublade griff, ihm einen Asservatenbeutel hinhielt und Ulbricht den Knopf hineingleiten ließ, berichtete

Ulbricht ihm, was letzte Nacht unweit des Kopfmanshof geschehen war. Dabei kam die Sprache zwangsläufig auch auf das alte iBook des Toten aus der Weser.

„So", sagte Ulbricht schnell. „Und nun kommen Sie mir nicht mit Unterschlagung von Beweismitteln: Ich war gestern Abend noch hier und wollte das ganze Zeug loswerden, aber in Ihrem Büro brannte kein Licht mehr. Ich habe die Sachen also lediglich verwahrt und erfolgreich vor Diebstahl geschützt." Er deutete auf den Stofffetzen mitsamt Knopf. „Aber ich könnte mir vorstellen, dass derjenige, der mich zusammengeschlagen hat, auch an den Daten, die sich auf dem Laptop befinden, interessiert war. Vielleicht lässt sich hier ein Zusammenhang erkennen. Übrigens habe ich heute Nacht noch einige mit einem Kennwort geschützte Dateien gefunden, die ich nicht öffnen konnte. Das wäre also Ihr Spezialgebiet, Herr Kollege."

Koch war sprachlos. Und als er nach einer kleinen Ewigkeit den Mund öffnete, um Ulbricht zu antworten, flog die Bürotür auf und Maja stürmte in Begleitung von Grundmann in das Büro der Kriminaltechnik. Als sie Ulbricht auf dem Stuhl hocken sah, schien sie vor eine unsichtbare Mauer zu prallen. Sie wich einen halben Schritt zurück, während Grundmann seine Ablehnung mit vor der Brust verschränkten Armen demonstrierte.

„Norbert, was machst du denn …" Hier, wollte sie sagen, doch als sie das alte iBook auf Kochs Schreibtisch sah, hatte sie verstanden. Sie nickte. „Das ist schön", sagte sie süffisant. „Dann sind wir ja jetzt endlich im Besitz aller Beweismittel, die du freundlicherweise für uns zusammengetragen hast. Auch wenn das streng genommen …"

„Den Begriff Unterschlagung hört er gar nicht gern", versuchte Koch mit einem Kommentar die angespannte Stimmung aufzulockern. „Kollegen", rief er in die Runde. „Wir sitzen doch alle im gleichen Boot. Die Jungs vom LKA sind im Haus und suchen unter Hochdruck nach dem Kraftwerkserpresser. Es reicht, wenn sie uns hier rumscheuchen, ich finde, da sollten wir wenigstens noch zusammenhalten."

„Der Mann spricht mir aus der Seele", murmelte Ulbricht zufrieden und sympathisierte mit dem Spusi-Mann. „Übrigens – ich heiße Norbert."

Koch hatte keine Einwände gegen das von Ulbricht angebotene Du und schlug ein. „Ich bin Jochen", sagte er und hielt Ulbricht die Hand hin.

„Dann hätten wir das auch geklärt", ging Maja voller Ungeduld dazwischen.

„Ich fürchte, für ein erstes gemeinsames Freundschafts-Bier reicht die Zeit jetzt nicht aus", stöhnte sie. „Wenn wir dann wieder zum Wesentlichen kommen könnten?"

Ulbricht nickte. „Also gut, wer weiß, vielleicht sind wir sogar schneller als die ‚wichtigen' Kollegen vom LKA, die sich um den Terroristen kümmern. In Grohnde ist wahrscheinlich jetzt der Teufel los, da sollten wir froh sein, hier sein zu dürfen."

„Okay, ich werde mich ans Werk machen und die Festplatte spiegeln", sagte Koch, als niemand Einwände hatte. Er betrachtete das alte Stück Computerbaukunst. „Die Dinger sind unkaputtbar, so ein iBook habe ich damals für meine Tochter zum Studium gekauft. Es ist ihr in der Uni Hannover mal die Treppe runtergesegelt, aber es ist dabei nicht beschädigt worden. Und wenn das Schätzchen hier", er trommelte auf Laurens Wulfs Rechner, „auch noch funktioniert, dann komme ich ohne großen Aufwand an die Daten auf der Platte. Und die ist Gott sei Dank nicht sehr groß, bei diesem Modell waren es damals sechs Gigabyte, die ich mir anschauen musste, mehr gab es damals noch nicht."

„Wie lange?", fragte Maja.

Koch zog die Mundwinkel nach unten. „Eine Stunde, vielleicht auch zwei. Und während das läuft, kann ich mir Ulbrichts Beute ansehen. Danach wissen wir mehr."

Grundmann schwieg beharrlich, und Ulbricht sah ihm an, dass ihm seine Anwesenheit nicht passte. Die beiden würden wohl nie gute Freunde werden, doch darauf konnte er keine Rücksicht nehmen.

„Gut", nickte Maja. „Ich werde mit Dauber reden. „Wir sollten uns um fünfzehn Uhr im Besprechungsraum treffen und unsere Erkenntnisse abgleichen." Sie wandte sich zu Grundmann um. „Kannst du abklären, ob Alexander Donca schon hier ist? Wenn ja, will ich ihn gleich verhören."

Jetzt kam Leben in Grundmann. „Sicher."

Er schnappte sich Kochs Telefon und tippte eine interne Nummer. Stellte Majas Frage einem Kollegen, antwortete ein paar Mal mit „ja" und „sicher", dann legte er auf. „Er wird ins Verhörzimmer eins gebracht", erklärte er.

„Schön." Majas Miene erhellte sich ein wenig. Sie wandte sich an Ulbricht. „Gibt es sonst noch etwas, das ich wissen müsste?" Ihre Augen schleuderten ihm winzige Blitze entgegen.

„Nein", erwiderte Ulbricht mit Unschuldsmiene. „Jetzt sind wir auf Stand."

„Gut. Dann kannst du gehen."

„Bitte?" Ulbricht glaubte sich verhört zu haben.

„Wenn wir alles haben, kannst du jetzt dein freies Wochenende genießen." Majas Stimme klang kühl und sachlich. Sie nickte Grundmann zu und trat an die Tür. „Wir telefonieren dann."

Wütend rauschte Ulbricht aus der Polizeiinspektion und prallte auf den flachen Stufen prompt mit einer zierlichen blonden Frau Mitte zwanzig zusammen, die wild mit den Armen ruderte und drohte, das Gleichgewicht zu verlieren.

Beherzt griff Ulbricht zu und packte sie bei den Armen. Bedingt durch die körperliche Nähe kam er in den Genuss, ihr Parfüm einzuatmen. Der betörende Duft ließ seinen Ärger im Bruchteil einer Sekunde verrauchen.

„Entschuldigung", murmelte er ein wenig peinlich berührt und betrachtete die junge Frau. Die blonden Haare hatte sie zu einem Pferdeschwanz zusammengebunden; unter dem offenen Mantel trug sie ein für die Jahreszeit viel zu dünnes Top, dazu einen Jeansrock, der zwei Handbreit über dem Knie endete und schwarze Stiefel.

Sie war hübsch, gar keine Frage. Und als Ulbricht bemerkte, dass er sie immer noch an den Armen festhielt, entschuldigte er sich ein zweites Mal und lockerte den Griff.

„Verzeihung, ich war unkonzentriert", erwiderte die junge Frau ein wenig kleinlaut. Sofort bemerkte Ulbricht den harten Akzent; wahrscheinlich eine Osteuropäerin. Sie deutete auf das Polizeigebäude. „Sie sehen aus, als würden Sie hier arbeiten."

Ulbricht war kurz davor, die Frage energisch zu verneinen, als er wahrheitsgemäß sagte: „Ich bin Hauptkommissar, das ist richtig."

„Mein Name ist Anieszka Donca. Man hat mich hergebeten, um meine Fingerabdrücke nehmen zu können."

Beim Namen Donca klingelte etwas tief in Ulbricht, und er ahnte, mit wem er es zu tun hatte. „Kommen Sie", sagte er freundlich. „Die Kollegen erwarten Sie bereits. Ich zeige Ihnen den Weg."

Hameln, Zentraler Kriminaldienst, 13.40 Uhr

Alexander Donca hockte weit über den dunkelgrünen Tisch gebeugt und stierte ins Nichts. Er schien zu grübeln, rauchte nervös und wippte mit dem rechten Knie. Als sich die Tür öffnete und Maja in Begleitung von Grundmann den Verhörraum betrat, erwachte er aus der Lethargie und starrte sie erwartungsvoll an.

„Können Sie mir verraten, was der Scheiß soll?", rief er und hieb mit der Faust auf den Tisch. „Halten Sie mich für einen Killer? Das ist es doch – ich stehe unter Mordverdacht, oder? Deshalb bin ich hier!"

Maja schwieg, auch Grundmann sagte nichts, als sie sich auf die Stühle setzten, die Donca gegenüberstanden. Maja hasste diesen Verhörraum. Die Beklemmung in diesem engen, fensterlosen Raum machte ihr jedes Mal zu schaffen. Und der Umstand, dass man Donca das Rauchen gestattet hatte, trug zusätzlich dazu bei, dass sie Beklemmungen bekam. Die Luft war rauchgeschwängert, und als sie sich etwas vorbeugte, sah Maja vier ausgedrückte Zigarettenstummel im Aschenbecher liegen. Der kalte Tabak lähmte ihre Atemwege, und sie wedelte sich vor dem Gesicht herum.

„Wer hat Ihnen das Rauchen erlaubt?", fragte sie.

Donca bedachte sie mit einem Blick, den sie nicht deuten konnte.

„In Behörden ist das Rauchen grundsätzlich im Sinne der Allgemeinheit untersagt", belehrte Grundmann ihn nun.

„Ich scheiß auf das Rauchverbot", giftete Donca und trommelte mit den Fingern seiner rechten Hand auf der Tischplatte herum. „Also: Stellen Sie Ihre Fragen, und dann lassen Sie mich gehen." Ein tiefer Zug an der Zigarette, dann klopfte er mit einer hektischen Geste die Asche ab.

„Das könnte Schwierigkeiten geben", bemerkte Grundmann mit wichtiger Miene und blickte in die Mappe, die er mit ins Verhör gebracht hatte.

Maja hatte das digitale Aufnahmegerät, das auf der Mitte des Tisches lag, eingeschaltet.

„Herr Donca, wie wir erfahren haben, waren Sie am gestrigen Freitag nicht bis zwölf Uhr an Ihrem Arbeitsplatz, so wie Sie es uns gegenüber ausgesagt haben", sagte sie dann.

„Das ist doch Blödsinn", zischte Donca und funkelte sie böse an.

„Ich habe früher Feierabend gemacht, weil es mir nicht gut ging."

„So hat uns das Ihr Arbeitgeber auch bestätigt", nickte Maja.

„Warum haben Sie uns das gestern verschwiegen?" Grundmann hatte seine Augen zu schmalen Schlitzen verengt. Er erinnerte Maja an eine Bombe, die kurz vor der Explosion stand. Dieser Mann machte ihr Angst.

„Weil es scheißegal ist. Sie waren da, um Anieszka zu befragen, ich hatte nur eine Nebenrolle." Er grinste Grundmann an. „Schon vergessen? Aber Sie hatten wohl nur Augen für meine Frau."

Maja schluckte. Donca ahnte nicht, dass Jürgen Grundmann sich nicht für Frauen interessierte. Sein Interesse an Alexander Donca hingegen dürfte auch nur beruflicher Natur sein, denn auch sie als Frau fand an dem kleinen Polen nichts Attraktives. Er war wie bei ihrem ersten Zusammentreffen unrasiert, die Kleidung war fleckig, und er roch nach einer Mischung aus Schweiß und kaltem Tabak.

„Haben Sie sich den Schlüssel von Hellmanns Wohnung genommen?", stieß Grundmann weiter vor.

„Nein ..." Er schüttelte den Kopf und senkte den Blick.

Grundmann warf Maja einen bezeichnenden Blick zu. Er lügt, sollte das heißen. Sie nickte unauffällig.

„Warum lügen Sie uns an?", polterte Grundmann so plötzlich los, dass auch der abgebrühte Alexander Donca zusammenzuckte. „Wir haben Ihre Fingerabdrücke in Hellmanns Wohnung gefunden, können Sie uns das erklären?"

Als Donca schwieg, deutete Maja das als Zustimmung.

„Sie haben Sven Hellmann umgebracht, weil Ihre Frau ein Verhältnis mit ihm hatte – das ist es doch, oder?", brüllte Grundmann und hieb mit der flachen Hand auf den Tisch. „Ist es so, oder haben Sie eine andere Lügengeschichte auf Lager, die Sie uns auftischen können?"

„Ich lüge nicht, verdammte Scheiße", brüllte Donca zurück und sprang auf. Der Stuhl kippte nach hinten und schlug scheppernd gegen die Wand, fiel aber nicht um.

„Hinsetzen, sofort hinsetzen, sonst lasse ich Sie in die Zelle zurückbringen!", ging Maja mit entschiedener Stimme dazwischen. Doncas Blick ruhte einige Sekunden auf ihr, dann sank er auf seinen klapprigen Stuhl zurück.

„Ich habe einen Ohrring in Hellmanns Wohnung gesucht", sagte er leise und fuhr mit den Händen über die Tischplatte. „Meine Frau hat von mir Ohrringe geschenkt bekommen, zur Hochzeit. Und dann kommt sie eines Tages von Hellmann zurück und trägt nur noch einen dieser scheißteuren Dinger. Es ist sonnenklar, dass sie mich mit diesem Dreckskerl beschissen hat. Sie hat den Ohrring verloren, während sie gevögelt haben, so einfach ist das."

„Haben Sie das Ihrer Frau so gesagt?", fragte Maja seelenruhig, während sie sich Notizen machte. Sie war es gewohnt, sich Stichworte im laufenden Verhör aufzuschreiben. Die Notizen im Nachhinein zu lesen, ging in der Regel schneller, als sich die komplette Tonaufzeichnung noch einmal anzuhören.

„Natürlich. Ich habe ihr gesagt, dass etwas zwischen ihr und dem Typen vom Atomkraftwerk läuft. Hellmann verdient gut in Grohnde, das sieht man an seiner Bude. Und eine Putze kann er sich wohl auch leisten. Ich habe ihn mal in einem Porsche gesehen, weiß aber nicht, ob das seine Prollkarre war. Und er glaubt, dass er alles kriegt, was er haben will."

„Auch Ihre Frau?"

„Das hat er zumindest angenommen. Und ich bin mir ganz sicher, dass die beiden in seiner Wohnung gevögelt haben."

„Er war in der Regel arbeiten, wenn Ihre Frau sich in seiner Wohnung aufgehalten hat", gab Maja zu bedenken.

Alexander Donca lachte trocken auf. „Das haben sie behauptet. Ein Mann in seiner Position ist wohl kaum einem Vorgesetzten Rechenschaft schuldig. Er kann aus dem Kraftwerk verschwinden, ohne dass er sich abmelden muss. Sicher hat er auch Außentermine, da fragt keiner, wo er gerade ist. Also ist er nach Hause gefahren und hat sich mit meiner Frau vergnügt." Den letzten Satz hatte er gefährlich leise gesprochen. Die Hände hatte er zu Fäusten geballt, und Maja war sicher, dass er Hellmann an die Kehle gehen würde, wenn er jetzt den Raum betreten würde. Sie betrachtete den von Hass erfüllten Donca und überlegte, ob sie ihm einen Mord aus Eifersucht zutrauen würde.

„Sind Sie im Besitz einer Waffe?", fragte sie.

„Spinnen Sie?"

„Jetzt back mal kleinere Brötchen, sonst wanderst du in deine Zelle zurück, bevor du deine Lügengeschichte zu Ende erzählt hast", warnte Grundmann. Er beugte seinen massigen Oberkörper weit über den Tisch, sodass Donca jede Hautpore in seinem runden Gesicht sehen konnte. „Also raus mit der Sprache. Hast du eine Knarre, oder musstest du dir eine leihen, um Hellmann abzuknallen?"

„Ich hab den nicht auf dem Gewissen", erwiderte Donca, der sich nach der deutlichen Ansprache von Grundmann dem Ernst der Lage bewusst wurde. „Wirklich nicht."

„Wir haben Ihre Fingerabdrücke in Hellmanns Wohnung gesichert, daran gibt es nichts zu rütteln. Aber die Sache mit den Ohrringen nehme ich Ihnen nicht ab. Also bitte, was haben Sie dort getan?" Maja bemühte sich, cool zu bleiben. Und irgendwie klappte das alte Spiel „guter Bulle, böser Bulle" auch bei Donca.

„Ich schwöre, dass ich da war, um den verdammten Ring zu suchen. Nicht, weil er scheißteuer war, sondern um ihn meiner Frau um die Ohren zu hauen, wenn sie nach Hause kommt."

„Selbst wenn Sie ihn gefunden hätten – was spricht dagegen, dass Ihre Frau den Ohrring während des Putzens in Hellmanns Wohnung verloren hat?"

„Der Ort, an dem ich ihn gefunden hätte, beispielsweise", zischte Donca. „Sie hat ihn garantiert in seinem Bett verloren. Oder in der Dusche, wenn sie es dort auch getrieben haben."

„So einen geistigen Schwachsinn habe ich in meiner Bullen-Laufbahn noch nie gehört", behauptete Grundmann und schüttelte den Kopf. „Wie wäre es jetzt mal mit der Wahrheit?"

Als Donca beharrlich schwieg, tischte ihm Grundmann seine Version von Doncas Besuch in Hellmanns Wohnung auf: „Von Eifersucht getrieben, hast du es an deinem Arbeitsplatz nicht länger ausgehalten. Du hast dich beim Chef krankgemeldet und bist von der Firma gleich zu Hellmanns Wohnung gefahren, nachdem du dir die Pistole besorgt hast – eine Neunmillimeter, gute Wahl, damit kann jeder Depp umgehen, zumindest aus dieser Entfernung. Wenn du um halb elf in der Firma abgehauen bist, warst du spätestens um elf in der Rintelner Fußgängerzone. Du konntest davon ausgehen, niemanden anzutreffen. Deine Frau putzt ja immer donnerstags bei ihm. Und Hellmann arbeitet auch, wie lange auch immer. Du hattest dir vorgenommen, in seiner Wohnung auf ihn zu warten, um ihn zur Rede zu stellen. Völlig überrascht hast du dann festgestellt, dass Hellmann nicht arbeiten war. Er stand auf dem Balkon und hat dein Kommen nicht bemerkt. Und als du ihn da hast stehen sehen, hat es dich gepackt: Du hast dir vorgestellt, wie dieser gut aussehende Kerl mit seinem muskulösen Oberkörper auf deiner Frau liegt und sie fickt. Im Kopf hast du ihr Stöhnen gehört, hast ihr verschwitztes Gesicht gesehen und ihren glasigen Blick, während sie kommt. Und da gab es kein Zurück mehr: Du hast die Knarre hochgerissen und ihn rücklinks niedergestreckt, noch bevor er registrieren konnte, dass er ungebetenen Besuch hatte. Es ging schnell, niemand in der Fußgängerzone hat den Schuss gehört, und Hellmann ist kopfüber nach vorn auf die Terrasse gekippt. Er war auf der Stelle tot, und dir ging es zum ersten Mal seit Langem wieder richtig gut. Natürlich hast du dich verpisst, nachdem Hellmann erledigt war. So schnell, wie du bei ihm warst, hast du die Wohnung auch wieder verlassen. Hast die Knarre entsorgt - wo auch immer - und bist nach Hause zu deiner Frau, die brav Wäsche gefaltet hat."

Maja schwieg betroffen. Sie hatte nicht damit gerechnet, dass Grundmann so deutlich werden konnte. Eigentlich hatte sie ihn als eher konservativen Bollerkopf kennengelernt, der sich trotz aller Arroganz immer an die Regeln hielt. Sie wusste nicht, was mit Hauptkommissar Jürgen Grundmann los war, aber offenbar lernte sie ihn heute von einer völlig neuen Seite kennen.

„Ich will meinen Anwalt sprechen", bat Donca nun sehr leise. Seine Hände zitterten. Spontan empfand Maja Mitleid mit dem Polen.

„Vergiss es, du guckst zu viele Krimis", grollte Grundmann und winkte mit seiner fleischigen Pranke ab. Er legte den Kopf schräg. „Wir werden die Tatwaffe mit deinen Fingerabdrücken finden, und dann haben wir dich." Eine kleine Pause, dann: „Oder willst du uns jetzt deine Version erzählen?"

Wieder schwieg der Pole. „Ich mache von meinem Recht, mich nicht zu den Vorwürfen zu äußern, Gebrauch", sagte er schließlich mechanisch.

Grundmann pfiff durch die Zähne. „Gut auswendig gelernt, den Spruch. Hast ihn wohl schon öfters anwenden müssen, was?"

„Dann werden wir Hellmanns Wohnung noch einmal untersuchen. Vielleicht haben Sie Glück, und wir finden, wonach Sie gesucht haben." Maja wandte sich an Grundmann: „Kommst du eine Minute ohne mich aus?"

Grundmann blickte sie ein wenig überrascht an.

„Ich schicke dir einen Kollegen rein", sagte sie. „Dann bist du mit dem zu Verhörenden nicht alleine, und wir halten uns streng an die Vorschriften."

„Von mir aus", brummte Grundmann.

Als Maja im Türrahmen stand, hörte sie, wie Grundmann sich an Alexander Donca wandte. „So, und nun mal unter uns Männern. Ich will deine wahre Geschichte hören, sonst lasse ich dich schmoren, und du gehst lebenslang in den Bau."

Der Beamte, der auf dem Flur wartete, verzog das Gesicht. „So kennen wir ihn gar nicht", sagte er an Maja gewandt.

„Ist mir auch neu", lächelte sie. „Aber wer weiß, wofür das gut ist. Passen Sie trotzdem gut auf ihn auf, ich bin kurz im 5. Fachdezernat."

„Klar – kein Problem", nickte der Polizeihauptmeister und huschte dienstbeflissen in den Verhörraum.

„Was machst du denn noch hier?", fragte Maja, als sie wie von der Tarantel gestochen in Jochen Kochs Büro stürmte und Ulbricht auf dessen Schreibtischkante hockte. Er war alleine, und Maja stand die Überraschung ins Gesicht geschrieben. Sie wurde auf der Stelle puterrot, und der Hauptkommissar fürchtete einen ihrer unbeherrschbaren Gefühlsausbrüche.

„Ich war so frei und habe mich um Frau Donca gekümmert, die gerade von Jochen Koch erkennungsdienstlich behandelt wird – so, wie ihr es angeordnet hattet." Er grinste. „Entschuldigung, aber es scheint ein Wink des Schicksals zu sein, dass ich immer wieder an deinem Arbeitsplatz lande."

Maja wollte etwas erwidern, öffnete den Mund, schloss ihn wieder und brachte trotz der angespannten Lage sogar ein Lächeln zustande. „Dann wird es Zeit, dass wir uns mit dem Schicksal arrangieren", sagte sie schließlich und trat auf Ulbricht zu. Sie waren sich sehr nahe und blickten sich tief in die Augen, und Ulbricht genoss den Moment der trauten Zweisamkeit. Die Blicke, die Maja ihm zuwarf, trafen direkt in sein altes, vom langen Alleinsein verkrustetes Herz. Er wusste schon gar nicht mehr, wie man sich als Mann in einer solchen Situation zu verhalten hatte. Die Luft zwischen ihnen schien zu knistern, und es gelang Ulbricht sogar, die Umgebung, in der sie sich befanden, auszublenden. Als er tief durch die Nase einatmete, roch er ihr dezentes Parfüm. Plötzlich sah er ihre natürliche Schönheit, liebte den wachen und intelligenten Blick aus ihren grünen Augen, die markanten Wangenknochen und ihr kastanienbraunes Haar, das bestimmt angenehm duftete und weich war. Der Mund, der so schlagfertig und tiefgründig argumentieren konnte, war plötzlich sinnlich. Er starrte auf ihre fein geschwungenen Lippen und konnte es kaum erwarten, diese Lippen zum ersten Mal zu schmecken. Wie automatisch streckte er eine Hand danach aus und glaubte, einen angenehmen Stromschlag zu spüren, als er ihre Lippen auf seinem Mund spürte. Ihr Lippenstift – er nahm zum ersten Mal wahr, dass sie Lippenstift trug – schmeckte herrlich nach Erdbeere, der Geruch ihres Parfüms betäubte ihn auf angenehmste Weise, und Ulbricht, der so viele Jahre alleine gelebt hatte, hoffte inständig, dass dieser Augenblick trauter Zweisamkeit mit Maja niemals enden würde.

Sein Traum zerplatzte wie eine Seifenblase, als die Bürotür aufflog und an der dahinterliegenden Wand anschlug, worauf sie langsam zurückpendelte. Ein hochgewachsener Schatten baute sich im Türrahmen auf.

„Was geht denn hier vor?"

Maja löste sich ruckartig von Ulbricht, der sich, noch immer von dem Moment überrumpelt, genießerisch über die Lippen leckte. Als Ulbricht an ihr vorbei blickte, sah er Kriminaloberrat Klaus Dauber, dem die Sache mindestens so unangenehm war wie Maja und ihm auch. Die Arme hatte er wie ein wütendes Mütterchen in die Hüften gestemmt. Der Oberrat trug Freizeitkleidung – Bluejans, dazu ein Poloshirt in einem dezenten Zartrosa. Eine braune Lederjacke hatte er sich lässig über die Schulter gelegt.

„Ich würde es sehr begrüßen, wenn Sie Ihre Freizeitaktivitäten nicht in der Inspektion ausleben würden, zumal wir hohen Besuch im Haus haben – die Kollegen vom LKA und dem BND haben alle Hände voll zu tun, weil in Grohnde im Rahmen der Großdemo zahlreiche Festnahmen erfolgt sind."

„Na", sagte Maja. „Dann sind die schon mal gut beschäftigt." Ihr Gesicht war immer noch tiefrot, diesmal aber nicht vor Wut. Sie lächelte ihren Vorgesetzten verschämt an, eine Eigenart, die Ulbricht an ihr noch nie gesehen hatte.

„Darf ich fragen, was Sie hier tun?" Dauber trat näher und blickte sich demonstrativ im Büro um. „Wo ist denn Hauptkommissar Koch?"

„Er führt gerade eine erkennungsdienstliche Maßnahme durch", erklärte Ulbricht. „Anieszka Donca, die Haushaltshilfe von Sven Hellmann. Sie hat mir dankenswerterweise ein paar nette Dinge erzählt."

Maja hatte sich immer noch nicht von dem Schock aus dem vertrauten Moment mit Ulbricht erholt, das sah er ihr an. Am liebsten hätte er schützend seinen Arm um sie gelegt. Jetzt wurden ihre Augen groß. „Ich habe gerade ihren Ehemann im Verhörraum sitzen", sagte sie. „Er bezichtigt seine Frau des Ehebruchs und tobt vor Eifersucht."

„So ähnlich hat sie es mir auch berichtet", bestätigte Ulbricht und versuchte, den zuckersüßen Moment auszublenden, was ihm nur schwer gelang, wie er sich eingestehen musste.

„Sie hat Alexander Donca also tatsächlich mit Hellmann betrogen?", fragte Maja.

„Was?" Ulbricht schüttelte den Kopf. „Wie kommst du denn dadrauf? Nein, sie hat sich einen anderen Geliebten angelacht, mit dem sie sich in Hellmanns Wohnung getroffen hat."

„Sie werden meinen Ausdruck entschuldigen", brachte sich jetzt Dauber ein. „Aber ich verstehe nur Bahnhof."

Mit wenigen Sätzen trugen sie ihre Kenntnisse zusammen und kamen zu dem Schluss, dass Koch seine Leute noch einmal zu Hellmanns Wohnung ausrücken lassen musste, um dort nach dem verschwundenen Ohrring von Anieszka Donca zu suchen. Das würde dem Leiter des 5. Fachkommissariats sicher nicht passen, doch darauf konnte Dauber keine Rücksicht nehmen.

„Wenn man vom Teufel spricht", grinste Ulbricht, als just in diesem Augenblick Koch in seinem Büro erschien, sichtlich überrascht, dass sich drei Personen hier aufhielten.

„Noch 'ne Tasse Kaffee dazu und vielleicht ein Stückchen Kuchen?", fragte er dann und setzte sich an seinen Schreibtisch. „Also, nur mal kurz in die lockere Runde geworfen: Frau Donca ist uns nicht aktenkundig geworden, aber wie vorauszusehen war, konnte ich auf die Schnelle schon viele der in Hellmanns Wohnung gefundenen Fingerabdrücke ihr zuweisen."

„Wo ist sie jetzt?", fragte Maja.

„Ich habe sie nach Hause geschickt, sie ist unserer Einladung brav gefolgt und es sprach nichts dagegen, sie gehen zu lassen." Koch blickte in die Runde. „War das falsch?"

„Nein." Maja schüttelte den Kopf. „Auch wenn ich sie gern gefragt hätte, mit wem sie sich außerehelich vergnügt hatte. Ihre Kontaktdaten haben wir ja. Ich kann mir gut vorstellen, dass wir sie noch einmal besuchen müssen. Ihr Mann scheint mir ein tolles Früchtchen zu sein."

Ulbricht musste schmunzeln. Er freute sich, wie schnell sich Maja wieder gefangen hatte. Den peinlichen Zwischenfall schien sie bereits wieder vergessen zu haben. Nun stürzten sich wieder alle in die Arbeit, doch eine wirklich heiße Spur, das mussten sie sich eingestehen, war nicht unter den Erkenntnissen.

Dauber war unzufrieden, und Ulbricht merkte ihm den Leistungsdruck, unter dem der Kriminaloberrat stand, an. „Das führt uns ins Nichts, fürchte ich. Im schlimmsten Fall haben wir mit Donca den Falschen verhaftet, und der wahre Mörder läuft frei herum." Er durchquerte das Büro, machte am Fenster kehrt und wanderte zurück. „Der Staatsanwalt macht mir die Hölle heiß, wenn ich ihm in einer Stunde noch keine

Neuigkeiten präsentieren kann." Dann wandte er sich an Maja. „Staatsanwalt Vogel wird übrigens beim Meeting anwesend sein, um sich einen Überblick über den Stand der Ermittlungen zu verschaffen."

Ulbricht bemerkte, wie Maja blass wurde. Sie schien eine fast schon krankhafte Aversion gegen Karl Vogel zu haben. Der Staatsanwalt, den er auch flüchtig in Hellmanns Wohnung kennengelernt hatte, war ihm unsympathisch. Und er war froh, dass er Urlaub hatte und bei der Sitzung nicht dabei sein musste.

„Wir brauchen mehr Informationen zu Hellmanns gesellschaftlichem Umfeld", bemerkte Maja. „Ich bin gespannt auf unser Meeting. Vielleicht haben die Kollegen schon etwas herausgefunden, das uns weiterbringt."

„Haben sie, aber ob uns das weiterbringt, wage ich zu beweifeln", unkte Dauber. Er berichtete vom Besuch der Kollegen vom Streifendienst bei Marita Bluhm. „Sie arbeitet im Kraftwerk und hatte eine Affäre mit Hellmann, von der natürlich niemand etwas wissen sollte. Viel konnte sie uns über Hellmann auch nicht sagen, allerdings gibt es wohl einen langjährigen Kumpel, von dem er immer sprach. Einen gewissen Manni."

Bei der Nennung des Namens wurde Ulbricht hellhörig. Er rutschte von Kochs Schreibtischkante.

„Moment", rief er. „Manni, Manfred Rekelbach?"

„Kann sein. Marita Bluhm war er nur als Manni bekannt. Irgendwas mit Heiterbach, Berg oder so. Vielleicht auch Rekelbach, ich weiß nicht. Warum?"

Ulbricht konnte nun endlich das loswerden, was er vor einigen Minuten noch mit Maja besprechen wollte. Dass hier möglicherweise eine Verbindung zwischen Hellmann, Anieszka Donca und seinem Mörder bestand, wagte er aber noch nicht zu glauben.

„Wenn das so ist, wie wir jetzt hier ganz kühn ersinnen, dann hat der Freund von Sven Hellmann eine Affäre mit der Putzfrau seines besten Freundes?" Dauber blickte fragend drein. „Und Donca ahnte etwas vom Treiben seiner Frau." Als er sich der Doppeldeutigkeit seiner Worte bewusst wurde, murmelte Dauber eine Entschuldigung. „Er ist, rasend vor Eifersucht, mit dem Zweitschlüssel in Hellmanns Wohnung eingedrungen, um den Kontrahenten aus dem Weg zu räumen. Das wäre also Version eins." Eine kleinere Pause, dann: „Weitere Vorschläge?"

Maja nickte. „Was, wenn Donca zwar wusste, dass ihn seine Frau betrügt, er aber wirklich in Hellmanns Wohnung war, um den bei einem Tête-à-Tête verloren gegangenen Ohrring zu suchen? Als Corpus Delicti, wenn man so will?"

„Moment mal, Leute", rief Koch nun. Alle Augen waren auf ihn gerichtet. Er strich sich durch das kurze bereits ergraute Haar und grinste schief. „Wir haben doch festgestellt, dass in Hellmanns Wohnung Geschlechtsverkehr stattgefunden hat. Also nicht von Hellmann, meine ich."

„Könnten Sie sich vielleicht ein wenig exakter ausdrücken?" Dauber schüttelte den Kopf.

Koch nickte. „Wir haben in Hellmanns Wohnung Spermaspuren gefunden – auf dem Teppich im Wohnzimmer. Ein DNA-Schnelltest hat ergeben, dass es eindeutig nicht von Sven Hellmann stammt."

„Das würde passen", nickte Ulbricht. „Anieszka Donca hat mir angedeutet, dass sie es nicht bis zum Bett geschafft haben, wenn ich das mal so bezeichnen darf."

„Also stammt das Sperma von diesem Manni?" Maja hockte sich auf die Fensterbank und wippte aufgeregt mit dem Fuß.

Die Tür flog auf, bevor Koch antworten konnte. Grundmann steckte den Kopf in den Raum. „Hier steckt ihr alle." Er trat ein und verschloss die Tür. „Ist das hier ein Erzählkreis?"

„Quatsch keine Opern", grunzte Ulbricht und kehrte zurück auf Kochs Schreibtischkante, was dieser mit einem missbilligenden Blick quittierte.

„Was ist mit Donca?", mischte sich Maja ein.

„Hab ihn wieder in die Zelle schaffen lassen. Wir waren durch so weit. Er besteht auf der Geschichte mit dem Ohrring und verlangt einen Anwalt."

„Später", antwortete Maja. „Zunächst müssen wir abwarten, ob Jochens Kriminaltechniker tatsächlich diesen verlorenen Ohrring finden. Er muss bleiben."

„Es besteht Fluchtgefahr, das rechtfertigt, dass wir ihn hierbehalten", stimmte Dauber zu, der sich offenbar Alexander Doncas Vorstrafenregister angeschaut hatte. „Notfalls werde ich das mit dem diensthabenden Richter abklären."

„Wir sind aber vom Thema abgekommen", rief Koch dazwischen. Als er wieder die ungeteilte Aufmerksamkeit seiner Kollegen hatte, fuhr er fort: „Die auf dem Teppich gefundene DNA habe ich natürlich schon durch die Datenbänke gejagt. Leider vergeblich – wer immer dort seinen Spaß hatte, er ist uns nicht bekannt."

Ulbricht wurde plötzlich nervös. Er wandte sich zu Koch um. „Wo ist der verdammte Knopf?"

„Welcher Knopf?"

„Der Knopf mit diesem Stofffetzen, den ich dir gebracht habe. Damit kannst du bestimmt etwas anfangen, oder?"

„Willst du sagen, du hattest Stress mit unserem geheimnisvollen Manni?", grinste Koch.

„Das könntest du herausfinden, wenn du einigermaßen gut in deinem Fach wärst“, frotzelte Ulbricht und bemerkte, dass Maja die Sticheleien der Kollegen recht amüsant zu finden schien.

„Die Herkunft des Stoffes könnte uns Aufschluss über die Einkaufsgewohnheiten des Besitzers geben“, überlegte Koch. „Das muss aber das LKA machen, da bin ich dann raus.“

„Versuch es mit Fingerabdrücken“, riet Ulbricht, „oder der DNA. Und wenn die mit der übereinstimmt, die du auf dem Teppich gefunden hast, dann schließt sich der Kreis, und wir müssen nach unserem Manni fahnden. Denn dann hatte er auch ein Interesse daran, mich aus dem Verkehr zu ziehen. Und/oder er war auf Wulfs alten Laptop scharf. Und das“, sagte er und rutschte von der Schreibtischkante herunter, „das soll er uns dann erst mal erklären!“ Damit war er draußen. Auch wenn er Maja das Treffen mit Karl Vogel nicht abnehmen musste – er war hier freier Mitarbeiter und konnte dem Staatsanwalt elegant aus dem Weg gehen.

DREIZEHN

Am frühen Abend erhielt Maja einen Anruf. Es war Koch, der mit zwei Mitarbeitern noch einmal die Wohnung des ermordeten Sven Hellmann auf den Kopf gestellt hatte. Sie hatte es sich gerade mit zwei belegten Leberwurstbroten, einer Senfgurke und einer Dose Bier vor dem Fernseher gemütlich gemacht und versuchte, Abstand zu gewinnen. Das Meeting mit den Kollegen vom Landeskriminalamt und Staatsanwalt Karl Vogel war alles andere als konstruktiv verlaufen. Bei der Großdemo in Grohnde hatte es rund sechszig Festnahmen gegeben; zwanzig Teilnehmer waren bei Ausschreitungen verletzt worden, und die Hundertschaften hatten die Demonstration gegen 16 Uhr offiziell beendet. Man hatte Platzverweise ausgesprochen und war zum Schluss mit Schlagstöcken und Reizgas gegen die teils gewaltbereiten Demonstranten vorgegangen.

„Stuttgart 21 im Weserbergland", hatte es Vogel sarkastisch genannt und die Ausschreitungen auf das Äußerste kritisiert. Schuldzuweisungen und Kompetenzgerangel hatten sich abgewechselt, ohne das wesentliche neue Erkenntnisse zusammengekommen waren. Auch vom Erpresser der Betreibergesellschaft fehlte bislang jede Spur, dies mussten sich die anwesenden Ermittler aus Hannover eingestehen. Kriminaloberrat Klaus Dauber hatte die ehrenvolle Aufgabe, die beiden Pressesprecher der Polizeiinspektion zu briefen. Jetzt übte man sich in Schadensbegrenzung und fürchtete sich vor den reißerischen Schlagzeilen in den Medien. Gerade in einer Zeit, in der ein Atomkraftwerk mehr Gegner als Befürworter hatte, war es schwierig, für die Polizei zu stimmen, die sich in Deeskalation geübt hatte und nur dort eingeschritten war, wo es wirklich nötig geworden war. Doch die breite Öffentlichkeit würde spätestens Montag wieder auf die Polizei schimpfen, die nach Auffassung einiger Zeitgenossen brutal gegen die Demonstranten vorgegangen war.

Ulbricht hatte an dem Meeting nicht teilgenommen, er wollte nach den Aufregungen einfach mal ein wenig Sightseeing machen und war in die historische Altstadt der Rattenfängerstadt aufgebrochen. Später am Abend wollten sie etwas gemeinsam unternehmen, doch zunächst hatte Maja ihre Auszeit in Anspruch genommen. Sie hatte sich ein Bad einlaufen lassen und wollte ein gutes Buch lesen, um auf andere Gedanken zu kommen.

Sie war auf dem besten Wege der Zerstreuung, als das Telefon schrillte.

„Donca hatte recht", kam Koch ohne Umschweife auf den Punkt. „Der Klassiker: Wir haben den Ohrring seiner Frau in einer Sofaritze gefunden. Auf dem Sofastoff haben wir übrigens Scheidensekret und Sperma gefunden. Das spricht also eindeutig dafür, dass auf der Couch Geschlechtsverkehr stattgefunden hat. Man müsste es jetzt rekonstruieren, um den genauen Hergang herauszufinden, aber wahrscheinlich hat Anieszka Doncas Liebhaber ihr im heißen Gefecht den Ohrring abgerissen."

„Dann hat Alexander Donca also doch die Wahrheit gesagt", murmelte Maja. „Demnach ist er kein Mörder."

„Halt, halt!", rief Koch dazwischen. „Wer sagt denn, dass er nicht von Hellmann überrascht wurde und auf ihn geschossen hat?"

„Das lässt sich bestimmt auch noch herausfinden", erwiderte Maja. „Und wenn das nicht so ist, dann muss Donca nicht mit Konsequenzen rechnen, denn der Hausherr kann ihn nicht mehr anzeigen und verklagen." Sie atmete hörbar aus. „Glück gehabt. Dann können wir uns jetzt auf die Suche nach dem wahren Mörder von Sven Hellmann machen." Sie fürchtete, dass sie damit wieder vor dem Nichts stand. Die Theorie, dass es der Liebhaber von Anieszka Donca war, der den Sicherheitschef des Kernkraftwerkes auf dem Gewissen hatte, erschien ihr plötzlich wie ein dünner Strohhalm, an den sie sich klammerte.

Holzminden, Schubertstraße, 21.35 Uhr

„Wer kann das sein?" Sie blickte verschlafen zu ihm auf. Zärtlich hatte er ihren nackten Rücken gekrault und die Ereignisse der letzten Stunden einfach verdrängt. Am Nachmittag hatte sich die Herbstsonne wieder hinter dicken Wolken versteckt. Die Dämmerung war nahtlos in die Dunkelheit übergegangen, die sich schleichend langsam wie ein samtenes Leichentuch über Holzminden ausgebreitet hatte. Sie lagen unbekleidet in ihrem Bett, Beate war eingeschlafen und so hatte er ihren gleichmäßigen Atemzügen gelauscht. So lange, bis jemand an der Tür Sturm geklingelt hatte. Sofort war sie aufgeschreckt.

„Ich erwarte keinen Besuch", flüsterte sie ihm zu und zuckte die Schultern.

„Dann lass die Tür zu", empfahl er ihr und drückte ihren Kopf sanft an seinen Oberkörper. Eine letzte Mission hatte er noch zu erfüllen, doch zuvor gönnte er sich ein wenig Spaß, so hatte er es sich vorgenommen.

Wenn auch die letzte Mission abgeschlossen war, würde er Deutschland ein für alle Mal verlassen. Ihr Geld sollte ihm den Start in ein neues Leben ermöglichen, doch davon ahnte sie nichts. Nun spürte er ihren Herzschlag an seiner Brust. Sie hatte Angst, doch er küsste zärtlich ihr Haar.

Draußen tat sich etwas. Jemand hämmerte an der Tür und verlangte lautstark Einlass. „Wir wissen, dass Sie da sind", schrie eine tiefe Männerstimme. „Öffnen Sie die Tür, hier ist die Polizei. Sollten Sie nicht öffnen, werden wir reinkommen."

„Das sind die Bullen", zischte sie jetzt aufgeregt und löste sich energisch aus seiner Umarmung. „Ich gehe jetzt zur Tür." Sie setzte sich aufrecht hin und stieß die Bettdecke fort. „Ich habe nichts zu verbergen."

„Du bleibst hier", sagte er in einem bestimmenden Tonfall.

„Das ist die Polizei, und ich habe keine Lust, dass die mir meine Haustür zerstören und hier die Wohnung auf den Kopf stellen. Ich habe neulich im Fernsehen gesehen, dass Sondereinsatzkommandos nicht eben zimperlich mit den Menschen umgehen, die ihnen in die Quere kommen."

„Das ist Blödsinn", sagte er ein wenig zu laut. „Und deshalb bleibst du hier, Beate. Sie bluffen nur."

Jetzt wandte sie sich zu ihm um. „Hast du etwas zu verbergen?" Panik lag in ihrem Blick.

„Und wenn es so wäre?" Er grinste und fühlte sich mächtig. Drehte sich auf die Seite und angelte nach seiner Jacke, die neben dem Bett auf dem Fußboden lag. Suchte einen bestimmten Gegenstand, fühlte ihn durch den Stoff und zog ihn aus der Jackentasche.

Zweifel kam in ihm auf. Hatte er doch zu hoch gepokert? Als er den Blick zum Fenster wandte, sah er auf der Straße Blaulicht, das gespenstisch durch die Nacht zuckte. Draußen wurden Befehle gebrüllt, darunter mischten sich verzerrte Stimmen, die offenbar aus Funkgeräten stammten. Es war eine Hundertschaft, die sich auf der Straße aufbaute, eine Megaphonstimme hallte durch die Dunkelheit und warnte die Nachbarn davor, ihre Häuser zu verlassen. Das SEK brachte sich in Position.

Als er sich zu ihr umwandte, sah er nackte Angst in ihren Augen. „Das ist keine Übung, und die machen Ernst." Sie erhob sich vom Bett und angelte nach dem Morgenmantel. Eilig schlüpfte sie hinein und zog den Gürtel stramm. „Ich öffne jetzt die Tür, und du kannst mich nicht davon abbringen."

„Ich werde dich davon abbringen müssen, für mich steht viel auf dem Spiel", antwortete er und richtete die Mündung der Pistole auf Beate Wulf. „Leider hat es nicht geklappt", sagte er mit einem zur Fratze verzogenen Gesicht. „Also muss Plan B her – welch Zufall, dass ich den auch in der Tasche habe." Er entsicherte die Waffe und legte den Zeigefinger um den Abzug.

Ihr panischer Schrei ging im Peitschen des Schusses unter. Beate Wulf riss die Arme hoch, als der Schmerz ihren Körper von innen zu verbrennen schien. Ein tiefroter Fleck zierte die Stelle zwischen ihren Schulterblättern, die Stelle ihres Körpers, die er vor einer Viertelstunde noch mit zärtlichen Küssen bedeckt hatte. Der Blutfleck wirkte auf dem strahlend weißen Frottee-Stoff wie Himbeersaft auf Sahne. Es hatte nichts Unappetitliches an sich, befand er zufrieden. Beate Wulf war keine Gefahr mehr für ihn. Er war sowieso mit ihr fertiggewesen, und überlebt hätte sie die Geschichte auch nicht.

Jetzt musste er nur noch zusehen, dass er das Haus ungesehen verlassen konnte. Leichter gesagt als getan, dachte er, bei dem Großaufgebot an Polizei, die das Haus scheinbar umstellt hatte. Schnell sprang er auch aus dem Bett und griff nach seiner Bekleidung. Vielleicht, so überlegte er, hätte er sich in der letzten Nacht doch besser um die Kommissarin kümmern sollen. Er war sicher, dass sie hinter dem Großeinsatz der Kollegen steckte und rechnete damit, dass sie ihn gleich über Megaphon aufforderte, das Haus mit erhobenen Händen zu verlassen. Doch den Gefallen würde er ihr nicht tun. Das Sparbuch mit dem Vorschuss der Grohnde Energie GmbH, das auf den Namen Eheleute Wulf ausgestellt war, befand sich bereits in seiner Jackentasche. Hunderttausend Euro, eine stattliche Summe, die Bankheimer Laurens Wulf für die geheimen Pläne des Kernkraftwerkes als Anzahlung überwiesen hatte. Genug, um ihm den Start in das neue Leben zu ermöglichen. Und ihm war jetzt auch egal, was mit den Plänen wurde. Sie waren bei dem Notar im Hamelner Klütviertel in guten Händen.

Mit einem lauten Krachen flog die Schlafzimmertür auf, und vor ihm standen zwei gepanzerte SEK-Männer. Die kurzläufigen Maschinenpistolen hatten sie bereits in Anschlag gebracht.

Er hatte nicht vor zu sterben. Also riss er die Pistole hoch, mit der er vor einer halben Minute noch Beate Wulfs Leben beendet hatte, und feuerte. Ein Querschläger pfiff den Einsatzkräften um die Ohren, Anlass genug, das Feuer zu erwidern. Für den Schuss aus dieser kleinen Entfernung mussten sie keine guten Schützen sein, um Manfred Rekelbach mit der ersten Kugel zu treffen. Die Wucht der Patrone riss ihn von den Beinen. Als er die Hand zu der Stelle führte, wo sie ihn getroffen hatten, fasste er in eine Wunde und spürte sein eigenes Blut zwischen den Fingern kleben. Danach sackte er leblos zu Boden. Es wurde dunkel um ihn herum, und er bekam schon nicht mehr mit, wie sein Kopf an der Bettkante aufschlug.

VIERZEHN

„Eigentlich ist Hameln ein nettes Städtchen", bemerkte Ulbricht, als sie am Sonntagnachmittag durch die Fußgängerzone der Rattenfängerstadt zogen.

Zärtlich hatte er einen Arm um Majas Schultern gelegt und genoss es, dass sie sich an ihn schmiegte.

Sie hatte ihm die touristischen Highlights gezeigt, das Glockenspiel am Hochzeitshaus präsentiert, und sie hatten sogar noch eine Eisdiele gefunden, die geöffnet hatte.

Nachdem Ulbricht beide Rattenfängerbrunnen bewundert hatte und Maja ihm von den Vorzügen ihrer Heimatstadt vorgeschwärmt hatte, wäre er am liebsten gar nicht mehr nach Wuppertal zurückgekehrt. Doch er schwieg, wollte sich keine Gedanken über seine und ihre Zukunft machen, nicht nach der letzten Nacht, die er nicht in seinem Hotelzimmer verbracht hatte. An diesem sonnigen Herbstsonntag fühlte sich das Leben für den alten Hauptkommissar völlig anders an. Längst schon hatte er es aufgegeben, an das Gute im Menschen zu glauben, und Maja hatte ihn in den letzten Stunden vom Gegenteil überzeugen können.

Alles war wunderschön – auch das ein Wort, das er längst aus seinem Vokabular verdrängt hatte, ihn dazu brachte, sich über sich selbst zu wundern.

„Und die Mieten hier sind sicherlich erschwinglicher als in Wuppertal", riss sie ihn nun aus den Gedanken. Sie waren über die Bäckerstraße zur Osterstraße gelangt und bewunderten die liebevoll restaurierten Fassaden der historischen Altstadt.

„Nun mal langsam mit dem alten Pferd", lachte Ulbricht und fragte sich, was seine Kollegen im Wuppertaler Polizeipräsidium wohl sagen würden, wenn er auf seine alten Tage noch um eine Versetzung nach Hameln bitten würde. Er blieb stehen. „Ich habe Hunger", sagte er, mehr, um das Thema zu wechseln.

Maja lachte. „Erzähl mal was Neues!"

„Ich kenne zufällig ein gutes Restaurant, hier ganz in der Nähe", erwiderte Ulbricht.

„Ah, der Herr kennt sich schon aus in Hameln."

Ulbricht ging nicht darauf ein und führte sie zum Grünen Reiter. Der kleine Italiener nickte ihnen freundlich grüßend zu und führte sie zu einem Tisch, von dem sie durch die große Fensterfront hinaus auf den Kastanienwall blicken konnten. Die Speisekarte wurde gebracht, und Ulbricht fühlte sich so, als hätte er nie etwas anderes gemacht, als Maja zum Essen auszuführen. Das würde ihm zu Hause niemand glauben, da war er sicher. Doch es gab noch etwas anderes, das ihn beschäftigte.

„Was gibt es Neues vom Fall?"

„Donca ist kein Mörder", berichtete Maja und erzählte ihm vom Ergebnis der zweiten Durchsuchung von Hellmanns Wohnung. „Dennoch ist seine Ehe zerstört, und ich möchte nicht in der Haut seiner Frau stecken."

„Hat es denn inzwischen eine Festnahme gegeben? Ich kann mir nicht vorstellen, dass das LKA lange fackelt, wenn jemand die Betreibergesellschaft eines Kernkraftwerkes erpresst."

„Den Erpresser hat man – er wurde von einem Sondereinsatzkommando in einer Wohnung in Holzminden überwältigt und dabei angeschossen, nachdem er das Feuer auf die Kollegen eröffnet hatte."

„Holzminden?“

„Ja, und nun rate mal: In der Wohnung von Beate Wulf.“

„Ich glaub’ es nicht“, kam es über Ulbrichts Lippen. „Dann haben die beiden unter einer Decke gesteckt?“ Er kombinierte: Es würde alles passen. Beate Wulf war scharf auf das Geld ihres Mannes; und Manfred Rekelbach hatte dafür gesorgt, dass der Wagen mit Laurens Wulf unter mysteriösen Umständen verunglückte. Mit der Erpressung hatten sie wohl noch einen draufgesetzt. Wahrscheinlich träumten sie von einem neuen Leben irgendwo in der Karibik. Nun, es wäre wohl auch fast geglückt. „Wie ist man den beiden denn auf die Schliche gekommen?“

„Das war im Grunde genommen einfach.“ Maja schmunzelte. „Die Kollegen konnten sein Handy orten. Er hat sich wohl sehr sicher gefühlt und wurde oberflächlich in seiner Arbeit. Anfangs hat er sich mit ein paar auf dem Flohmarkt erstandenen Prepaid-Handys ausgestattet, von denen aus er die Erpresseranrufe tätigte. Die Handys ließ er nach den Telefonaten eingeschaltet und verteilte sie in der Gegend, um uns auf falsche Fährten zu locken. Einmal ist es ihm sogar gelungen, das aktivierte Handy in einen fahrenden Bus zu bringen. Der Bus wurde von einem SEK gestoppt und durchsucht – das einzige was man fand, war das nicht registrierte Handy. Doch die Qualität seiner Arbeit ließ nach, wahrscheinlich fühlte er sich ziemlich sicher, oder es waren die Hormone, die ihn vergessen ließen, sein eigentliches Handy nicht abzuschalten.“

„Und was hatte Beate Wulf jetzt damit zu tun?“ Ulbricht verstand nicht ganz. „War sie Mittäterin oder Opfer?“

„Opfer", sagte Maja schnell. „Er hat sich mit ihr angefreundet, hat sie mit seinem Charme um den kleinen Finger gewickelt. Eigentlich war er nur auf das Geld ihres Mannes scharf, aber vorher hat er sich ein wenig mit ihr vergnügt." Maja legte die Speisekarte fort. „Dumm nur, dass er ein paar Mal über sein Handy mit Beate Wulf telefoniert hatte. Das LKA ist nicht blöd und ist mit großem Besteck in Holzminden aufgelaufen. Und so konnte man den Erpresser des Kernkraftwerkes, den Mörder von Laurens Wulf und den Mörder von Sven Hellmann in Personalunion stellen. Er hat im Kernkraftwerk gearbeitet und war damals Hellmanns Stellvertreter. Irgendwo gab es seinerzeit eine undichte Stelle, und die beiden haben mitbekommen, dass ein Journalist mit den Bauplänen des Kraftwerkes nach Grohnde unterwegs ist. Sie haben also den Firmenwagen, den Bankheimer ihm zur Verfügung stellen wollte, manipuliert. Der Rest ist tragische Geschichte."

„Also wollten Hellmann und Rekelbach Wulf die Pläne abluchsen und selber den Deal ihres Lebens machen?"

Maja nickte. „So kann man es sagen. Und als das mit der Weserleiche rauskam, brannte die Luft für unseren Manni. Er musste seinen sauber erdachten Plan schneller umsetzen. Mit Anieszka Donca hatte er sich schon vor einiger Zeit eingelassen. Und in einem unbeobachteten Augenblick hat er sich einen Abdruck des Zweitschlüssels angefertigt, mit dem er dann einen Nachschlüssel bauen ließ. Sie war Mittel zum Zweck, und er war froh darüber, dass sie Schluss gemacht hat. Sein nächstes Opfer war Beate Wulf. Er hatte eine sehr charmante Art, deshalb hatte er gute Chancen, bei den Damen zu landen. Sie ließ sich mit ihm ein, und er erfuhr irgendwie von dem Sparbuch, auf dem Bankheimer damals den Vorschuss für die Baupläne eingezahlt hatte."

„Woher wusstet ihr das mit dem Sparbuch?"

Maja grinste. „Wir haben einen heißen Tipp von einem Notar und Rechtsanwalt bekommen. Zudem hat Koch den Kollegen gesteckt, dass die DNA vom Knopf und in der Wohnung von Hellmann eindeutig identisch sind, somit war der Zusammenhang also gegeben, und so konnten sie zum Angriff ausholen."

„Ich glaube, ich kenne den Notar."

„Mag sein", lächelte Maja. „Bernd Ulrich Janssen war so nett, sich bei der Polizei zu melden. Er wusste, was Laurens Wulf damals vorhatte. Woher er die geheimen Pläne hatte, das ist Janssen allerdings auch nicht bekannt. In seiner Eigenschaft als Notar hat er die Baupläne von Grohnde in seinem Safe an der Klütstraße unter Verschluss gehalten. Er war sich darüber im Klaren, dass die Pläne unter keinen Umständen in die falschen Hände geraten durften."

„Warum hat er sie dann nicht einfach an die Leitung des Kraftwerkes übergeben – in seiner Eigenschaft als Notar?" Ulbricht verstand nicht recht.

„Weil man dort den Verlust der Pläne abgestritten hat. Also dachte sich Janssen ‚wenn die nicht wollen, dann eben nicht'. Die Idee, die Pläne im Garten zu verbrennen, hat er aber wieder verworfen, und so hielt er sie in den letzten Jahren unter Verschluss. Inzwischen hat das Umweltamt dafür gesorgt, dass sich die Manager um Bankheimer darum kümmern. So etwas darf nie wieder vorkommen. Und wir verdanken es Bernd Ulrich Janssen, dass nichts Schlimmeres passiert ist. Deshalb hat er auch gemauert, als du auf seiner Matte gestanden hast."

„Er hat auf seiner Schweigepflicht bestanden", murmelte Ulbricht. „Was ist mit Rekelbach?"

„Er kommt durch. Liegt schwer verletzt in der Klinik, aber die Ärzte sind zuversichtlich, dass er schon bald in den Knast wechseln kann, bis ihm der Prozess gemacht wird. Für Beate Wulf kam jede Hilfe zu spät, leider. Er hat sie erschossen, als sie die Polizei ins Haus lassen wollte."

„Scheiße."

Maja strich die blütenweiße Tischdecke glatt. „Die gute Nachricht ist wohl, dass er keine weiteren Opfer mehr finden wird; übrigens wäre ich die Nächste gewesen."

„Ich bin froh, dass er das nicht mehr geschafft hat", brummte Ulbricht ein wenig melancholisch. „Aber woher weißt du das?"

„Man hat sein Smartphone durchleuchtet. Und darin hatte er eine Art To-Do-Liste hinterlegt. Er hatte vor, mich auch aus dem Weg zu räumen."

„Der Typ ist krank", brummte Ulbricht.

Maja nickte. „Es wäre nicht das erste Mal, dass ein psychisch gestörter Täter Angst und Schrecken verbreitet."

Die Getränke wurden gebracht, und sie bestellten das Essen. Als sie wieder alleine waren, räusperte sich Ulbricht.

„Erlaubst du mir eine sehr private Frage?"

„Kommt darauf an." Maja lachte auf. „Willst du mich fragen, ob ich deine Frau werden will?"

„Hatten wir das nicht schon einmal, das mit dem alten Ehepaar, meine ich?" Ulbricht stimmte in ihr Lachen ein.

„Das ist es aber nicht. Warum hasst du diesen Staatsanwalt, Karl Vogel, so sehr?"

Das Lächeln war von einer Sekunde zur anderen von Majas Lippen weggewischt. „Weil er ein arrogantes Arschloch ist."

„Komm", sagte Ulbricht und schüttelte den Kopf. „Da ist doch mehr."

„Allerdings." Sie nickte. „Wir waren mal zusammen." Als sie Ulbrichts überraschtes Gesicht sah, sprach sie schnell weiter. „Nicht lange, und es ist auch schon ewig her. Doch ich merkte schnell, dass wir nicht auf einer Wellenlänge lagen, also habe ich die Konsequenz gezogen und ihn verlassen. Ein Umstand, den er bis heute nicht verwunden hat. Karl macht sich immer noch Hoffnungen auf mich. Und ich gebe ihm immer klar zu verstehen, dass ich keine Wiederholung möchte. Nicht mit ihm", fügte sie schnell hinzu, als sie Ulbrichts enttäuschtes Gesicht sah. Sie nahm seine rechte Hand und drückte sie fest. „Wie dem auch sei – deshalb ist er stinkesauer auf mich und zerreißt mich jedes Mal in der Luft, wenn wir beruflich miteinander zu tun haben."

„Ein Sauknochen ist er."

„Ja, allerdings nur beruflich. Und trotzdem will ich ihn nicht zurückhaben." Maja schüttelte den Kopf. „Nicht jetzt, wo ich etwas Besseres gefunden habe."

Sie haben es also bis zur letzten Seite von „WeserTod" geschafft – herzlichen Glückwunsch. Ich hoffe, Ihnen ein paar spannende und unterhaltsame Stunden bereitet zu haben. Einen Krimi zum brisanten Thema Atomenergie zu schreiben, war zugegebenermaßen eine große Herausforderung, besonders nach den tragischen Ereignissen in Fukushima im Frühjahr 2011. Aber so schrecklich das Unglück in Japan auch war – es hat ein Umdenken in der Gesellschaft stattgefunden, und inzwischen steht fest, dass zumindest in Deutschland alle Kernkraftwerke bis zum Jahr 2022 vom Netz genommen werden. Bis dahin wünsche ich uns allen, dass es bis dahin keine nennenswerten Störfälle gibt und uns Ähnliches wie in Fukushima erspart bleibt. „WeserTod" spiegelt ein mögliches Szenario wider; natürlich ist das Kernkraftwerk in Grohnde an der Weser gegen mögliche Erpresser und Terroranschläge gesichert. Dennoch: Ein schales Gefühl bleibt, wenn man die rund 160 Meter hohen Kühltürme während der Recherche aus nächster Nähe erlebt, wenn man das Rauschen des Wassers mit eigenen Ohren hört und darauf hofft, dass eben diese Kühlung niemals ausfallen wird.

Zu einem derartigen Krimi habe nicht nur ich beigetragen, und so möchte ich mich bei einigen Menschen bedanken, die „WeserTod" von der ersten Idee bis zum fertigen Buch begleitet haben. An erster Stelle ist dies meine Frau Tanja: Du hast maßgeblich zum guten Gelingen beigetragen und hast so herrlich kreativ mit mir herumgesponnen, bis die ersten Ideen reiften. Aber auch während des Schreibens warst du meine bessere Hälfte und hast das Manuskript erst lesenswert gemacht! Ich liebe dich! Ein Weserbergland-Krimi ohne Carsten Holzendorff? Undenkbar! Ihnen und dem ganzen Team vom Verlag CW Niemeyer danke ich für das in mich gesetzte Vertrauen, ihren Ideenreichtum und die professionelle und partnerschaftliche Arbeit. Weil das Auge bekanntlich mitliest, möchte ich Carsten Riethmüller für das tolle Cover danken: Mit diesem Titelbild ist das Buch ein echter Hingucker geworden.

Was wäre ein Kriminalroman ohne ermittelnde Kommissare? Wer über die Polizei schreiben will, braucht professionelle Hilfe, und die bekam ich zum einen beim Ersten Kriminalhauptkommissar Martin Kiezcka, der mir schon lange mit Rat und Tat zur Seite steht, wenn Kommissar Ulbricht wieder ermittelt, zum anderen aber auch bei Dirk Barnert und Jörn Schedlitzki von der Polizeiinspektion Hameln/Pyrmont-Holzminden. Sie haben maßgeblich dazu beigetragen, dass ich hinter die Kulissen der harten Ermittlerarbeit blicken durfte.

Was aber nutzt das beste Buch, wenn es niemand liest? Nichts. Deshalb gilt mein ganz besonderer Dank Ihnen, liebe Leserinnen und Leser. Sie halten mir schon seit vielen Jahren die Treue! Und ich würde mich freuen, Sie auf einer Lesung einmal persönlich kennenzulernen.

Bis dahin freue ich mich auf Ihre elektronische Post: info@andreasschmidt.org. Ich werde ganz bestimmt antworten.

In diesem Sinne: Danke!

Andreas Schmidt, im August 2011

WESERBERGLAND
KRIMI

Auf den nächsten Seiten
wird es noch mal spannend!

Bitte blättern Sie um ...

Vom selben Autor erschienen:

Bei einem konspirativen Treffen zwischen Vorberg und einem Bekannten auf Burg Polle wird der Fotograf erschossen. Der Tote ist ein in der Region bekannter Fotograf, den man als „Paparazzo des Weserberglands" bezeichnet. Auffällig ist, dass Vorberg zwar Papiere, aber keinen Schlüssel bei sich trägt, zumal er mit dem eigenen Wagen, einem neuen Porsche 911, angereist ist. Später behauptet der vermeintliche Täter, nicht geschossen zu haben, sondern selber zum Opfer geworden zu sein.

Andreas Schmidt. Tödlicher Schnappschuss
320 Seiten. Gebunden. ISBN 978-3-8271-9404-6
E-Book 978-3-8271-9601-9 (Pdf)
978-3-8271-9801-3 (Epub)

Leseprobe

„Du bist spät dran."

Erschrocken wirbelte er auf dem Absatz herum, war er doch davon ausgegangen, noch allein zu sein. Die Person, die ihn hierher zitiert hatte, war also doch schon hier. Vorberg fühlte sich, als habe man ihm auf-

Weitere Spannung pur...

gelauert. Die Dunkelheit verschlang die geheimnisvolle Person vollends, und Vorberg war es, als spreche er mit einer schwarzen Mauer aus meterdicken Quadern.

„Du wolltest mich sprechen?" Er wollte mit der Bemerkung Zeit gewinnen und von seiner Unsicherheit ablenken. Mit angestrengtem Blick starrte er auf die Stelle, wo er sein Gegenüber vermutete.

„Allerdings. Ich glaube, du kannst dir denken, worum es geht."

Die Stimme kam ihm bekannt vor. Er hasste diese Art von Treffen und spürte Wut in sich aufsteigen. Wut über sich selbst, der Aufforderung des Anrufers nachgekommen zu sein, Wut über seine Gier, zu jeder Tag- und Nachtzeit Geschäfte machen zu wollen. Und er wurde wütend auf sein Gegenüber.

„Was soll das?"

Die fremde Stimme ging nicht auf seine Frage ein. „Es ist eine schöne Nacht, findest du nicht?" Spott klang in der Stimme mit. „Wunderschön und romantisch."

„Können wir dann zum Anlass unseres Treffens kommen?"

„So ungeduldig?"

Die Person lachte leise.

„Ich will wissen, warum wir hier sind." Vorberg gewann seine Selbstsicherheit zurück.

„Dann möchte ich dich auch gar nicht länger auf die Folter spannen. Du bist zu einer Gefahr geworden." Wieder folgte leises Lachen. „Es ist mir auch lieb, wenn wir es schnell hinter uns bringen. Wie gesagt – du bist zu einer Gefahr geworden, Christian Vorberg."

„Wer sagt das?"

Wer ist die mysteriöse Tote auf dem Gelände der alten Frankenburg? Und warum findet die Rechtsmedizin merkwürdige Flecke auf ihrem Rücken? Und was hat es mit den Kindern des Mondes auf sich? Das bekannte Ermittlerduo Wolf Hetzer und Peter Kruse tappt noch völlig im Dunklen, während im Wald das Grauen lauert. Spät, viel zu spät hat Hetzer eine Ahnung des Bösen, das sich nicht greifen lässt. Es führt ihn an den Abgrund seines Verstandes.

Nané Lénard. SchattenWolf
368 Seiten. Gebunden. ISBN 978-3-8271-9407-7
E-Book 978-3-8271-9608-8 (Pdf)
978-3-8271-9808-2 (Epub)

Ein Sonntagmorgen Anfang April. Ein Wetter wie im November, kühl und nass. Die Polizei meldet eine Leiche an der Münsterbrücke. Hameln ist bestürzt. Anke Papenburg, bekannt durch die Fernsehsendung DNCS Deutschlands Next Casting Star, wird tot aus der Weser geborgen. Selbstmord. So sieht es jedenfalls die Polizei. Nur Hubert Wesemann ist skeptisch. Er recherchiert im Umfeld der Casting-Queen und zweifelt schon bald an Ankes freiwilligem Sturz in die Fluten.

Günter v. Lonski. Das letzte Lied
288 Seiten. Gebunden. ISBN 978-3-8271-9401-5
E-Book 978-3-8271-9600-2 (Pdf)
978-3-8271-9800-6 (Epub)

Im Emmertal soll unterhalb der Hämelschenburg eine Windkraftanlage errichtet werden. Schon die Planung weckt kriminelle Energie von Hameln bis Bad Pyrmont. Der Initiator des Projekts wird tot in Bad Pyrmonts Dunsthöhle gefunden. Dann wird auch noch der Eigentümer von Grund und Boden, auf dem die Anlage errichtet werden soll, tot aus dem Graben an der Hämelschenburg gezogen. Jetzt sind Wesemanns Spürsinn und Beharrungsvermögen gefordert.

Günter v. Lonski. Tödlicher Wind
296 Seiten. Gebunden. ISBN 978-3-8271-9402-2
E-Book 978-3-8271-9602-6 (Pdf)
978-3-8271-9802-0 (Epub)